上流社會的時尚品味
超越《慾望城市》、《穿著Prada的惡魔》!

戀愛中的『經典白目』與搞笑
更勝《BJ單身日記》!

博道夫金髮公主

Bergdorf Blondes

紐約時報
暢銷書

普蘭姆·賽克斯 Plum Sykes 著　**尤妮** 譯

(B.B.公主)

1

「博道夫金髮公主」（Bergdorf Blondes，簡稱B.B.公主）是紐約時下最夯的明星。所有人都夢想成為B.B.公主，但這可不是件簡單的事。你無法想像，要成為一位氣質出眾、留著一頭淡金髮、肌膚完美無瑕、過著人人稱羨的高貴生活的紐約名媛，得費多少工夫。說真的，它的難度跟學希伯來文或戒菸差不多。

光是想染一頭時下最流行的髮色，就可以要人命。這股B.B.公主風潮是我的好友茱莉．博道夫所帶動的。她是個不折不扣的紐約時尚名媛，有著亮麗的外表、苗條的身材與一頭金髮，還是百貨公司的接班人。聽說她從高中開始，就在博道夫百貨的美髮沙龍給大牌設計師亞利葉特染髮。顯然是她把這件事告訴卡文．克萊的私人購物顧問，顧問又大嘴巴告訴其他客人，消息才傳了出去。社交圈裡還有人傳說茱莉每十三天就要染一次金髮，搞得大家紛紛搶當「十三天的金髮公主」。現在最流行的金髮不是黃色，而是很淡的金色，就跟小甘迺迪的夫人卡洛琳．貝塞特．甘迺迪（Carolyn Bassette Kennedy）一樣。她的髮色是名媛爭相仿傚的典範，只是追逐潮流的代價高得嚇人，光是給亞利葉特染髮一次就要四百五十美金，前提是你還要能預約得到她的時間才行，一般人根本擠不進她的行程表裡。

想當然，B.B.公主一直是最熱門的八卦話題人物，只要翻開報章雜誌，就可以看到她最新的戀情發展，或是最近熱中的時尚新品（現在是Missoni的流蘇小洋裝）。有時候，想知道自己和身邊朋友的近況，看八卦消息最可靠，尤其在曼哈頓，更是如此。我常說，相信自己，不如相信關於自己的八卦報導就好了，反正都是事實。

根據八卦報導，我是個「活在香檳泡泡中的都會女子」（只有紐約才把名媛當一回事），每天過著完美的跑趴生活（如果你認為這就是所謂的完美生活）。不過，我從來沒跟別人說過，有時候，在參加派對以前，我一照鏡子，卻發現自己一臉驚恐，好像剛看完電影《冰血暴》一樣。聽說曼哈頓的女生幾乎人人飽受相同的焦慮之苦，只是沒有人承認而已。茱莉的「冰血暴症狀」嚴重到，她從來沒能及時離開位於皮耶爾飯店大樓（The Pierre）內的豪華公寓，然後準時赴會。

大家都認為跑趴名媛過的是全紐約最棒的生活。事實上，當你同時擁有一份工作時，這樣的生活十分累人，可是沒有人敢抱怨，不然別人可能會說你不知好歹。不管怎麼樣，紐約人都只會用「超棒的！」來形容這種生活，就算自己正在服用抗憂鬱藥也一樣。不過，當名媛還是有很多好處的，比方說，指甲美容、染髮或做頭髮等跑趴必備造型通通都是免費的。壞處是，想得到這些免費好康就得付出代價，有時候還會因此影響社交關係。相信我，你如果不想辦法把皮膚科醫師的小孩弄進聖公會中學，包準你會接他的電話接到手軟。

舉個更明確的例子來說好了。上週二，我去參加朋友蜜蜜生產前的寶寶迎新派對。她家位於六十三街與麥迪森大道交叉口的連棟公寓。她說那只是個「非常隨性的派對，幾個女生聚一聚而已」，但結果現場每位賓客都配有三位服務人員，還供應萊辛頓大道上那家知名糕餅店培亞法式烘焙料理的粉紅手工餅乾，以及法國百年老店馥頌的巧克力。所謂的隨性派對弄得跟開幕典禮一樣隆重，雖然根據上東城參加寶寶迎新派對的不成文規定，在場根本沒有人會吃東西。我剛走進門，手機就響了。

「喂？」

「妳該來染頭髮了！」電話那頭傳來急切的聲音，是我的造型師喬治。亞利葉特沒空時，我就請喬治幫忙打理造型。基本上，亞利葉特一年到頭都沒空，因為她的時間都被茱莉佔滿了。

「你在亞利桑那嗎？」我問（「亞利桑那」是「接受勒戒」的代稱。紐約很多造型師幾乎每個月都得去亞利桑那報到）。

「剛回來。」喬治語帶哭腔，「妳再不染成金髮，就會變成沒人要的女孩了。」

我跟他解釋，像我這樣的棕髮女生不能染金髮。喬治是我的設計師，他應該老早就知道我會這麼說。

「在紐約就行。」他激動哽咽，差點說不出話。

結果，我根本沒參與蜜蜜拆禮物的過程，因為大半時間，我都在她的書房，跟喬治討論什麼樣的人容易染上毒癮，還聽他說了一堆在勒戒所裡學來的諺語，像是「口心一致、心口如一、慎修口德」之類的。喬治每去勒戒一次，說話就愈像達賴喇嘛。我個人認為，造型師如果想發表什麼高見，最好把主題放在頭髮上就好。不論如何，沒有人會認為喬治很失禮，因為紐約人經常在社交場合接到造型師的電話。我走出書房時，蜜蜜正好在拆我送的禮物，我送的是一套碧雅翠絲・波特（Beatrix Potter）[1]的童書。蜜蜜看到禮物時大驚失色，因為光是這些書，就比她看過的書還多。我這才知道為什麼大家都去Bonpoint[2]買精品童裝當禮物，而不是送一些令人尷尬的童話故事書。

跟造型師溝通、聽他們講自己的毒癮問題、四處跑趴、打扮做造型，經常要花掉很多時間，感覺像在工作一樣，反而讓人沒有多餘的力氣做真正的工作（我可是真的有份工作要煩，稍後再詳述）。不過，曼哈頓的生活就是如此。不知不覺中，自己也會被感染，到最後變得跟大家一樣，每晚都出去狂歡，忙得要死，還會偷偷地用蜜蠟除鼻毛。要不了多久，你就會開始認為，不用蜜蠟除鼻毛的話，天就要塌了。

在跟各位報告派對隨後的情況之前，我先列出幾項自己的性格特質，或許你們會想知道。

一、法文流利……好吧，偶爾還算流利。我很會說moi（我）和très（超）。其實會這兩個字，對一個女生來說已經很夠用了。有人不客氣地說，我這樣根本稱不上法文流利。可是，我覺得這樣才好啊，要是我真的能說一口流利又完美的法文，那就沒有人會喜歡我了。沒有人喜歡完美的女生，是吧？

二、永遠顧及他人的福祉。如果有位億萬富翁好心邀請你搭乘他的私人飛機，從紐約飛到巴黎，就道義上來說，你一定要答應的。因為這麼一來，你就不會佔用一個商用客機的位置，而原本坐在你隔壁的人就有兩個位置可以使用。這對他們來說可是一大福利呢。還有，坐私人飛機的

1 創造出彼得兔系列故事的英國童書作家。
2 法國高級童裝品牌。

話，累了可以在臥室裡面睡覺。在美國航空的波音七六七客機上，不論我怎麼努力，就是找不到臥室。為了顧及他人的舒適，說什麼都要搭私人飛機。

三、有包容心。看到穿著上一季Manolo Blahnik高跟鞋的女生，我不會馬上把她排除在朋友名單之外。我覺得啊，雖然她穿著過季的鞋子，但搞不好是個超級大好人（有些紐約名媛真的很無情，她們只跟穿著下一季新鞋的女生說話，這標準未免也太高了一點）。

四、有常識。這可是我的強項。你得很清楚，什麼時候化妝完全是白費工夫。

五、主修英國文學。沒有人相信，像我這樣一個瘋狂愛上Chloé牛仔褲的人，居然畢業於普林斯頓大學。我在寶寶迎新派對上，把這件事告訴一個女生時，她說：「天啊！常春藤名校耶！妳根本就是女版的史蒂芬．霍金（Stephen Hawking）[3]嘛。」其實啊，腦筋很好的人通常不會失心瘋到花三百二十五美金去買一條Chloé牛仔褲，可是我跟大部份的紐約女生一樣，就是受不了誘惑。之前提過我有一份工作，是為一家時尚雜誌撰寫文章，所以勉強能負擔得起這項開銷。這家時尚雜誌說，擁有一條價值三百二十五美金的牛仔褲會讓人欣喜若狂（我試過各種品牌的牛仔褲，包括Rogan、Seven、Earl、Juicy和Blue Cult，但最愛的經典還是Chloé，因為它有絕佳的美臀效果）。還有，我那間位於派瑞街的公寓如果不用付租金，就可以省下一筆錢來買牛仔褲。我通常都不用付租金，因為房東似乎比較喜歡我用其他的方式抵銷房租。譬如，請他來家裡喝一杯三倍濃縮咖啡，就可以抵掉一次租金。我常說：「不浪費，不愁缺。」這是英國人在戰時創造出來

3英國著名物理學家，患有肌肉萎縮症。被譽為愛因斯坦之後最傑出的理論物理學家，著有許多暢銷的科普作品。

的老掉牙口號，目的是要鼓勵兒童吃全麥麵包。不過，我說這句話的意思是，不把錢浪費在無聊的租金上，就買得起Chloé牛仔褲。

六、準時。我每天早上準時十點半起床，一分鐘也不早。

七、節儉。擁有奢華的品味，也可以兼具節儉美德。像我身上穿的衣服，就很少是自己付錢買的。不過千萬不要把這件事說出去，有些女生就是愛嫉妒。紐約的設計師很愛送人衣服。有時候我不免會懷疑，我眼中的天才設計師是不是呆子，就如同許多壞心眼的人所說的。想想，把可以賣錢的東西拿去送人，不是有點蠢嗎？可是，做這種免費大方送的蠢事肯定有什麼好處，因為這些設計師個個都擁有至少四棟以上的豪宅（分別位於法屬聖巴特島、阿斯本、比亞里茨與巴黎）。再能幹的銷售員頂多也只擁有一棟房子，而且屋子裡還沒什麼裝潢。因此，我還是相信那些時尚設計師都是天才，只有天才才可以靠送東西賺錢。

整體而言，我可以很有把握地說，我的價值觀並沒有因為紐約的種種誘惑而有所改變。遺憾的是，很多女孩都因為把持不住，而成了恃寵而驕的公主。

說到公主，蜜蜜的寶寶迎新派對上滿是來自公園大道[4]的公主。除了最負盛名的茱莉，每位都出席了。這可真不尋常。派對上有一群人走的是Chloé牛仔褲的亮麗時尚風，個個都容光煥發。

4 紐約的黃金地段，也是豪宅的集中地。

另外還有一群戴著Harry Winston訂婚戒指的名媛，包含裘琳・摩根與卡莉・菲利普（她戴的鑽戒最大顆，因為她媽媽就是溫斯頓家族的人，所以可以拿到好價錢）與K.K.・亞當斯。我只能說，她們看起來真是璀璨閃亮到了極點。派對才開始沒多久，她們一群人就全躲到蜜蜜的臥房去討論訂婚戒指。這間臥房大到可以容納一整間宿舍的人，裡頭的每樣物品都鋪了淺灰色的印花棉布，連衣櫃內層都不例外。等我終於搞定可憐的喬治、掛了手機之後，也加入她們的行列。身材曼妙的裘琳有著一頭金髮和白皙的皮膚，因為聽說英國名模蘇菲・黛兒（Sophie Dahl）這輩子從來沒做過日光浴而對她崇拜有加。裘琳曾經訂婚兩次。我問她，怎麼能確定這一任未婚夫就是真命天子。

「這很簡單啊！我有一個肯定有用的挑選男人的新方法：用挑選包包的標準去挑男人，保證妳可以找到非常速配的人。」她回答。

裘琳覺得男人跟包包有許多共通點，比方說，想得到最好的包包，通常都得排隊等待，好男人也是一樣，短則兩個星期（大學生與L.L. Bean托特包），長則三年（幽默的男人與Hermès的鱷魚皮柏金包）。就算耐心地等了三年，比你更有魅力的女人還是有辦法插隊。裘琳說，如果你擁有一款夢幻包包（或男人），一定要小心翼翼地藏好，否則就會被最好的朋友偷偷拿去用。她認為，如果少了這麼個迷人的東西，就跟穿著寒酸沒兩樣。

「……這樣妳們就可以理解，為什麼必須試著跟不同類型的未婚夫交往，女人才能夠找到真正合適的男人。」裘琳下了個結論。

也許我錯看了裘琳・摩根。我之前一直暗自認定她是全紐約最膚淺的女人，沒想到一談到男女關係，她竟有獨到的見解。在寶寶迎新派對上，你以為只會聽到一些像選定時間剖腹產有什麼好處（這樣可以決定寶寶的星座）之類的話題，沒想到竟能學到這許多人生道理。我一進家門，立刻寫了封email給茱莉。

To: JulieBergdorf@atglobal.net
From: Moi@moi.com
Re:快樂

我剛從蜜蜜的寶寶迎新派對上回來。親愛的，妳人在哪啊？裘琳、K. K.和卡莉都訂婚了。今天下午發現擁有Chloé牛仔褲的快樂，和戴上訂婚戒指的快樂大不相同。妳知道訂婚會讓皮膚看起來多棒嗎？

第一次遇見茱莉．博道夫，是在第五大道與六十一街交叉口的皮耶爾飯店大樓，她母親居住的豪華邊間公寓裡。從那時起，我跟她就成為好朋友。當時她十一歲，已經是百貨公司的接班人。她的曾祖父在美國創立了博道夫古德曼精品百貨（Bergdorf Goodman），以及許多相關連鎖商店，所以茱莉總是說她的戶頭裡至少有一億美金，「一毛錢都不多。」就讀史賓斯中學時，茱莉每天放學都會到博道夫百貨順手牽羊，就這樣度過她的青春歲月。雖然早在好幾年前，內曼馬可斯高級百貨（Neiman Marcus）就握有了博道夫百貨的大部份經營權，但茱莉依然把它當成自家的衣櫥。她偷過最值錢的東西是一顆鑲滿紅寶石的法貝熱（Fabergé）彩蛋，那還曾是俄國凱薩琳大帝擁有的寶物。對於這個從小養成的壞習慣，茱莉的藉口是她「喜歡好東西」。她還說：「當伍爾沃斯（Woolworth）[5]家的小孩一定很遜，他們只能偷廁所清潔劑。我偷的可都是超正的好貨，譬如手工製的兒童皮手套之類的。」

茱莉的口頭禪就是「很遜」和「很正」。她曾說，希望世界上沒有「很遜」的東西。但我告訴她，沒有遜，哪來的正，得有相反的東西比較才行。「喔，我知道了，就像沒有窮人的話，有錢人就不存在。」她這麼回應。我補充說道，要是一直很快樂，怎麼會知道什麼是快樂？她竟回答，因為一直都很快樂啊。「不是這樣的，有了不快樂，才會知道快樂是什麼。」我說。茱莉眉頭一皺，「妳最近是不是又在讀《紐約客》（*The New Yorker*）了？」她認為《紐約客》和美國公共電視網（PBS）既有害身心又無趣，每個人都應該改看《美國週刊》（*US Weekly*）和娛樂頻道（E! channel）才對。

我媽和茱莉的媽媽都是費城出生的正統白人盎格魯撒克遜新教徒，她們兩個從七〇年代開始就是死黨。因為我爸是英國人，加上我媽覺得英國「什麼都比較好」，所以我從小就在英國長大。可是英國沒有什麼百貨企業千金，而我媽覺得我應該要交個千金小姐當朋友。碰巧茱莉的媽媽也希望我可以提升她女兒的氣質。於是，雙方家長約定每年夏天都讓我跟茱莉碰面，還把我們

5 美國的零售商店企業，也是最早創立廉價雜貨商店的公司之一。

送去康乃迪克州參加夏令營。但他們前腳剛走，我們兩個就立刻坐火車回紐約，然後跑到博道夫家族在南塔基特島（Nantucket）的莊園。爸媽根本沒想過這對我們而言是多麼簡單的事。

年幼的我跟茱莉回到紐約後，就會泡在皮耶爾飯店裡，打電話叫客房服務送來特製的熱香橙蛋糕配上巧克力醬與楓糖漿。對一個美國小女孩來說，在紐約的生活真的比在英國有趣太多了。像茱莉這樣的紐約女生都是被寵壞的小孩，從小就擁有直排輪、冰刀鞋、一堆化妝品和專屬美容師。她們都很幸運，因為父母經常不在家，像茱莉，她十三歲時，就把邦尼斯精品百貨（Barneys）裡的專櫃位置摸得一清二楚，還曾在裡面消費過。那時她已經是個名副其實的B.B.公主，只是大家還不知道她的存在。

拜茱莉之賜，那年夏天我回到英國時，已經不能沒有《*Vogue*》和MTV台，還因為看了電影《上流社會》好幾遍而練得一口美國腔。我媽差點沒瘋掉，這表示我真的學會了美國腔。

當時，我一心想搬到紐約住，然後染一頭像茱莉一樣漂亮的金髮。為了達到這個目的，我拚命哀求爸媽讓我到美國念大學。不管是代數、拉丁文還是浪漫主義詩人這幾科，我的成績都符合申請普林斯頓大學的標準，但坦白說，我之所以這麼努力念書，全都只是為了想去紐約做活氧護膚美容。我拿到普林斯頓的入學許可之後，我媽只說：「妳怎麼捨得離開英國，跑到美國去呢？怎麼會？怎麼會呢？」

她顯然不知道有活氧護膚美容這回事。

茱莉沒去參加蜜蜜的派對，原來是有原因的。她在博道夫古德曼百貨偷東西，結果被逮捕了。接近傍晚時，大家紛紛打電話來通報最新消息。不過，我一直聯絡不上茱莉，打她的手機總是直接轉接語音信箱。會發生這種事，我一點都不意外。雖然茱莉在繼承一筆信託基金時曾經發誓從此不再偷東西，但她不管做什麼事都是三分鐘熱度，才會忍不住又犯了老毛病。話雖這麼說，我還是挺擔心她的，而她在七點左右才終於打電話給我。

「嘿！好好笑喔，我被逮捕了耶。妳能不能來保我出去？我現在叫司機過去接妳。」

四十五分鐘後，我到達位於東五十一街的第十七分局，看見茱莉一身時尚勁裝地坐在破舊的等候室裡。在寒冷的十月天裡，她穿著白色喀什米爾羊毛窄版長褲，身上罩著狐狸毛皮的休閒外套，臉上戴了一副大大的太陽眼鏡。才二十多歲的她，打扮得有點成熟，但這些公園大道公主個個都是如此。有位警察拿了杯星巴克的拿鐵給茱莉，臉上滿是愛慕之情。這咖啡顯然是替她跑腿買來的。我在她旁邊坐了下來。

「茱莉，妳瘋了，為什麼又開始偷東西了呢？」

「廢話，當然是因為我想要那款Hermès柏金包嘛！就是粉紅色滾白邊、駝鳥皮做的那款啊。得不到它，我超難過的。」她裝出一臉無辜的樣子。

「妳幹嘛不乾脆買下來就好？妳明明買得起。」

「拜託，又不是想買就買得到！現在起碼都得等三年，除非妳是芮妮·齊薇格。就算妳是，還不一定排得到。我已經在排粉藍色麂皮的那一款，等得很痛苦耶。」

「可是茱莉，這是偷竊耶，而且妳偷的還是自家的東西。」

「這不是很讚嗎？」

「妳不可以再這麼做了，妳的新聞會上遍各家媒體。」

「這不是很好嗎？」

茱莉和我在警局裡待了少說一個小時，她的律師才到，並且告訴我們，他已經說服警方撤銷告訴了。律師跟他們說，茱莉本來就有意要購買那些東西，只是她通常不需要當場付費，帳單會直接送到她住的地方，這件事只是一場烏龍而已。

這整起事件的發展讓茱莉開心不已，那天晚上，她甚至不太想離開警察局，顯然很享受警察對她的關注。一位名叫歐文的警探肯定是在逮捕茱莉的當下就愛上她了，還被她迷得神魂顛倒，居然允許她把髮型師和化妝師叫來做造型，好讓她拍張美美的嫌疑犯照。我想，茱莉把嫌疑犯照當成時尚寫真來拍也是有道理的，畢竟往後好一段日子，媒體可能會經常翻拍這張照片。

被逮捕的事傳開後，茱莉成了各家媒體瘋狂追逐的焦點。隔天，當她離開皮耶爾（她爸很大方地又在同一棟大樓買了另一間轉角公寓給她），準備上健身房時，在門口就遇到一大群攝影記者。茱莉立刻往回跑，然後打電話給我，大聲哭叫著：「我的媽呀！狗仔隊和媒體記者都在外面耶！他們拍到我了！天啊！我不知道該怎麼辦了啦。」

茱莉歇斯底里地哭著，可是她常常來這套，所以大家都不當一回事，也不會報警或什麼的。我跟她說，沒有人會看那些照片，而且隔天大家就會忘得一乾二淨了，就算她上了各家報紙的頭條，那也沒什麼大不了的。

「我在意的不是上不上報，」她哀嚎，「而是他們拍到我穿運動褲的樣子！我再也不要出現在麥迪森大道與七十六街的轉角了！妳過來好不好？」

聽到茱莉說出這種話，我偶爾會在心裡嘀咕：哼，幸好她是我最好的朋友，不然我才不會喜歡她。

我人一到，管家立刻帶我去找茱莉。髮型師和化妝師都在她的臥房裡待命，大家各忙各的，沒有人敢出聲。整個房間都漆成茱莉最愛的淡綠色。壁爐兩邊各擺了一個中國風的珍珠母貝古董櫃。房裡還擺了一張鋪有棉質布面床墊的雪橇式床鋪，那是茱莉祖母的傳家寶。茱莉堅持要用淡綠色的絲質床單，而且要把她的名字縮寫設計成床單上的花紋，不然她就不願意睡在上面。我在穿衣間找到茱莉。她正在翻箱倒櫃搜尋衣服，找得滿臉通紅。白色厚地毯上已經堆出一堆衣服山。茱莉繼續把衣服往外丟，每丟一件，女傭就立刻上前去把它摺好、收到衣櫃裡，所以那堆小山的高度一直沒什麼變。後來，茱莉終於挖出一件款式簡單的、她母親的香奈兒黑色洋裝，再搭配一雙低跟鞋，和一副很大的太陽眼鏡，她走的依然是小甘太太的路線。一小時後，茱莉帶著無懈可擊的髮型與妝容緩緩步出皮耶爾，臉上帶著一抹自信的微笑，然後接受在外等待的媒體專訪，針對那樁「烏龍事件」解釋了一番。

隔天星期日，茱莉以一張美麗絕倫的時尚照登上了《紐約時報》（*New York Times*）風尚版的頭條，標題是「博道夫公主美麗無罪」，還附上一篇由《紐約時報》的時尚評論家所撰寫的文章。茱莉開心極了，她父親也是。星期一她打電話跟我說，她爸送了一只古董手環給她，還附上一張小卡，寫著：「謝謝妳，我最親愛的女兒。爸。」

「妳爸很高興嗎？」我問。

「我好開心喔，」茱莉說：「我從來沒有讓我爸這麼得意過。百貨公司千金順手牽羊的新聞幫我們家做了最好的宣傳。店裡的業績突然爆增，尤其是我戴的那副太陽眼鏡，賣得超讚的。爸爸還向董事建議，要讓我當行銷總監呢。希望工作不會太辛苦。」

在那之後，茱莉不管走到哪裡都是鎂光燈的焦點。她說這一切全是為了提高博道夫的知名度，這點她辦到了，不過連帶也提升了自己的知名度。她覺得名聲強化了她的自尊心，也有助於解決她的困擾。所謂的「困擾」，指的是紐約與洛杉磯地區時下盛行的心理問題。

茱莉的困擾來源之一是幸福Spa會館的接待小姐，她不讓茱莉跟裡面的大牌美容師西門娜塔預約做維他命C注射美容的時間。心理醫生鼓勵茱莉去探索自己「童年的困擾」。她說過程「很痛苦」，因為她想到以前每年的聖誕節，爸媽都要她坐商務艙飛到瑞士的格斯達（Gstaad）度假，而別家的小孩都是坐頭等艙。當然，她還有一大堆「飲食問題」。她曾經按照裴禮康博士（Dr. Perricone）提出的除皺美容食譜來飲食，到最後搞得她極度痛恨馬鈴薯和小麥，徒增困擾。她有錢是個問題，但是比不上另一個公園大道公主有錢也是問題。她之前對於自己一半猶太人、一半是白人新教徒的出身背景感到很困擾。不過，一位有證照的心理諮商師告訴她，葛妮絲．派特洛的父親是猶太人，母親是白人新教徒，所以她也有同樣的困擾。聽完後，茱莉就釋懷了。但這困擾解決之後，她又發現另外一個問題——心理諮商師是從《浮華世界》（*Vanity Fair*）雜誌上得知葛妮絲．派特洛的背景的，所以原本只需要花三塊半美金就可以得到的資訊，茱莉卻花了兩百五十塊美金的諮商費用才獲得。在茱莉眼裡，任何跟她唱反調的人都是有問題的人。當她不同意心理醫師說的話時，她也會認為有問題的人是醫師而不是她。

有一次我跟茱莉說，她的問題總有解決的一天。她回答：「天啊，最好不要。我如果很有錢，又事事順利，那多沒意思啊！」她還說，如果沒有這些困擾，她就成了一個「沒有個性的人」。

幸好，有心理疾病在紐約是件時尚的事，這表示我跟茱莉完全符合現在的潮流。

我之前寫給茱莉的那封email裡提到，擁有Chloé牛仔褲的快樂，和裘琳、K. K.及卡莉那種擁有未婚夫的快樂截然不同。她看完以後的反應，各位應該可以料想得到。幾天之後，我們在約喬的餐廳吃早午餐。這間專賣垃圾食物的餐廳位於蘇利文街與休士頓街的交叉口。茱莉穿了一件現在非常搶手的Mendel新款短貂皮外套，精心打扮得過了頭。不過，這些公園大道公主不管去哪裡都一定要盛裝打扮，連在家叫外賣也不例外。我要是跟她們一樣，每星期都有一堆新衣服可穿，大概也會這麼做。茱莉還沉醉在順手牽羊事件圓滿落幕的喜悅中。可是，我一提到蜜蜜的派對，她便皺起眉頭。

「妳現在是想拿另外一個問題來煩我嗎？老天啊，妳怎麼能這麼做！太過份了！」她淚眼汪汪地指控。

「我做了什麼？」我平靜地問，一邊把楓糖漿倒在鬆餅上。

「就是寫email給我，說除了我以外，每個人都有未婚夫之類的。這很不公平耶。我很快樂，可是我遠遠比不上K. K.和裘琳那麼快樂。只有談戀愛才能這樣。」

「不需要談戀愛也可以很快樂啊。」

「那是因為妳沒有談過戀愛才會這麼想。天啊，我現在覺得超不快樂，又超不時尚的！我聽說啊，她們訂了婚之後，整個人看起來美呆了。」

除了有一堆情緒問題、老愛大驚小怪、擁有一堆衣服與注射了維他命C的完美臉龐之外，茱莉骨子裡還有著無可救藥的浪漫情懷。她宣稱自己談了超過五十四次的戀愛，七歲時就交了第一個男朋友。她總是強調說：「但那是開始流行口交以前的事了。」情歌裡的一字一句她都深信不疑。比方說，她真的相信「愛情會帶我們到所屬的地方」，也完全認同披頭四歌詞中高唱「愛情即是一切」的瘋狂想法。她的愛情問題多半都因桃莉．芭頓而起。茱莉聽了〈我會永遠愛你〉（I Will Always Love You）這首歌之後大為感動，決心愛著每一任前男友，連她討厭的男人也不例外。茱莉的心理醫師認為這是「相當嚴重的問題」。還有，茱莉一心認為貓王唱的〈傷心旅店〉（Heartbreak Hotel）就是五十七街上的四季飯店（Four Seasons Hotel），每次她只要一跟男友吵架，就立刻住進那裡。我要是負擔得起那麼奢華的套房，我也願意每兩星期跟一個男人分手。茱莉相信，得到快樂的唯一途徑就是談戀愛，還有像大家一樣，有個能挽在身邊的未婚夫。

「馬克．賈柏斯（Marc Jacobs）設計的每一款LV包我都有了，但如果我的另一隻手臂沒有挽著未婚夫，擁有那些包包又有什麼意義呢？哇，看看妳！」她指著我藏在桌下的雙腿驚呼。「妳穿網襪耶！現在流行網襪嗎？怎麼沒有人告訴我！」

茱莉誇張地趴在桌子上啜泣，還用她的貂皮外套拭淚。依我看，只有被寵壞的公主才會有這些行為。不過，她的個性本來就是這樣，我實在不應該大驚小怪。過了幾分鐘，她終於平靜下來，突然間又笑逐顏開。茱莉的情緒起伏很大，有時候我真的覺得她有精神分裂症。

「嘿，我有個好主意。我們先去買網襪，然後一起去釣個未婚夫吧！」她興奮地提議。

茱莉真的以為未婚夫跟網襪一樣好找。

「茱莉，妳幹嘛突然想要結婚？」

「唉唉咿呀，沒有啦，我只說要找個未婚夫，又沒有非要馬上嫁給他不可。噢！我等不及了，我們去尋找未來老公吧！」

「我們？」我驚呼。「事業有成的現代美國女性應該不需要未婚夫這種東西吧？」

「每個人遲早都要談戀愛的。有未婚夫超正！我問妳，沒有小約翰．甘迺迪的話，誰知道卡洛琳．甘迺迪啊？」

「茱莉，妳不能只為了趕流行就訂婚，這樣很自私耶。」

「真的嗎？」茱莉一驚，神色更加喜悅（因為心理醫生每個星期都跟她說，她自私一點會比較快樂。從大多數人的行為來判斷，我看全紐約的心理醫生八成都跟每個人說同樣的話）。「我好興奮喔！好，回家吧，不能再吃了，光是看著這裡的餐巾紙都會胖。」

離開以前，茱莉要我答應跟她一起進行「獵夫計畫」，也就是找尋未來老公的行動簡稱。對她來說，要找到未婚夫，應該跟買網襪一樣容易。茱莉做起事來就是個典型的公園大道公主，一旦下定決心，任何事都阻擋不了她。

茱莉回上城去，我則因為工作而必須趕赴另一場約會。我坐在計程車上時心想，唉，茱莉的獵夫計畫一定很累人。有時候，跑趴生活就跟訓練營一樣，會讓人精疲力竭。我覺得自己偶爾也該做做不那麼累人的事，譬如到英國的鄉下去過著輕鬆自在、沒有派對的生活。沒錯，這樣雖然沒有美鞋可穿，可是住在一個沒有Manolo高跟鞋的地區也是有好處的。雖然一時之間我還想不起任何例子，不過我相信一定有。

這時，我媽剛好打來。

2

我決定不接電話，直接轉進語音信箱。

每次聽到媽的聲音，我就會想到，當初捨棄英國，選擇來美國過跑趴的生活，是有很充份的理由的。

離開英國的原因有以下四點，依嚴重程度排列：

理由一：我媽。

非常容易偏頭痛，很多事都會引起她的偏頭痛。例如，想到要把車子開進希斯洛機場的立體停車場；或想到要出國度假，因為出國要搭飛機，而機場設立的通常都是立體停車場，她恐怕還是得把車子開進去；想起她是美國人；發傳真；寄明信片；想到要學怎麼用電子郵件寄信；去我們在北安普敦郡（Northamptonshire）的鄉間小屋居住；住在倫敦。換句話說，每件事都會讓她頭痛。

因此，我媽想盡辦法要掌控她這個獨生女的生活。她堅持要我叫她「媽咪」，因為「這樣才像英國人」。她是標準的老媽子，還擺明是個勢利眼。她極度迷戀英國貴族、貴族風格的室內裝潢，還有貴族穿的雨鞋品牌（Le Chameau，皮革製）。她最大的願望就是把我嫁給一位英國貴族（事業不在她的生涯規畫裡，卻是我的人生目標之一）。她心目中理想的女婿人選是一位當地的「鄰家男孩」，也就是史威爾伯爵的兒子。茱莉不瞭解我為什麼這麼排斥我媽的想法，她老是說，她願意不惜一切代價，嫁給一位擁有英國城堡的男人。不過，那是因為她根本不知道冬天的城堡有多麼潮濕。

我們家的房子座落在佔地兩千五百英畝的史威爾城堡莊園邊緣。對於英國上流社會而言，所謂的「鄰家」，其實相距有二十五分鐘的車程距離。打從我有記憶以來，每次我們開車經過史威爾城堡大門時，我媽都會裝出一副不經意想起的樣子，驚呼：「小伯爵跟妳一樣大耶！他是整個北安普頓郡最有價值的單身漢！」（她說的正是我們那位六歲大、我連見都沒見過的鄰居。）

「媽，我才五歲半，要滿十六歲才可以結婚。」我說。

「早點開始準備啊！妳長大之後會是最漂亮的女孩，然後嫁給隔壁的小伯爵，結婚之後住在漂亮的城堡裡，妳未來的家一定會比我們那些親戚的城堡還要豪華。」

「媽……」

「叫『媽咪』。不要再叫『媽』了，也不要再用難聽的美國腔說話，不然以後嫁不出去怎麼辦？」

我的口音是從我媽那邊學來的，根本改不了，這點就跟她一樣。唯一的差別是，我壓根兒沒想過要改掉我說話的腔調，甚至我在五歲半的時候，還希望能更強調自己的美國腔。

「媽咪，為什麼妳老是說我們的親戚都住在城堡裡？我們只有一位住在城堡裡的親戚啊。」

「乖女兒，那是因為其他住城堡的親戚都死了。」

「什麼時候的事？」

「就最近啊，他們死於玫瑰戰爭（The Wars of Roses）[1]期間。」

確實有位親戚擁有一座位於亞伯丁（Aberdeen）附近的城堡。每年聖誕節，我們都會去拜訪這位年邁的曾叔公威廉・寇特內閣下。他的孫子亞契與羅夫（英國人不知道為什麼都唸成「拉夫」）也在我媽的女婿人選之列。他們繼承大筆遺產，彌補了沒有貴族頭銜的遺憾。

我媽說，所有的美國人都夢想在蘇格蘭的城堡裡度過聖誕假期。我從來不相信她的話。明明可以去迪士尼樂園玩，誰會願意在一間比北極還寒冷的城堡裡待上五天啊？連續過了六年宛如置身北極的聖誕假期後，我對鄉間別墅心生恐懼，而且這個陰影恐怕一輩子揮之不去。我還經常幻想自己是個猶太人，這樣我們就可以把「聖誕節」這玩意兒整個拋在腦後。

印象中，小時候每次我媽一開口就會提到希望我嫁個好人家這件事，她碎碎唸的程度，大概就跟其他家長不斷叮嚀孩子要努力考上大學或是不要嗑藥一樣。我還記得十歲那年，某天吃早餐時跟我媽的激烈鬥嘴。

「乖女兒，妳什麼時候才要去史威爾城堡跟小伯爵喝茶呢？聽說他長得很帥喔，我想他一見到妳就會愛上妳了。」

「媽，妳也知道，自從爸把那些椅子賣給史威爾伯爵之後，就沒有人見過他們了。」我回答。

1 英國王室內戰，發生於一四五五年至一四八五年間。

「噓！那已經是很久以前的事，我相信伯爵和伯爵夫人早就忘了。」

「隨便啦，反正大家都說他們早就搬走了，已經好幾年沒人看到他們。」我沒好氣地說。

「我確定他們有回來過！誰捨得下那麼漂亮的豪宅啊？看看那個漂亮圓頂，還有布朗大師[2]打造的庭園！下次他們回來的時候，我們可以打電話過去……」

「可以不要嗎，拜託？」我說，不過心裡暗暗對城堡和它的主人有那麼點好奇。

一直以來，我媽總是全然否認兩件很重要的事：第一，神祕的伯爵夫人以愛好紅杏出牆出名，而史威爾伯爵夫婦在四年前離婚後，伯爵與他兒子就不見蹤影了。第二，自從我那很愛到處搜括「折扣品」的父親賣了四張齊本德爾（Chippendale）的椅子給伯爵，結果被發現是假貨之後，我們兩家人就此交惡。「椅子事件」——當地報紙如此稱呼——最後演變成英國地方上人人皆知的兩家世仇，註定永遠沒完沒了。雖然後來我父親把椅子收回，還了錢，也寫信跟憤怒的伯爵道歉，並且解釋他是被供應商給騙了，伯爵還是擺明了不相信我父親，也不想跟他再有任何瓜葛。伯爵夫人當然是幫著自己的丈夫，而媽則是與爸同一陣線。至於村裡的居民，則都選擇站在伯爵那一邊，盼望能有機會受邀到城堡裡用餐。

我媽超想跟伯爵夫婦當朋友，所以很努力地嘗試修補雙方的關係。她邀請他們來參加一年一度的夏日共飲派對，結果被拒絕了：接近聖誕節時，伯爵也沒有邀我們去參加節禮日（Boxing

2 十八世紀英國著名的園藝造景大師，原名為蘭斯洛．布朗（Lancelot Brown），大家都暱稱他為布朗大師（Capability Brown）。

Day）[3]的午餐聚會。上教堂時，伯爵夫人看到我媽在長椅的另一端坐下，便立刻起身換座位，當眾給她難堪。

我媽覺得這整起事件讓她在社交圈中很沒面子，所以決定假裝一切都沒發生過。她總希望這件事可以成為過往雲煙，但村裡的居民卻把它當成是茶餘飯後的話題，怎麼也不肯放過我們。事實上，住在小村莊的英國人常常會為了雞毛蒜皮的小事跟別人鬧翻，例如相互比較包心菜的大小，或是鄰居應該種什麼植物做圍籬（種橡樹可以接受；種針葉樹的話，就等著上法院吧）。這是英國人的傳統，或許也是支持他們度過漫漫冬夜的動力。

伯爵夫婦離婚之後，城堡改建為會議中心，不過史威爾家族還是保留了其中一個側廳，供自己使用。聽說伯爵偶爾會獨自回到城堡內，之後又再度消失無蹤。

我愈大就愈受不了媽的態度。有一次我對她說：「我想找一份工作，並且嫁給我愛的人。妳跟爸不也是相愛而結婚的嗎？」她居然大言不慚地說：「是沒錯，但妳可千萬不要再做這種傻事。」

嚴格來說，我媽之前確實有努力遵守自己的原則，就是不要為愛而結婚。在她成為專業老媽子之前，她可是個專業的「棕色招牌迷」。

「棕色招牌迷」指的是，只對房子外頭掛有棕色門牌的英國男人感興趣的女人。要知道，英國貴族之所以能夠住在昂貴的豪宅裡，全都是靠開放民眾參觀的收入來維持開銷。他們會在最靠

---

3 英國的國定假日，指的是聖誕節次日。

近公路的地方，插上一塊漆有白色字樣的棕色招牌，好指引民眾前往。棕色招牌上通常還會畫有豪宅的可愛小圖。只有超級豪宅才會設有開放參觀的棕色招牌，原因是，如果房子不大，主人便負擔得起修繕費用。可是，如果你的屋頂就有十六平方英畝大，光是一片磚瓦鬆動，就得動用大筆資金修補。因此，很諷刺的是，雖然棕色招牌意味著主人沒有足夠的錢修繕房屋，但它同時也是尊貴地位的象徵。沒有足夠的錢修屋頂，表示屋頂很大；屋頂很大，代表底下的房子也很大。

你一定想像不到有多少女孩子迷戀棕色招牌的男主人。這些「棕色招牌迷」來自曼哈頓、巴黎和倫敦，而且個個都是精明能幹的長腿美眉。她們會假扮成看起來沒那麼精明的皮包設計師、演員或是藝術家，這可是最佳的偽裝，因為沒有人想得到，事業有成的都會女子會為了追求棕色招牌這種過時的東西，竟甘願放棄現有的一切。我覺得啊，這簡直就像是拿Prada當季的新鞋去換上一季的鞋款，一點道理都沒有。

開始約會之前，這些「棕色招牌迷」會先做足功課。第一步是先查詢《德布雷特氏貴族名鑑》（*Debrett's Peerage & Baronetage*），從中找尋想要追求的對象。這本年鑑詳細列出英國的顯赫貴族名單，並且附上地址。如果他們的住宅名稱有「The」一字，比方說「The Priory」（普萊理之家）或「The Manor」（莊園之家），很可能就是一棟有超過二十間房和棕色招牌的豪宅。一旦在年鑑裡相中某位豪宅主人，不論他的長相美醜、頭腦好壞、髮量多少或頸圍粗細，這些棕色招牌迷都會立刻愛上他，甚至不必等到闔上《德布雷特氏貴族名鑑》，再夾夾睫毛什麼的。

我媽就是一位來自美國、偽裝成學生的「棕色招牌迷」。當時正逢七〇年代，她恨不得馬上離開紐約的上東城，目的地則是倫敦的雀兒喜藝術學院（Chelsea College of Art），這裡可是絕佳的獵夫之地。

我媽一直以為嫁給爸就能住進名為「小史萊森姆戴爾下之艾希比莊園」（The Manor-at-Ashby-Under-Little-Sleightholmdale）的豪宅。某一天，我爸帶她去倫敦柏克萊廣場的安娜貝爾私人俱樂部吃晚餐，然後開著積架XJS（當時稱得上很炫的一部車）送她回家。隔天，媽就決定嫁給爸了。婚後才發現，雖然爸有貴族血統，但是在「小史萊森姆戴爾下之艾希比莊園」的繼承權上，爸排的是第十三順位，甚至那輛積架也是借來的。關於這一切誤會，媽只能歸咎於自己是美國人，因為美國人很相信《德布雷特氏貴族名鑑》或《米其林美食指南》之類的書籍。

我媽的偏頭痛就從那時候開始發作。她發現自己非但嫁給一個不是很有錢的男人，還愛上了他，這跟她當初設想的完全不一樣。

我覺得媽根本沒什麼好抱怨的。這樣一來，她每次寄信時就不需要寫上「小史萊森姆戴爾下之艾希比莊園」這麼一串字，不知道省了多少麻煩。不過，媽大概不同意我的看法。她還把我們家的名稱從「維卡洛奇之家」（Vicarage Cottage），改成「原野上之史提布里故居」（The Old Rectory at Stibbly-on-the-Wold）。對於一棟僅有四房，而且一點都不古老的住宅來說，這個名稱顯然過於誇張。每次我問媽，為什麼大家都簡稱這個村莊為「史提布里」，她都會回答說，那是因為沒有人記得正確地址。

說到一長串名稱，讓我想起第二個必須離開英國的理由。

理由二：貴公子。

我會盡量避免靠近棕色招牌，原因是它的主人通常是貴族，英國人稱之為「貴公子」。這些貴族名流喜歡稱自己的豪宅為「陋室」，還會穿著很久以前，由奶媽幫他們織補，現在已經有了破洞的毛衣。通常奶媽就是他們最愛的女人。還有，他們提到「做愛」時，都用「嘿咻」這個詞代替，就像電影《王牌大賤諜》一樣。令人驚訝的是，許多英國女人為了享有豪宅和貴族頭銜，都願意容忍這些貴公子。我個人認為，擁有像「道芬侯爵夫人．艾娃」或「艾莉絲．莊姆蘭德瑞格公爵夫人」這樣的頭銜，真的是件累死人不償命的事。簽支票時，光寫姓和名就夠煩的了，更不要說後面還有一串頭銜。不過，為了得到貴公子和那一串頭銜，有些女人甘願犧牲一切，包括永遠沒有中央暖氣系統可用之類的。

沒蓋你，英國貴族認為只有平民才用暖氣。對我這種很怕冷的人來說，這實在是很不人道的事。小時候我媽常說，她寧可我住在一棟擺有古典四腳床的大宅裡，然後在二十九歲那年死於肺炎，也不要我在一間有暖氣的房子裡活到八十五歲。這也是為什麼我對嫁給鄰家男孩這件事這麼感冒的原因。我本來就是個沒有暖氣就活不了的美國人，要是嫁給貴公子，生活在冰冷的城堡裡，我這脆弱的身子哪能抵擋得住啊。

理由三：我爸。

我爸稱自己為「古董經營商」，不過他非常喜愛貪小便宜，所以很容易受騙上當，其中一次就是把假的齊本德爾椅子賣給伯爵。這起事件讓他大為憤怒，因此我們絕口不提，事實上，只要爸在家，沒有人敢提起任何跟椅子有關的事。

理由四：巴西式除毛。

大學畢業後，我第一次搬到紐約時，有位二十七歲的帥氣導演（他其實從未執導任何一部片）跟我說：「妳這裡需要一個巴西人（Brazilian）。」當時，他的頭正好放在一個我羞於啟齒的部位，所以聽到他要我找個拉丁裔的男人，把那男人的頭放在相同部位時，我心裡只覺得他還真是特別。

「查德，」我說：「為什麼你要我找個巴西人跟你分享這裡呢？」（我沒有種族歧視，只是一次一個外國人就夠了好嗎。）

「對我這個紐約人來說，妳下面的毛太多了。」

「那巴西人就比較不在意這個嗎？」

「妳不知道Brazilian是什麼對不對？」

「瑞奇．馬汀就是個巴西人啊。」

「拜託！瑞奇．馬汀是法國人。我指的是巴西式除毛。妳真的很需要。」

隔天早上，查德堅持帶我去西五十七街三十五號的J. Sisters美容中心，那時我才真正瞭解「Brazilian」的意義。原來這是比基尼除毛的一種，只不過巴西式除毛是把我那個部位上的毛全部除光。它的疼痛程度跟子宮頸切片檢查差不多，所以我暗自下了個決定，下次除毛之前，我一定要先打麻醉。

做完巴西式除毛後，查德非常興奮。我後來發現，大部份的男人都是如此。諷刺的是，我後來跟查德分手，也是因此而起。他一天到晚想把頭放在我「那裡」，而且次數有點太過頻繁。後來他開始做出一些超可怕的行為，譬如說，他會擅自幫我預約到J. Sisters除毛。如果我取消的話，他還會生氣（再耐痛的人，都沒有辦法忍受每星期一次巴西式除毛。沒有人辦得到！）。這時我才開始懷疑自己選男人的眼光，好像沒有挑鞋子那麼好。如果一個男人是以比基尼除毛這種膚淺的玩意兒來決定喜歡我的程度，那他就不是我要的人。我必須結束這段關係。

「只有膚淺的女人，才會為了他馬的區區五十五塊的除毛分手。」我跟查德提出分手時，他這麼嗆我。

「查德，是他『媽』的。」我糾正他。查德說話非常不標準，而我這個美國女孩就是改不了英國人愛標準腔的習慣。雖然我覺得他講話的方式挺可愛，但還是會忍不住糾正他。

「跟泥出企，真他馬的是全世界最讓偶不爽的素！」

「那我要跟你分手，這下你開心了吧，」我嗆了回去，努力克制自己的憤怒情緒。「查德，一個女生的價值，不是只有那些部位而已。」

雖然查德有些地方讓我很懷念（除了巴西式除毛外，我還得到許多有用的美容知識），但是我很慶幸這一切都結束了。因為啊，我後來發現他一點都不老實。瑞奇・馬汀是波多黎各人，不是查德堅稱的法國人。而且看地圖就知道，波多黎各跟巴西的距離比法國近多了。不過，巴西式除毛是查德留給我一個很好的禮物，我現在已經不能沒有它了。顯然，要當全世界最有魅力的女性，就不得不靠這項祕密武器。如果我是男人的話，大概也不會想要跟一個沒有做巴西式除毛的女人交往。不過經歷了這一切之後，我絕對不會告訴查德這番話。雖然我是在離開英國的鄉間以後才知道有巴西式除毛這回事，但如果早知道，我會更有決心離開英國。因此，回頭來看，巴西式除毛也算是促使我搬到曼哈頓的理由之一。

曼哈頓速記：名詞解釋表

一、奇普斯（Chip's）：位於第五大道與五十九街交叉口的哈利奇普利安尼（Harry Cipriani）餐廳，簡稱哈利酒吧。

二、厭食：對公園大道公主們而言，厭食＝厭食症＝纖細＝完美身材。

三、超讚：美呆了、超正或棒極了等誇飾詞的替代用語。譬如：「蜜蠟除眉毛真是超讚！」

四、沃曼（A Wollman）：跟沃曼溜冰場一樣巨大的鑽石。

五、A. T. M.（人肉提款機）：有錢的男友。

六、M. I. T.（Mogul in Training，大亨接班人）；比A. T. M.更理想。

七、M. I. M.（（Married to Mogul，嫁入豪門）：比前述兩者更理想。

八、麥迪森上的拉瑪斯（Llamas on Madison）：超級迷人的南美洲女孩，總是穿著披風、配戴著珍珠首飾在麥迪森大道上快步行走。

九、仿曬：在西百老匯大道上的波特斐諾日曬蘇活Spa中心曬出的古銅肌。

十、唉唉咿呀：表示驚訝或恐懼的驚嘆語。比方說：「唉唉咿呀！她居然比我先拿到Bottega的新款靴子！」只有二十七歲以下的曼哈頓美眉，和美國全國廣播公司電視台喜劇影集中的女主角會用。

十一、On the d-l：私底下、偷偷地，跟on the q-t意思一樣。

十二、憂鬱：臨床憂鬱症。

十三、嘿咻麗池：巴黎的麗池飯店。

3

「我唯一想染上的性病，」茱莉說：「就是未婚夫熱。」

我可以理解茱莉為什麼這麼想要找到未婚夫。美國男人又棒又有型，而且還有獨特的才能。只要你把眼睛瞇得夠小，我跟你保證，你會發現他們全都長得跟小約翰．甘迺迪一樣帥。茱莉和大部份的公園大道公主從小就患有注意力缺乏症（購物時好像就沒有這方面的問題），而她現在能夠這麼專注在一件事情上，實在是很神奇。茱莉一心以為，只要她選對派對，就能勝過一個晚上參加六個藝廊開幕酒會、四個博物館義賣會、吃三次晚餐和出席兩場電影首映會的行程，得以在當晚挽著未來老公的手離開。茱莉不想花太多時間在獵夫計畫上。她的說法是：「我幹嘛不把時間用來做其他的事情，像是蜜蠟除眉毛之類的。」

茱莉對於找未婚夫這件事抱持的態度實在令人不解。她認為，就算找到完美的未婚夫，要是沒有時間去修眉毛，她會很不開心，那有未婚夫也沒用。對她而言，到博道夫的沙龍除眉毛可是最重要的一道美容程序。

茱莉只要把心力投注在某件事情上，效率可是相當驚人。她選擇參加紐約溫室慈善舞會（New York Conservatory Ball），認為它是最有希望實踐獵夫計畫的場合。茱莉包下舞會上的一張桌子之後，便打電話給榮譽主席亨利・史坦威・齊格勒三世夫人商量「對策」。茱莉想事先確認座位安排。熱中於扮紅娘的齊格勒夫人為此邀請我們到她座落於第五大道和八十二街交會處、可以眺望中央公園的大理石別墅去喝茶。

「叫我瑪菲就好了。」她熱情地迎接我們。

瑪菲披著一條Oscar de la Renta的流蘇披風，下半身搭配萊姆綠的煙管褲，身上戴的珠寶林林總總加起來足以挖空一座鑽石山。她說她今天走的路線，是伊麗莎白・泰勒在電影《春風無限恨》中的造型。紐約人習慣從名人身上找尋服裝造型的靈感。瑪菲快步往前走，身上的披風隨之左右搖曳。她帶著我們穿過中庭，進入客廳。客廳的裝潢比凡爾賽宮還要氣派，牆上掛著鍍金邊的大鏡子和義大利油畫，四處擺著貴氣的古董沙發與古董椅。這些都是她在蘇富比拍賣會上大肆購買的戰利品。瑪菲宣稱，她家的裝潢「都是仿傚時尚設計師奧斯卡家裡的風格」。她還說：「我去他家參觀過，美得讓人受不了。我非得有這樣的家不可，所以就照樣搬過來了！」

瑪菲常常說：「有錢人的生活跟終生監禁沒兩樣，只不過很快樂，我早該知道是如此。」這群住在上東城的貴婦太太幾乎人人都叫瑪菲，她們大多生於五〇年代，家鄉也多半是康乃迪克州。「瑪菲」這個名字顯然在當地流行過一陣子。眼前這位瑪菲說：「Ralph Lauren是我的最佳良藥。」而她的貴婦鄰居們也都是如此。她很愛肉毒桿菌，還到處跟人說她只有「三十八歲」。她是「老布希的朋友」，但當柯林頓上任時，她又成了「柯林頓的朋友」。她捐了好幾百萬給共和黨，給民主黨的獻金更高了好幾百萬，因為她跟小柯「關係匪淺」。我想她應該不知道，其他那些也叫瑪菲的貴婦都跟他有關係。

我們坐在維多莉亞風的諾爾沙發（Knole sofa）[1]上，圍成一個討論小組（諾爾沙發在上東城地區非常流行。如果你能擁有一套鋪著十七世紀綠茵花樣織布的沙發，可就更了不起了，不過那通常是不可能的）。一個穿著制服的女傭端著銀製托盤奉上茶。想到即將要舉辦慈善舞會，瑪菲興奮得跟在LV專賣店裡的日本觀光客沒兩樣，手不停地扯著沙發抱枕上的流蘇。

「噢，老天！明天就要舉辦晚會了！確定出席的超級貴賓有王子、百萬富翁、電影製片、企業家第二代、建築師和政治人物，小柯可能也會來喔！」她提高嗓音叫著。「基本上，所有的紐約人明天晚上都會出席。」

「瑪菲，這個慈善晚會的主題是什麼？」我問。

「喔，就是拯救什麼東西吧。拯救威尼斯，拯救大都會歌劇院，或拯救芭蕾舞，誰知道啊！我參加的慈善委員會實在太多了，我先生很喜歡用這種方式節稅，所以通通都取同樣的名稱，就是『拯救什麼東西』。怎麼樣，我很聰明吧！不過，真希望有人可以先拯救我，我快要被委員會的那些貴婦給煩死了。妳不捐個一百萬的話，可能會被她們的高跟鞋踩死。我想這次的主題應該是拯救花朵之類的。做慈善真的是很了不起的一種活動，可以讓需要的人拿到一堆錢，而我們也有機會穿超美的Michael Kors禮服出席。好了，來談正事吧。」她口氣突然嚴肅起來。「茱莉，我聽說，妳想要找個未婚夫是吧？多好啊！來，告訴我，妳喜歡什麼樣的男人？」

「聰明、幽默、可以逗我笑的人。還有，可以連續忍受我抱怨和發牢騷好幾個小時，然後還

1專門放在壁爐前的沙發，靠背與扶手等高，圍成一個ㄇ字，以維持溫暖。

是一樣喜歡我。千萬不要介紹創意人給我，我高中時就下定決心不跟這種人交往。不要演員，不要藝術家，也不要音樂家，謝謝。」茱莉回答。

我不知道茱莉原來這麼有想法。不過，交過五十四個男友之後，妳應該也會很清楚自己要什麼。

「親愛的，妳根本不用擔心。」瑪菲說：「上東城沒有創意人，真的！紐約市長不會允許他們越過聯合廣場半步。」

「還有一件事，說出來的話，妳們一定會覺得我很嬌生慣養又膚淺，可是我真的希望我的男友願意聘請司機。這都要怪我爸啦！以前他每天都要司機開著積架載我去學校，讓我養成這個壞習慣。可是我就是這樣，總不能要我改變自己，是吧？」茱莉的臉微微泛紅。

「當然不能啊，親愛的，」瑪菲柔聲安慰。「不喜歡走路就是不喜歡，沒得商量。看看我，我有三個司機耶！棕櫚灘一個，亞斯本一個，這裡也有一個。表達自己的需求並沒有錯啊。」

真是一山還有一山高。即使是在親近的朋友面前，瑪菲說話還是可以這麼誇張。

「瑪菲，我只是想跟其他女孩一樣談個戀愛，這樣不需要打維他命C，就可以讓皮膚閃閃發亮。」茱莉眼泛淚光，「有時候我真的覺得很寂寞。」

瑪菲是個數學頭腦很好的社交名媛，可以把座位規畫得跟西洋棋一樣複雜。她自有一套系統，一旦要替人「牽紅線」，就會執行這套系統。她會確保有張桌子坐了十三個人，而且多出來的第十三位賓客一定是男士。每位賓客都會拿到一個座位號碼。茱莉是四號，座位在長方形桌子尾端的倒數第二個，好處是可以跟四位男士交談。她的左右兩邊分別會是一位義大利王子和唱片製作人，對面是地產大亨，而「多出來的」那位男士就坐在桌子的前頭。女主人會跟他說，很抱歉讓他坐在兩位男士旁邊，「可是今晚的男生實在太多了！」

我不知道在紐約還有誰可以像瑪菲這樣，有本事利用座位，安排一位女生在晚餐時與四位單身男子交談。唯有在計算要拿多少預算給花店時，瑪菲的數學腦袋才會失靈。

隔天晚上，茱莉臉上掛著超級燦爛的笑容，身上配戴的鑽石差不多有非洲那麼大。身為朋友的我，常為她的好家世感到開心，但看到她戴著據說是從卡地亞偷來的「戰利品」時，心中不免有些嫉妒。不過，茱莉很貼心的一點是，她會與朋友分享自己的東西，當晚，她也借了鑽石耳環給我。她還從博道夫召集了一群造型小組到她公寓，為我們做頭髮和化妝。

我到茱莉家時，她正坐在客廳的貴妃椅上。客廳的佈置極為高雅，牆面漆成淡淡的藍綠色，有著大片的窗子，與天花板連結的頂端有一整排厚實的飛簷裝飾。壁爐上掛著一幅美得令人摒息的蓋·柏丁（Guy Bourdin）[2]裸體攝影。傢俱全是三〇年代的好萊塢經典作品，也是茱莉的最愛，她重新鋪上淡色的天鵝絨來搭配牆面的顏色。不過，客廳裡到處擺著各式各樣的美容儀器，把美麗的裝潢都遮住了。化妝師大衛根本就把這裡改造成他的個人工作室。他為茱莉撲上腮紅，拉寇兒在一旁用平板燙拉直她的頭髮，而波蘭籍的腳趾美容師伊瑞妮亞則在拋光她的腳趾甲。這

2 著名的法國時尚攝影師，為《*Vogue*》雜誌效力近三十年。

些都不算什麼，我聽說，有些紐約女生在赴宴之前，一定會先請皮膚科醫師看看皮膚有沒有瑕疵，否則絕對不出門。

「我看起來開不開心？我的笑容看起來像不像……真的？」我走進客廳時，茱莉問。

大衛說她的笑容跟卡地亞的「戰利品」一樣唬得過人，我覺得這個比喻還真是貼切。

「完全是假的耶，很讚吧？」茱莉說。

「媽啊，真是超讚的！」大衛附和，語調誇張。

「我下午去找了皮膚科醫師。妳知道嘴唇旁邊有一些小小的肌肉叫笑肌嗎？我猜妳大概不知道，因為很少有人會注意到這個。跟妳說，過了二十三歲以後，這些肌肉就會慢慢鬆弛、下垂。可是現在有個很了不起的方法可以解決、幫助妳找回燦爛的笑容。皮膚科醫師會在笑肌上注射一點點肉毒桿菌好讓它麻痺，然後，妳的嘴角就會立刻上揚了。只要有肉毒桿菌的幫忙，整個晚上不用笑，臉上自然會有笑容，省了好多力氣。」茱莉滔滔不絕地解釋，覺得自己說得非常有道理似的。

這場慈善晚會規定要著正式服裝。茱莉化好妝、弄完頭髮後，立刻換上一件具有瘦腿效果的黑色絲質小洋裝（香奈兒的高級訂製服，剛從巴黎空運過來）。她走進試衣間去照鏡子，這時換我坐下來給大衛和拉寇兒做造型。紐約有好些社交場合，基本上，如果沒有化妝、做造型，根本就不得其門而入。瑪菲辦的宴會就是其中之一。頭髮與化妝的整體造型能夠為你大大加分。在紐約生活一陣子之後，你就會知道，只擦媚比琳睫毛膏就出門根本行不通，而且還可能結成一團。曼哈頓的化妝師幫你上好眼妝之後，會用梳子把睫毛梳開。在這裡，睫毛膏黏成一團是絕對不可饒恕的大罪。

大衛幫我上唇蜜時，臥房突然傳來一聲慘叫。看來有人要為了造型大發脾氣了。這種事沒什麼大不了的，紐約女生每次扯到服裝的事都會發脾氣。我緩緩走進臥室，站到茱莉身後，望著鏡子中的她。

「穿這件就是不對勁嘛，我看起來好……好保守喔！」她歇斯底里地哭喊著，一邊扯著小洋裝的裙襬。「妳看看我！有一齣百老匯劇的演員全都是胖子，我看起來好像裡面的人。就是《髮膠明星夢》啦。我的未來老公一定會認為我是個醜八怪！」

那件小洋裝美呆了，時尚感十足，迷人度百分百。

「茱莉，妳穿起來真的超美。這件小洋裝短到不能再短了，是保守的相反啦。」我試著說服她。

「我都快瘋了，妳還在那邊跟我說什麼相反不相反。你們可不可以都走開啊！」她哀怨地啜泣著。

茱莉把自己鎖在試衣間裡，衣服一套換過一套。她隔著門說，不想去參加晚會了，因為不管是比服裝、比腦筋，還是男女關係，壓力都很大。其實我並不在意今晚有沒有去瑪菲的大理石別墅參加舞會，只是我明天必須歸還從公司時裝櫃裡借來的一件超美白色雪紡洋裝，沒有讓它亮相的話，那真是太可惜了。

「茱莉，不管有沒有去參加舞會，我都無所謂喔。」我說。反正改天再穿那件洋裝也行。

「但我想這次的派對一定很有趣。」

「紐約的派對一點都不有趣，根本就像戰爭一樣。」茱莉邊說，邊打開試衣間的門走出來，身上依然穿著那件迷死人的香奈兒。「大衛，給我一顆鎮靜劑。第一次約會，我一定要吃一顆才行。」

大衛連忙衝到他的化妝包前翻找，裡面裝了一堆以防萬一的處方藥，最後他終於掏出一小包贊安諾來。茱莉撕開包裝，把一顆小巧可愛的藍色藥丸丟進嘴裡。我覺得用這種方式迎接今晚的戰爭非常入時。接著，她打電話叫司機來載我們到瑪菲家。

我真的沒想到，最後為什麼是我找到未來老公，而茱莉沒有。說得更明確一點好了，晚會結束之後，沒有一位未來老公人選靠近茱莉的「巴西區」，但卻有一位非常接近我那個部位。

坦白說，香檳泡泡女孩喝了幾口香檳泡泡，所以實在記不得當天晚上到底發生了什麼事。可是，為了澄清某些公園大道公主隨便亂傳的惡毒謠言，說什麼我當著最好朋友的面，搶走了她未來老公之類的瞎話，我得好好努力回想當天晚上的情況。雖然我相信茱莉肯定不相信這些謠傳（應該……不相信吧）。

我們遲了一個小時才到瑪菲家，還差點找不到座位，因為到處都擺滿了白色百合花和蠟燭，根本看不到前方一公尺以外的地方（就花卉裝飾來說，「百合花叢林」雖然會妨礙視線，但絕對是曼哈頓現在最流行的玩意兒）。

當晚的賓客大約有兩百五十位。與賓客數量相當的服務生全都穿著白色燕尾服，戴著白手套。舞會上眾星雲集，畢竟瑪菲只邀請曼哈頓社交圈裡的精英名流來參加。從服裝來看，大家多半選擇花卉圖樣為造型主題，這是參加園藝類慈善晚會必然會見到的現象。許多名媛都穿Emanuel Ungaro，因為他擅長運用印花，設計出來的花朵圖案禮服絕對無人能及。珠寶的話，年輕女生大多選擇Asprey[3]的雛菊形鑽石系列，而年長的女士則多半從保險箱裡拿出很有份量的古董寶石首飾來配戴。大家都在相互親吻打招呼，嘴上都說好高興見到對方，但心裡不見得這麼想。

我們好不容易找到座位時，正好要上前菜，是冷薄荷湯。我們的桌子位於整個房間的正中央，同桌的人都已經就定位。瑪菲為茱莉挑的四位未婚夫人選來自不同國家，選擇相當多元。茱莉還沒來得及喝口湯，坐在左邊的義大利王子就對她說：「妳比帝國大廈還要美！」

「你也很帥啊。」茱莉綻放一朵迷死人不償命的微笑，讓那位義大利王子大受鼓舞，「不不不！妳的美勝過洛卡斐拉中心（洛克斐勒中心）！」

這時，坐在茱莉右手邊，看起來像白人新教徒的金髮地產大亨接班人突然插嘴：「莫里齊歐，抱歉，我的看法跟你不同，這位小姐應該是比五角大廈還要美才對。」

我從來沒聽過有哪個男人把女人拿來跟政府單位相比的。但茱莉顯然芳心大悅，因為她接下來立刻丟出關鍵問題。

「你信任司機嗎？」她帶著美麗的笑容詢問他。

結果發現，大家信任司機的程度跟宗教信仰差不多，包括坐在唱片製作人對面的那位男士

3 英國皇家御用的頂級珠寶品牌。

也是。他就是多出來的第十三位，波蘭人，原本住在明尼蘇達，後來搬到洛杉磯當演員（我猜瑪菲大概是心軟，才會讓這種創意人來參加晚會）。在場的每位男士除了有司機之外，似乎也有專屬的機師，因為他們都有私人飛機，只有那位演員除外。他說他「借過」華納兄弟的私人飛機，「我很常借啊，還可以在上面抽紅色萬寶路，真的是超酷的啦！」

男士們開始聊起飛機的飛行高度、儀器，還有雪茄和那斯達克指數。也許這些話題比我這個無知的人想像的更有趣，因為紐約男人的話題好像都離不開它們。沒有人跟茱莉說話，也沒有人理會我或同桌的其他女生。這時，茱莉打開金色手拿包，拿出一支唇蜜開始塗了起來。她覺得很無聊時，就會開始補口紅。接著，她開口說：「你們這些人幹嘛不實際一點？」

我覺得這句話從茱莉口中吐出來挺奇怪的，因為她常常說，只有鑽石是唯一實在的東西。唱片製作人拍拍她的手，「寶貝，這樣是賺不了大錢的。」

「你說的話可真有趣啊。」茱莉語帶諷刺。不過這時他又轉過頭去跟地產大亨接班人聊雪茄，所以根本沒有察覺。

男士們繼續自顧自地討論私人飛機，完全無視於他人的存在。於是，非常擅長把別人的注意力拉回自己身上的茱莉開口了：「我有一億美金的資產喔。」這些未來老公人選頓時安靜下來。茱莉又補了一句：「而且全部屬於我個人。」說完，他們突然全都對茱莉的好頭腦很感興趣。這時，茱莉甜甜地向大家宣佈：「不好意思，我現在要去化妝室自我了斷了。」

她離開之後，我連忙解釋，說這是很正常的。每當茱莉開始覺得無聊，又發現大家都只在乎她的錢，而不是在乎她的個人魅力時，她就會有這種反應。在場男士都露出慚愧的神情，於是我又說：「別難過嘛！除了我以外，大家都只愛茱莉的錢，這沒什麼好丟臉的。她其實已經很習慣了。你們知道嗎，她念托兒所的時候，其他小朋友之所以肯跟她玩，都是因為他們的爸媽說她很有錢。」

我想，這番解釋應該有稍稍緩解尷尬的氣氛。他們都露出如釋重負的神情，隨即開始詢問茱莉的財產是怎麼得來的。我有時候真的很同情這些公園大道公主，她們才轉過身兩秒鐘，大家立刻開始詢問她們身價多少，或者未來會有多少資產，好像把她們當成是生物科技類股還什麼似的。我的回答當然是，博道夫家族的資產來源是私事，我不便透露。

「她是博道夫家的人？難怪她有一頭完美的金髮。」坐在對面的黑髮女生開口：「妳覺得她有辦法幫我預約亞利葉特嗎？」

紐約美眉經常隨便開口要陌生人幫忙。對她們來說，紐約遍地是機會，不好好把握怎麼行。

總而言之，茱莉當然沒有在化妝室裡自我了斷。而這時，有件神奇的事發生了——我物色到一位未來老公人選。在遠處那一桌，我瞄到一位看似完美的男人，他的身材又高又瘦，一頭深色頭髮，還有一對顏色更深的雙眼。他穿著整套西裝，卻沒有繫黑色領帶（我很崇拜這種不拘小節的男人，該打領帶的時候，他偏偏反其道而行）。這男人真是帥到不行，簡直就是裘德洛的翻版。當下我完全失去食欲，就像第一次聽到柴可夫斯基的天鵝湖一樣。這麼浪漫的東西，會讓人覺得從此再也吃不下東西。光是看到《北非諜影》中的亨佛萊．鮑嘉對英格麗．褒曼眨個眼，我就差點要把自己餓死了。

茱莉回到座位後，我馬上要她鑑賞那位迷人的未來老公人選，不過當然是暗中指給她看啦。

「嗯，他是挺有型的。」茱莉聽起來似乎不是很感興趣。「不過，看起來有點太酷了。妳知道我的意思嗎，就是太有個性了，不像是那種會想要訂婚或是走傳統路線的人。」

「不過，也許……很難說啊，他……他很有可能很想要成為別人的未婚夫，這樣就可以……」我愈講愈小聲，整個人被他迷住。「我的意思是，所有的未婚夫，在還沒成為別人的未婚夫之前，都是單身的，不是嗎？」

在座每個人都盯著我看，好像我說了什麼沒大腦的話。我根本不知道自己在說什麼，只記得我滿嘴胡言亂語。每次只要遇到酷似裘德洛的帥哥，我都會變成這樣。你們不知道，我看完《天才雷普利》之後，整整有一個星期看不下東西，也寫不了字。

「妳在找勞公（老公）嗎？」義大利王子問茱莉。「這樣一點都不浪漫，就是，要枕（怎）麼說……就是很制式化。」

「莫里齊歐，這些女生最不浪漫的地方，就是每個人其實都在物色老公，卻假裝沒有，因為她們覺得這樣才得體。如果一個女生想要談戀愛，而且坦然地表達出來，那才真的是浪漫。」茱莉妖嬈地凝視著他。靜默一會兒之後，她接著說：「在紐約啊，有未婚夫真的超時尚。我手裡挽著一個未婚夫，應該會很好看吧，你說是不是？」

莫里齊歐驚訝地嚥了口口水。

「妳枕（怎）麼能把男人當裝飾品呢？」

「這我最拿手了，」茱莉嘆了一口氣，「我跟以前的男友學來的。」

為了茱莉，我決定走到另一頭去探查情況。我愈靠近，那位裘德洛型男看起來愈帥。天啊，我該說什麼好呢？我一邊往前走，一邊緊張地心想。參加派對時，我通常不會主動走到陌生人面前跟他們交談。

「不好意思，打擾了，」我走到他桌前，怯怯地說：「我的朋友在那邊，她想問你一個問題。唔，她想問說……這個……就是……你願不願意僱用……司機啊？」

裘德洛帥哥狂笑不已，好像我說了全世界最好笑的笑話似的。這還滿令人開心的，只不過我不知道自己說了什麼這麼好笑。

「事實上，我都坐地鐵。」他回答。

天啊！他真帥。就算他說他坐坦克車，我應該也會覺得他很帥。像他這樣的型男，不管做什麼都帥到不行。

「你好特別喔！」對面有位亮麗的褐髮美眉尖叫著。她的聲音未免太大了。「嗨！我叫阿德莉安娜，就是你們知道的模特兒啊。我有拍Luca Luca的新廣告，知道吧？我想我們還沒互相介紹過。你好！你是那位名攝影師查克·尼可森，對吧？」

他點點頭。阿德莉安娜美豔動人，散發著一股異國風情，還有暹羅貓一般的纖細骨架。她的眼妝是模特兒拍照必備的專業煙燻妝。我暗自提醒自己要學會她的眼妝技巧，但她的個性可絕對不要學。

「我想知道，坐地鐵到底是什麼感覺啊？」阿德莉安娜繼續問道。她的一舉一動充滿了挑逗意味。我發誓，我看到她一邊講話，一邊眨動那捲翹的睫毛。「我想坐地鐵一定很好玩，你一定可以得到很多攝影的靈感吧。你是一位超厲害的攝影師呢！」

天啊，瑪菲有時候真的很會騙人，這男人百分之百是個玩創意的傢伙。茱莉絕對不會想要一個攝影師當未婚夫。

「謝謝。不過我的靈感都在腦子裡，坐地鐵只是為了要趕快抵達某個目的地而已。」查克客氣地回答。

我想他對阿德莉安娜應該沒什麼興趣，她有點太誇張了。媽啊，他真是帥，我忍不住又這麼讚嘆。還有，型男先生居然坐地鐵，沒有給司機載，對茱莉來說實在是太可惜了。

「我超愛、超愛你最新的攝影系列，我還特地跑去紐約現代美術館觀賞。我二十九歲就去現代美術館，很了不起吧！」阿德莉安娜說。

茱莉的運氣真背。這麼有才華又迷人的攝影師，應該會是個很棒的未婚夫。這時，他突然望著我，小聲地對我說：「救我好嗎，讓我擺脫那個Luca Luca的模特兒。」接著，他拉高嗓子說：「嘿！來跟我們一起坐吧，我好久沒有看到妳了。」然後順勢把我拉到他的腿上。「來點甜點吧。」他把一盤堆得跟山一樣高的法式小泡芙湊到我面前。

「我很想吃，可是我會過敏耶。」我把盤子推開。「這種派對會讓人沒有食欲。」

查克微微一笑，用挑逗的眼神望著我。

「妳是紐約最聰明的女孩，還是最漂亮的女孩呢？」他問。

「都不是。」我紅著臉回答，心裡開心得不得了。

「我想妳兼具這兩項特質。」他又說。

我完完全全被他迷住了，而且好高興能一直坐在他的腿上。他需要我的幫助時，我總不能拒絕吧？能夠把這麼帥的人從美麗的模特兒手中拯救出來，感覺真是太美妙了。這時我突然想起，我是要來探查情況的，但看來至少還要再五分鐘才能脫身，所以我舉起手對茱莉揮了揮，然後比了個大拇指向下的手勢，意思是：很糟，這裡沒有願意給司機載的未婚夫人選。

到了半夜一點，我還在「拯救」查克。阿德莉安娜早就走了，走之前還不忘跟大家宣傳，在時代廣場MTV大樓上的廣告看板可以看到她。那時，我很確定查克要我留下來繼續拯救他。經過一陣子，不知道為什麼（不要問我這是怎麼發生的，因為我很純潔，不好意思說），查克的頭就已經非常靠近我之前提過的南美洲地帶。另外，我想告訴那些造謠說我當著茱莉的面搶走她未來老公的人，事實上茱莉一點都不喜歡他。

「聽起來是個創意人，完全不適合我。我看他絕對不會跟任何人訂婚。」隔天，茱莉警告我。

無所謂。要找未婚夫的人是茱莉，不是我。我向她坦承，那位攝影師有拜訪我的「拉丁地帶」。她說她一點都不生氣。我相信那是真心話，因為她對瑪菲那場舞會的唯一評價是：「白白浪費了巴黎訂製服！」

4

遇到查克那晚，我有些不對勁。自此之後，我再也不碰法式小泡芙，就這麼戒了它。這其實還滿不可思議的，因為除了木蘭烘培坊的香草杯子蛋糕之外，我最愛的就是法式小泡芙。

見到查克的第一眼，我就愛上他了。當下，我的心像被什麼東西擊中似地轟然一聲，然後再也無法自拔，就像電影《天才一族》中那對偷偷愛上彼此的兄妹一樣。我不太確定自己迷戀的到底是查克這個人，還是他與裘德洛相似的部份。但他真的超浪漫，自從我們認識後，他天天打電話給我，每天晚上都約我跟他共進晚餐。不過，我每隔一天就拒絕他一次，因為啊，面對這樣一個酷似裘德洛的情場高手時，最好不要讓他覺得妳很有空。另外，跟裘德洛型男吃飯的壓力實在是很大，所以每次約會至少需要間隔四十八小時，好讓我那敏感脆弱的愛情神經有時間恢復過來。

當然，查克還有其他讓我神魂顛倒的地方。像是跟他一起共赴「巴西」的滋味，就比以往跟少數幾位男性的經驗都來得美妙。他每次都可以很快找到「里約熱內盧」的正確位置，而其他男人在「到家」之前，頂多只是在里約的「周邊」徘徊而已。我的一切他都愛，連缺點都喜歡。

比方說，有一次我提議要煮頓晚餐給他吃，最後不得已叫了外賣（沒辦法，身為一個不折不扣的紐約女孩，我唯一會做的東西是烤貝果），但他還是覺得我很可愛。之後，他做了好多浪漫至極的事情來回報我，像是連續五天都送我一束牡丹花（我最愛的花），並且附上小卡。第一張卡片上寫的是「給」，第二張是「我的」，第三張是「最愛」，而最後兩張分別是「與」還有「唯一」。給我的最愛與唯一。他真是太貼心了，害我整整一個星期吃不下東西。

查克也是個送禮高手，他每次送的都是我真正想要的禮物，甚至我是在收到禮物的當下，才發現自己渴望這項禮物已久。我生日那天，他給我的驚喜是一幅美麗的黑白照片，那是他幾年前出的「淹沒」系列作品之一（拍攝的是一台半沉沒在湖中的拋錨卡車。這份生日禮物確實有點詭異，但我還是很感動）。此外，他還送了我一本皮革裝訂的初版《紳士都愛金髮妹》（*Gentlemen Prefer Blondes*），這是我奉為聖經的一本小說；Asprey的珍珠魚皮珠寶盒（說穿了，就是一隻死掉的魟魚）；頂級文具專賣店Mrs. John L. Strong的粉紅色經典花紋信紙，想買到這樣東西，得在幾個星期前就預訂，除非你能像查克一樣，憑著個人魅力要求對方當天交貨；以及一條在利馬（Lima）的跳蚤市場買的古董流蘇披肩。

查克喜歡帶我到偏遠而又夢幻的小餐廳用餐。我最愛的是位於東六十四街上的Jo Jo。餐廳的位置遠離熱鬧的麥迪森大道。從透明的小窗格望進去，可以看見裡頭隱隱閃爍的燭光與吊燈。餐廳內擺著舒適的絨布長沙發，配上黑色亮面的桌子。牆壁漆著仿舊的灰藍色，還有古董屏風把樓上的座位區隔開來。進到這裡，你會覺得全世界最甜蜜的情侶非你們莫屬。我們第一次來到這間餐廳，是為了慶祝認識滿兩個月。查克整個晚上跟我四腳交纏，好像永遠不想放開我似的。我們一邊吃著晚餐，一邊打打鬧鬧，又笑又親的，談的話題都是一些無聊的小事，像是這裡的薯條有多好吃之類的（據說這是因為他們用松露油還是什麼了不起的東西炸薯條）。

跟查克在一起的頭幾個月，唯一讓我有點擔心的是阿德莉安娜。我人在查克位於中國城內的單層公寓時，有幾次電話響他沒有接，然後答錄機就傳來阿德莉安娜的聲音，說想邀他吃午餐、晚餐、喝東西或討論工作內容。但看來我的擔心是多餘的。過了一陣子之後，她就沒再打來了。

我談戀愛這件事，唯一不高興的是我媽。我可沒有把在曼哈頓談戀愛的細節告訴她，但她還是會在八卦專欄上讀到，然後打電話來質問我。

「乖女兒，我聽說小伯爵可能會回家過聖誕節（現在已經接近十二月底了）。我真的覺得你們兩個是天生一對。」

我深吸了一口氣。

「媽，我相信小伯爵並不想見到我。我也不希望下半輩子都得在冷颼颼的城堡裡，對著羊群發呆。不管這個啦，我想妳和爸都會喜歡查克的。」

「他的父母是誰啊，女兒？」

「我不知道，我只知道他來自俄亥俄州，是位很傑出的攝影師。」

我對查克的瞭解不多，只知道他長得很帥，住在中國城內一間很大的單層公寓裡，還有睡前一定要喝一杯濃縮咖啡。他是個工作狂，有時候會突然好幾天不見人影。他滿會耍神祕和搞失蹤的，當然，這一點也深深吸引著我。

茱莉常常說，她可以在「心跳一瞬間」就把去聖巴特島度週末的行李打包好。這是天大的謊言。事實上，她每次旅行都得花上一星期的時間打包。我真正想說的是，如果你跟我一樣處於瘋狂熱戀期，會感覺什麼事都像心跳一瞬間那樣短暫。我跟查克在一起大概十五秒——實際上應該是六個月——後，接近三月中旬時，他向我求婚了。這麼快耶，你能想像嗎？我跟他在一起的每分每秒都好開心，開心到完全忘了時間的存在。

現在唯一的問題是，我如果答應查克的求婚，擁有未婚夫的人就會是我，而不是茱莉。這樣似乎會造成一些衝突的局面。不過，即使心裡很害怕茱莉會生我的氣，我還是無法拒絕他。我已經愛得無可救藥了。查克是一個理想的未婚夫，雖然他偶爾會因為工作纏身，而有一星期完全不見人影，也不回我電話，但他一現身，就會邀我去吃一頓浪漫的晚餐，讓我再度為他瘋狂。

我跟茱莉說我訂婚了，沒想到她的反應居然很平常。她贊成我跟查克在一起，也知道他這個人藝術家氣息太重，不適合她。對於我莫名其妙比她先找到未來老公這件事，她並沒有大家想像中那麼介意。她說：「我正好可以藉著妳的婚禮先試試婚紗，萬一妳出了差錯，我還有機會改進。」

我跟媽說要嫁給查克的時候，她的反應你們應該想得到。我媽先是威脅說她會頭痛而死，然後又堅持一定要在史威爾城堡內舉辦婚禮。城堡後來開放給民眾租借作為宴會場地，雖然它並不是我心中的首選，但我實在太開心，所以決定隨便她要怎麼安排都好。聽到我要訂婚的消息之後沒幾個小時，我媽就把訂婚的教堂、花卉裝飾、宴會開胃菜、蛋糕、婚禮流程等所有細節全都規畫好，甚至婚禮上拋灑的五彩碎紙也沒漏掉（在科芬花園市場訂購，經過冷凍乾燥的玫瑰花瓣）。我想，早在我滿十六歲那年，我媽就已經做好了所有嫁女兒的準備。現在她終於決定勇於接受現實，那就是女兒即將嫁給一位美國攝影師，而不是英國伯爵。

訂了婚後，我覺得自己好像成了高中時代的萬人迷。每個紐約人都跟我一樣深深為查克著迷，我們倆經常受邀參加社交派對，大家都迫不及待地想知道我們的結婚計畫，就連我辦公室裡的女孩都愛上了查克，她們也都是裘德洛的頭號粉絲。還有，我的肌膚從來沒有像現在這麼光采動人。

某天，編輯問我要不要到洛杉磯去訪問一位有名的女演員，順便在那兒待幾天。你們可以想像，我聽到這個消息時有多麼興奮。她很貼心地堅持要我把帥氣的未婚夫一起帶去，還幫我們在夏特蒙特飯店（Chateau Marmont）訂了一間四房的頂樓豪華套房——那間擺有一架三腳鋼琴的著名套房。大家對訂了婚的人真的是好得不像話。可以跟查克相處整整四天，對我來說如同天賜的幸福，事實上，這也會是我們認識以來相處最長的一段時間。我實在是等不及了。

我有位朋友叫戴芬妮．克林格曼，以前是女演員，現在是職業家庭主婦。她的老公曾是經紀人，後來成為製片，現在則是電影工作室的老闆。戴芬妮聽說我要去洛杉磯，立刻用黑莓機傳了封電子郵件給我，寫說：

我在上瑜珈課，不能聊。在比佛利山莊幫妳辦派對好嗎？

我實在很難想像她可以一邊做瑜珈一邊傳電子郵件。不過，自從拍完最後一部片後，戴芬妮每天都去上阿斯坦加（Ashtanga）瑜珈，經過大約兩年多的練習，我想現在她應該已經是個瑜珈高手了。

春天是造訪洛杉磯的最佳時機。我跟好萊塢的人一樣十分嚮往夏特蒙特飯店，它總讓我想起格林童話中，那位長髮公主住的城堡。飯店座落於日落大道上方，中央有一座聳立的塔樓，彷彿正冷眼俯瞰山下的紛紛擾擾。我們到達飯店的時候已經接近深夜，但大廳內還是擠滿了鍾愛這家飯店的好萊塢名流。不過，這番情景一點也不吸引我。我只想跟查克上樓，來一場刺激火辣的南半球之旅。

我們住的套房讚得不像話。客廳大得嚇人，一邊擺放著兩張現代風格的長沙發，另一邊有一架三腳鋼琴，牆上掛了一面裝飾藝術的巨大鏡子，中央則有一張五〇年代的義大利亮面茶几。茶几上的冰桶內放著一瓶年份香檳。臥房的擺設很簡單，有一張非常誘人的大床、兩盞銀燈、一組音響，還有一整面連接陽台的落地窗。查克給行李服務生小費時，我走到陽台上去迎接晚風，享受洛城的美麗夜景。眼前一片燈火輝煌，從好萊塢一路綿延至聖費爾南多谷，景致美不勝收。雖然我很疲累，可是這房間美得令人興奮難耐。我跟查克一定可以到「巴西」好好地翻雲覆雨一番，搞不好一下子就能深入亞馬遜叢林呢！

「查克，你想不想……跟我去雨林玩啊？」我站在陽台上羞怯地問他。他在房裡，正忙著整理衣物。

「我現在很忙。」

「欸，別這樣嘛！」我輕笑了兩聲。「不要這麼無趣嘛！」

「妳不要這麼需索無度。」他面朝衣櫃，頭也沒回一下。

「親愛的，史汀和他老婆楚迪一天到晚都到雨林去找樂子，沒有人覺得他們需索無度。」

查克沒回答，他根本沒聽懂我的笑話。每次我講完冷笑話，他總是會跟我一起亂笑一通，但今晚的他很不一樣。他要我別煩他，讓他安靜地上網收信。說老實話，我覺得白白浪費了這麼棒的豪華套房。

到了半夜一點，查克依然沒有要上床的意思。他整晚都擺著一張臭臉，窩在客廳猛敲電腦鍵盤，好像完全沒注意到周圍的擺設和窗外的美景。據我所知，只要女人主動要求做愛，男人絕對不會拒絕，就這麼簡單。我終於忍不住開口向查克抱怨，他抬起頭，一臉不爽的樣子。

「拜託妳讓我好好工作，可以嗎？」他語帶憤怒。

我不禁感到愧疚，他這麼忙，我還一直要求他來陪我。

「對不起。你在忙什麼？」

「新的廣告案。這次的案子砸了很多錢，我壓力很大。」

「很好啊，是什麼廣告？」

「Luca Luca的廣告，他們這次想要全新的手法。」

「阿德莉安娜有參與嗎？」

「有，而且她還是個大麻煩。我可以工作了嗎？」

查克繼續盯著他的電腦。我走進臥房，往床上一倒，覺得好失望。從床上往落地窗外望出去，忽然間，外面的景色已變得像地獄一般淒涼寂寥，令人心情更加沮喪。我現在整個人好迷惘，就像一覺醒來，發現保羅・湯瑪斯・安德森（Paul Thomas Anderson）[1]的電影正演到一半。

過兩天，我準備打電話給戴芬妮時，心裡只覺得自己超丟臉的，我要怎麼告訴她，自從我們到洛杉磯之後，查克根本沒跟我說過幾句話呢？我知道查克壓力很大，可是講到去「巴西」那檔事，我只能說，自從我們住進夏特蒙特，我一步也沒踏出北極圈，更不要說去「巴西」了。我不是說Luca Luca的案子不重要，可是查克表現出來的態度，好像他是要去為西斯汀大教堂畫壁畫一樣。說真的，他幾乎不讓我靠近他，而且只要我一提到跟上床有關的事，他就會說出「不要再騷擾我」之類的話。我這才想到，過去幾個星期以來，我每次說想做愛，他就會抱怨太累、背痛還什麼毛病的。我相信他的話，但也許他根本就不想跟我上床。事實上，我們已經有兩個星期沒有靠近「里約」了。我從來沒有見過查克這個樣子，無論我提議什麼，他都興趣缺缺。我說想開車去南托邦加峽谷大道上的神祕寶藏二手商店（你一定要去看看，我發誓，不去會後悔），他說不

1美國的年輕導演兼編劇，曾經執導的片子包括《不羈夜》、《心靈角落》與《戀愛雞尾酒》等，擅長呈現錯綜複雜的故事情節。

要，然後繼續想他的廣告案。過去兩天以來都是如此。

裘德洛型男到哪裡去了？我的未婚夫好像變了個人似的。我只有在想到要去專訪女演員，必須努力振作自己的時候，才稍稍冷靜下來。但這項工作昨天已經完成了。

「戴芬妮！」聽到她接起電話，我不禁哽咽。

「別鬧了！」戴芬妮每次說話開頭都是「別鬧了！」。「怎麼啦？」

「是查克啦，他心情很不好，每天就只會看CNN、寄電子郵件。我們來了以後，他根本沒跟我說過幾句話，整天忙著跟阿德莉安娜討論Luca Luca的新廣告案。我看我們把派對取消好了。」

「別鬧了！派對當然不能取消。我老公布萊德里要用工作室的飛機把Le Cirque[2]的主廚載來幫我們準備餐點耶。聽著，妳根本不必擔心他不跟妳說話這種事，布萊德里也不太跟我說話。經常沉思又不多話的男人最性感了。今晚妳一定要來，很多人都想認識妳，妳也會想見見他們。」

查克後來終於同意跟我去參加派對。不過，那是因為戴芬妮親自給他打了電話，告訴他，會有很多喜愛收集「專業」攝影作品的好萊塢大人物參加。我是覺得戴芬妮有一點誇大啦，畢竟她只有一位會蒐集攝影作品的朋友。話說回來，戴芬妮什麼事都可以誇大，特別是講到年紀時。她號稱自己二十九歲，但其實已經接近三十九了。當晚我在梳妝打扮時，很努力說服自己要往好的方面想。有個沉默的未婚夫，好處之一就是有很多時間可以好好打扮一番。因此，我選了一件

2紐約著名的法國餐廳。

Azzedine Alaia的服裝，它的背扣設計相當複雜，好像怎麼扣都扣不完。雖然查克突然變了個人，讓我非常不安，不過想到要穿上Alaia的衣服，我依然興奮不已。有些禮服就是有致命的吸引力，Alaia設計的作品更是要人命。到了要出發的最後一分鐘，查克才隨意套了件白襯衫，外搭一件破舊的皮衣，當下讓我食欲盡失。他看起來是那麼的可口，我相信連Le Cirque的甜點百匯都無法誘惑我分毫。

戴芬妮住在比佛利山上一棟西班牙式的高級別墅裡，佔地相當廣大，幾乎不輸寶艾飯店（Hotel Bel-Air）。通往別墅的車道兩旁都有照明燈。在花卉裝飾上，戴芬妮依然極盡奢華之能事，到處都可以看到插滿茉莉花與枝葉的巨大花瓶，連洗手間都不例外。另外，服務生的人數也多到不像話。戴芬妮習慣為一位賓客安排十五位侍者服務，使派對變得相當擁擠。我們到的時候，客廳已經人滿為患，後來的賓客只好聚集在靠近游泳池的露台上。整個庭院以一盞盞燈籠妝點，而這些全是戴芬妮去摩洛哥血拚回來的戰利品。草地上則是隨意擺放著頗有夜店風格的繡毯與抱枕。我還來不及好好欣賞這一切，查克已經轉身去尋找戴芬妮的收藏家朋友，留下我一個人獨自佇立在派對中央。

這時，戴芬妮突然一把抓住我的手臂，把我介紹給剛剛贏得金球獎肯定的女演員貝希娜・伊文斯（Betthina Evans）。貝希娜擁有標準的0號[3]身材。這些女演員個個都是這麼纖細、完美。她有著一頭閃閃動人的蜜糖色長髮，身上穿了一件黃色緞面細肩帶連身裙，配上一雙銀色綁帶涼

3 相當於XS號。

鞋，完全以凱特・哈德森（Kate Hudson）的造型為典範。哈德森現在是洛杉磯人爭相仿傚的對象。貝希娜的手上戴著一只閃亮的訂婚戒指，鑽石大概有整個曼哈頓那麼大。

「喔，我也訂婚了。」我說。

「妳的戒指呢？」貝希娜仔細打量著我的左手。

「我未婚夫還沒有去買。」

這是真的。查克一直說要去買戒指給我，但不知怎麼的，就是遲遲未付諸實行。我不希望被人認為膚淺，可是這件事真的很讓我心煩。我覺得，訂了婚卻沒有戒指，就好比貓王的褲子忘了鑲上萊茵石，或是貝里尼雞尾酒裡缺了水蜜桃汁。我不在乎查克買什麼戒指給我，但是絕對不能沒有。跟別人比起來，查克遇到我算幸運了。我對戒指沒有特別的要求，但是裘琳早在她未婚夫求婚以前就跟他約法三章，她要的鑽戒，無瑕程度不能低於D級，也不能少於五克拉。

「唉唉咿呀！」貝希娜驚呼一聲，「如果湯米向我求婚的時候，沒有拿著一顆比加州還大的鑽戒，我才不會答應嫁給他呢。」

「如果有人給我一顆很大的鑽戒，我會覺得很不好意思耶。」我說。

這就不是真心話了。我心裡其實很希望擁有一顆比地球還大的鑽戒，可是我總不好承認吧，所以只好每次都口是心非。

「不管原本的鑽戒有多大顆，一戴上去，看起來就縮水了。我說這戒指啊，差不多要二十五萬美金吧。可是妳想湯米可以換來什麼？『我』耶。這麼一比，就會覺得它一點都不貴，因為我可是無價之寶呢。」貝希娜很有自信地說。

「喔。」我應了一聲。這些年輕女演員大概都很會精打細算，因為我怎麼也想不到可以這麼比較。

「我在麗茲．史密斯（Liz Smith）[4]的專欄裡讀到，他把〈淹沒的卡車〉當成禮物送給妳，這是真的嗎？好浪漫喔！聽我說，就算沒有戒指，我也會願意跟全紐約最性感的攝影師訂婚。妳這一招可真厲害！妳跟他分手的時候，一定會成為各大媒體的焦點，不過在大家以為妳真的要嫁給他以前，記得見好就收啊。」

我看起來大概糟透了，因為這時貝希娜突然伸手環住我的肩膀，拍了拍，似乎覺得我很需要安慰。她滿臉羞愧地驚呼：「天啊，對不起！我不應該說這麼不中聽的話。可是……妳真的打算要嫁給一位……攝影師嗎？現在訂婚好像是很稀鬆平常的事，只是大家都不是太認真，特別是像妳未婚夫這種創意人。我的意思是，我絕對不會嫁給湯米。唉唉咿呀！噁心死了！我們去找妳的男人說說話吧。我的天，看看他！他怎麼可以這麼帥啊。」

貝希娜往查克的方向走去，我趕緊把她拉回來，壓低聲音說：「唔……可以不要去嗎？事實上，我們今天晚上處得不是太好。我是說，其實……他都不跟我說話。他最近工作壓力很大。」我漲紅了臉，覺得自己好丟人。

「噯，別擔心！我兩個前夫也不太說話的，這很平常啊，不要不開心。大家都說啊，只要有人嫁就得了，其他都不重要！」她咯咯地笑著。

4 美國著名的八卦專欄作家。

「喔，我沒有不開心啦。」我才說完，就忍不住哭了起來。「我只是……正在熱戀中，妳知道的，談戀愛的人一天到晚都想哭，對吧？我先去一下洗手間。很高興認識妳。」

我整個人慌了。確定遠離派對的人群後，我立刻拿出手機打給茱莉，想找人聊聊天，試圖讓自己冷靜下來。

「嗨，臭茱莉，派對真有趣，我好開心啊。」

「那妳幹嘛哭得像Balenciaga機車包的銀扣掉了一樣，怎麼了嗎？」

我跟茱莉說，我這輩子從來沒有像現在這麼快樂過，到處都有蘋果馬丁尼可以喝，Le Cirque的甜點百匯也好吃極了。我打給她，只是想說，要是她也有來參加就好了。

「親愛的，當妳一邊在喝馬丁尼，但杯子裡卻裝滿了妳的眼淚時，妳得問問自己，是不是上天要給妳什麼啟示。」

媽啊，茱莉一開始提什麼上天，我就要替她擔心了。這表示她最近又開始看那些不健康的星座書。不過，如果她剛剛說的話頗有道理，就算那是從《占星魔法：如何排出個人星座命盤》這本書上看來的又如何？

「查克最近很奇怪，不過我現在沒辦法解釋清楚，得先掛電話了。」

「好，這樣好多了。到家打給我，愛妳啦，等會聊！」

幾分鐘後，戴芬妮發現我一個人很哀怨地坐在洗手間外的長椅上，臉上掛滿淚痕，便問說：

「天啊，發生什麼事？布萊德里剛剛有對妳不客氣嗎？」

「不是啦，是查克，他還沒有給我訂婚戒指，貝希娜剛好又問我怎麼沒有，然後……我不知道，我覺得好難過喔。」我忍不住啜泣。

「別鬧了！如果有人問起那該死的訂婚戒指，妳就說妳已經有〈淹沒的卡車〉了，而且它價值至少六顆鑽戒，好嗎？一個男人願意送這麼私人的東西給妳，表示他是真心愛妳的。聽著，布萊德里買給我的戒指雖然是尼爾．蘭恩〈Neil Lane〉設計的，可是好萊塢每個明星都有，根本不代表什麼。茱利亞．羅勃茲大概就擁有至少十五只，可是妳看看她那些未婚夫都是什麼德性。妳知道我是怎麼發現布萊德里是真心愛我的嗎？有一次我生病，差不多跟得SARS一樣嚴重，他端了茶到床邊來，那時我才知道的。這些生活細節上的表現才算數。現在妳可以笑一個了嗎？」我無奈地擠出一個笑容。戴芬妮說：「嗯，這樣好多了。妳得先讓自己看起來容光煥發，充滿戀愛的喜悅，才會真的覺得自己沉浸在戀愛的光芒與喜悅之中。拿去。」

「謝謝。」我從她手上接過面紙，擦了擦眼睛。

我整晚的情緒似乎不是很穩定。走回派對的途中，一股暈陶陶的快樂情緒又不由自主地湧上心頭。戴芬妮說的對，〈淹沒的卡車〉比戒指的意義大多了。可惜它不能戴在手上，讓大家一起見證我們深厚的愛。我開始回想查克剛認識我時做的每一件貼心事，就這樣催眠自己，好讓臉上保持著笑容。我又開始覺得沒有食欲，這表示我還沉醉在戀愛中，真是謝天謝地。

戴芬妮帶我回到客廳，裡頭擠滿了打扮得跟貝希娜一樣的名媛，眼前盡是一片粉色系的洋裝。大家都在熱烈討論綺拉．奈特莉即將上檔的新片，因為她是繼凱特．哈德森之後，她們準備要模仿的對象。不管是男朋友還是老公，都緊緊地跟在這些年輕美眉身邊，深怕一離開就再也見不到她們了。我只能說，這確實是相當明智的做法。我的穿著完全跟凱特．哈德森沾不上邊，跟周遭的人比起來非常吃虧。身上這套具有致命吸引力的禮服根本不適合今晚的場合，它的紐約氣息太重了。我怎麼會選一套黑色洋裝出席洛杉磯的派對呢？我現在只想回家啦。

「喔，對了！查理．登朗在那裡。」戴芬妮邊說邊拉著我往其中一張白色大沙發走去。有位年輕男子獨自坐著。她又在我耳邊說：「那個男的超有型的，而且是很有才華的年輕導演喔。不過，這是布萊德里告訴我的，他的片我一部都沒看過，可是妳千萬別跟他說，因為布萊德里想跟他簽約。妳去跟他聊聊，我來看看主廚弄得怎麼樣，好嗎？」

戴芬妮介紹我們認識，然後就迫不及待地到廚房去看她的開胃小菜還什麼的。就算查理真的像戴芬妮說的那麼帥，我也不會注意到，因為沒有人比得上我的裘德洛。說到這，我到現在都沒看見查克的人影。雖然他整晚行蹤成謎，我還是希望他在某個角落跟那些收藏大亨談得很愉快。

「妳還好嗎？」我一坐下，查理劈頭就這麼問，還露出擔憂的神情。我的情緒有這麼明顯地寫在臉上嗎？看來我那僵硬的笑容顯然沒有什麼說服力。

「還好，我……」我不知道要說什麼。

「怎麼了？」

有些人就是很沒禮貌，對不對？我才認識他不到三秒鐘，他就問我這些私人問題。很討厭，真的很討厭。

「沒什麼事。」我努力打起精神，「我玩得很開心，開心到什麼也吃不下。」

「連戴芬妮特別準備的可口甜點都不吃嗎？妳確定真的沒事？妳看起來不是太開心。」

「我很好，百分之一百五確定，好到不能再好。」我答道，希望他可以就此打住，不要再追問了。

「那，妳覺得紐約怎麼樣？」查理換個話題，顯然聽懂了我的暗示。

「你怎麼知道我住紐約？」

「看妳的洋裝就知道，很正式。」

「事實上，我稱它為殺手級的洋裝，因為它有致命的吸引力。」我開玩笑地說，心情稍稍愉悅了起來。「這都多虧了Azzedine Alaia！」

「妳是說像《獨領風騷》一樣嗎？」查理輕笑著。

「沒錯！」我大笑（我最愛的電影片段之一，就是在《獨領風騷》中，女主角艾莉西亞・席維史東（Alicia Silverstone）發現自己的Alaia洋裝被弄髒而驚慌失措的那幕）。「你怎麼會知道這部電影？」

「我是個影癡，業界的人都很愛《獨領風騷》。如果想在電影圈混，就得先好好研究這部片。我不是開玩笑的喔。」

好吧，也許查理真的還滿帥的。至少他知道Azzedine Alaia，光是這一點就大大加分了。別誤會，他還是比不上我的裘德洛，但不能否認，他的笑容的確很迷人。查理有一頭深色但稍嫌凌亂的頭髮，還有一對特別的藍眼睛。他穿著一件搖滾風的T恤，搭配牛仔褲和老舊的布鞋，雖然不是太整齊，但搭在他身上還挺有型的，像個典型的洛杉磯男孩。他還戴著一副很好笑的老學究眼鏡，而且三不五時會往頭上一推。他的皮膚是淡淡的小麥色，看起來像是在馬里布（Malibu）海灘沖浪曬出來的。查理似乎是個相當坦率直接的人，很容易讓人對他卸下防備。我提醒自己，我還是喜歡像查克這樣有點深沉的男人。

「妳想不想看看什麼叫做又蠢又笨呢？」查理咧開嘴笑著說。

「好啊。」我回答，一邊暗自慶幸自己恢復好心情。

「好。有一次，我遇到一位像妳這樣漂亮、開朗又不太吃東西的女生，我就像這樣吸了一口飲料。」這時，他用吸管吸了一口可樂。「然後，糗事就發生了。」突然，吸管從玻璃杯中彈了出來，在空中時，把可樂都濺到美麗的白沙發上，然後不偏不倚、恰恰呈九十度地插在查理鏡架的內側。我忍不住狂笑。他說：「所以，自從那次以後，我只要遇到女人就完全沒轍。」

吸管中的可樂開始一滴一滴地流到他的臉頰上。他做了個怪表情，像是在說「妳看吧」。

「可是你很好笑耶。」我咯咯地笑著說：「好笑就是好笑嘛。」

雖然我心裡覺得，第一次見面，他就直接說我看起來不太開心，是非常失禮的行為，可是他這個人真的很有趣。

「女生通常都很喜歡有幽默感的男生，而且你還是個導演，我猜你一定有位漂亮的演員女友吧。」

「沒，我現在沒有女朋友。」

「那你想交女朋友嗎？」

「我從來沒這麼想過，因為通常愈想交女朋友，就愈是交不到。不過，嗯，有的話也不錯。

---

5 洛杉磯近郊的度假聖地。

誰不想談戀愛呢，對不對？」

我突然想到茱莉，她一直都很想談戀愛。如果查理努力克制自己，不要在她面前表演吸管那一招，或許會是個完美的未婚夫人選，尤其是他還知道像Azzedine Alaia這麼重要的時尚設計師。我知道茱莉一定會說她不喜歡創意人，但或許她應該要多認識不同的人，擴大她的圈子。

「我介紹我的朋友給你認識怎麼樣？你喜歡哪一型的女生？」

「開朗，而且不太吃東西的女生。」他語帶暗示。

「喔，我死會了耶，我跟那邊那位先生訂婚了。」我手指著查克，害羞地答道。查克剛剛進來，就站在另一頭的角落，背對著我們。他時而會轉頭，但都沒有看見我們。

「他長得還不賴。」

「我可以介紹一位女生朋友給你，可是你要很明確地告訴我，你到底想要跟那一類的女生約會？」

查理遲疑了好一會兒，才直盯著我的眼睛說：「跟妳一樣的女生。」對於我這樣一個正沉醉在訂婚喜悅中的人來說，聽到他的回答有些不自在。

我搖晃著杯底的冰塊，一邊思考要怎麼回應。

查理首先打破沉默，「我現在經常在紐約工作。」

「那好，我可以在訂婚派對上安排你跟我的朋友認識。」

「我以為今晚這場就是妳的訂婚派對。」

「這是洛杉磯的訂婚派對，我的朋友瑪菲會在紐約再幫我辦一場。訂婚之後，每個人都對你好到令人不敢相信。我有可能看過你拍的電影嗎？」

「我想不太可能，我拍的是小眾的作品。」

「是藝術電影嗎？」我問。

「不是，是喜劇！」他強調。「不過問題是，我覺得自己的作品很好笑，但沒有人這麼想。大家都覺得我的作品很灰暗，可是我認為，沒有悲劇襯托，哪來喜劇可言。可惜的是，電影工作室的老闆並不認同我的看法。好了，妳想不想再看我耍吸管啊？」

派對結束後，在開車回飯店途中，我的心情很愉快。自從戴芬妮把我從沮喪的情緒中拯救出來之後，我整個晚上不停地大笑。我相信我跟查克之間很快就會沒事了。行經日落大道時，我試著跟他說話。現在才十一點，我想利用這段時間為等會兒回飯店的「拉丁美洲之旅」做好準備。

「親愛的，雖然我表面上看起來很開心，但其實我……非常非常沮喪。」我輕聲說。

天啊，完全說錯話了，我原本不是要這樣開頭的。

「妳又要拿做愛的事來煩我了是吧？」查克冷冷地說，眼睛直盯著前方的路。「妳怎麼一天到晚都在想那檔事，真他媽的莫名其妙。」

至少查克開口了，從過去幾天的情況來看，這已經是很大的突破。可是，他講話一定要這麼難聽嗎？對我這種淑女——即便知道自己骨子裡其實是個蕩婦——來說，紐約人有時候說話真的很直接。

「寶貝，希望你剛剛沒有說那些話，真的很不浪漫耶。」我半開玩笑地回答，努力忍住不哭，可是我現在真的很想大哭一場。

「妳他媽的有夠膚淺。妳以為男女關係就只有性而已嗎？媽的，根本不是這樣，男女關係比妳他媽的想的要深多了。」

查克現在真的讓我很不高興了，不過我還是努力裝作沒事，盡量溫柔以對，不想把事情鬧大。

「可是親愛的，我們兩個又不僅僅是好朋友而已。我的意思是，大多數的人都會跟訂婚對象做愛……」

「我跟『大多數人』不一樣，這也是妳當初會跟我在一起的原因。我是個攝影師，從來不按照一般人的規矩來。妳太自我了，價值觀要好好改一改。」

查克用力踩下煞車，眼睛直盯著漆黑的大石峽谷，一臉怒不可遏的樣子。我到底做了什麼啊？

「每次都是妳、妳、妳，還有上床不上床的，妳他媽的不要老是拿同樣的事來煩我好不好。」

查克現在變得比《美國殺人魔》（*American Psycho*）的主角派翠克‧貝特曼還可怕。這本小說的情節實在太恐怖，我只讀了前面十二頁就不敢再往下看。查克剛剛那番話嚇得我一句話也說不出話來。後來，他終於又發動車子，我們一路沉默地開回夏特蒙特飯店。希望我們回到紐約，再過幾個星期，等Luca Luca的廣告拍完之後，一切都會恢復正常。我提醒自己，沒有人是完美的，我自己也一樣，所以實在不該抱怨什麼。即便查克整晚都很冷淡，我依然瘋狂地愛著他。我不由自主地想，假設啦，如果我今天是跟一個像那位搞笑導演一樣熱情，但比較沒那麼帥的人訂婚，會是什麼樣子。當然，我立刻就打消了這個念頭，所以剛剛想的都不算數。

「唉唉咿呀！電影導演？妳開玩笑嗎？肯定是個創意人，跟我不合啦。」

我跟茱莉提到要把她和查理送作堆，她的反應一如預期。我們一整個星期都耗在博道夫的沙龍裡，主要是為了來做最新的刷染，因為亞利葉特說，包錫箔紙的做法過時了。只要是跟做頭髮有關的事，她說的準沒錯。博道夫百貨的九樓整層都是美容沙龍。大家之所以如此嚮往這間沙龍，是因為它是一個可以讓人完全放鬆、忘卻煩惱的地方，舉例來說，在這裡，你可以暫時忘記未婚夫過去一星期都不說話的問題。這個地方宛如天堂，整個樓面分成三塊互通的區域：寬敞的接待區，裡頭的櫃台桌上總是擺放著一盆美麗櫻花；一間剪髮室；以及一間染髮室，這也是我和茱莉最常待的地方。眼見所及都是鏡子、化妝台以及指甲美容區。助理清一色穿著淡紫色的襯衫，而且總是忙進忙出地為客人端上一杯冰拿鐵與蘋果雪酪。另外還有一位專門修眉毛、名叫雀瑞莉的美容師。修眉毛現在已經可以算得上是一種職業了呢。整間沙龍都漆成淡紫色，還有四面環繞的落地窗，可以眺望第五大道及對面的中央公園。在博道夫的沙龍裡，誰還會記得自己三個星期沒有做愛呢？這個地方就夠讓人「性」奮了。

「茱莉，這只是個提議而已，不過我覺得妳應該考慮擴大選擇範圍，不然會錯過很多好男人。」我說：「而且，我要妳見的這個男生真的很風趣，又很貼心。我如果沒有未婚夫，搞不好會希望他當我的未婚夫呢。」

這當然不是真心話，無論如何，我還是深深地迷戀查克，我只是想試著改變茱莉狹隘的想法。

「如果妳喜歡這個叫查理的傢伙，那得先跟查克斷了才行。」

「我對他不是那種喜歡啦，只是覺得他不錯。我是說，如果我沒有訂婚的話，他可能是我會喜歡的對象，但我已經訂婚了嘛。他真的很搞笑，而且人又可愛。訂婚派對上，我會安排妳坐在他旁邊。」

「他帥嗎？」

「戴芬妮說他超有型。」

「那妳覺得呢？」

「不知道耶。」

說真的，我不知道查理算不算帥，唯一確定的是查克真的很帥，其他人我都不是很清楚。

「好，妳到底發生了什麼事，快告訴我。」亞利葉特開始為茱莉刷上染髮劑時，她說。「妳在戴芬妮那裡打電話給我的時候，聽起來很糟。派對結束後發生了什麼事？」

「唔，沒什麼啦。」我回答，一邊漫不經心地翻閱最新一期的《*Vogue*》（在這間沙龍裡，總是可以搶先看到下個月才要出版的《*Vogue*》）。

「對，最好是。」茱莉語帶諷刺。

茱莉太瞭解我了，什麼事都瞞不過她。我把在車裡跟查克那段恐怖的對話告訴她，但有跳過一些細節。

「唉唉咿呀！他怎麼能說那些話！真是個腦殘的傢伙。親愛的，妳不能嫁給這種人，沒有性的婚姻絕對不會幸福，妳現在只是在逃避現實而已。」

她在說什麼？我一句也聽不懂。

「不想面對現實的人，最大的問題，就是他們根本不知道自己在逃避。」

有時候，茱莉說的話一點道理都沒有。

「可是我愛他啊。」我說。光是想到查克，我的體重好像可以立刻減掉六磅。

「妳唯一愛的人是裘德洛。其實妳愛的是談戀愛的感覺，妳根本是個無可救藥的浪漫主義者。」

說到無可救藥的浪漫，茱莉才是真正的教主，從她口中說出這種話實在有點過份。她也承認自己超迷裘德洛的，所以我以為她會瞭解我的感受。再說，茱莉根本不懂戀愛這回事，雖然她有一堆戀愛經驗，但卻沒有一段關係行得通。

「可是，也許查克說的對，我可能真的太膚淺了。」

「妳才不膚淺。有時候別人會這麼看妳，純粹是因為妳太迷戀Chloé牛仔褲。他才膚淺，居然把一切的錯都怪到妳身上。我問妳，直接染髮跟先漂白再染髮，哪一種看起來比較時尚？」茱莉把頭往後靠到洗髮槽上，準備把染髮劑沖掉。

「直接染。那妳覺得，如果我放棄Chloé牛仔褲，他會跟我上床嗎？」

「我只有一個建議，把婚期延後。」

茱莉的腦子燒壞了，我怎麼可能延期！我甚至不敢想像不嫁給查克的後果。我現在頭都洗了一半，哪有後悔的餘地。況且，二十四小時過後，瑪菲即將在紐約幫我舉辦一場超完美的訂婚派對。她比戴芬妮還要更投入派對的籌辦，甚至聘請萊辛頓．金尼卡特包辦花卉佈置。在紐約，他可是玫瑰叢林的第一把交椅（繼百合花後，玫瑰叢林是目前最新流行的派對佈置）。萊辛頓．金尼卡特的預約名單，差不多跟排YSL牛角包的名單一樣長。如果我臨時喊停，害瑪菲不得不跟萊辛頓．金尼卡特取消預約的話，她大概會當場昏死過去。還有另外一個問題是，我打算在訂婚派對上把茱莉介紹給查理認識，要是延後的話，不就沒得介紹了？

雖然我完全沒有延後婚期的打算，但我從博道夫百貨回到家後，立刻打電話給我媽，看她對延期有什麼意見。我知道我聽起來有點矛盾，那是因為我現在真的極度迷惘。我發現，原本要嫁的裘德洛突然變成可怕的派翠克．貝特曼，這一切似乎就沒那麼有吸引力了。我鼓起最大的勇氣跟媽說，我和查克在去「巴西」那檔事上遭遇了一點問題。我現在不是要取消婚事，只是想稍稍延後一下。我要媽保證不會把這件事說出去，因為明天就要舉行紐約的訂婚派對了，絕對不能讓查克知道我對他有疑慮。我又怎麼捨得搞砸這麼棒的訂婚派對（萊辛頓．金尼卡特還特地從多明尼加訂了兩百朵粉紅蘭花，準備要讓玫瑰叢林增添一些異國風情呢）？應該先享受一番，其他等到事後再說。

我出去辦了一點事，幾個鐘頭之後回到家，發現電話答錄機的指示燈閃個不停。大概是我那些女性朋友，她們通常會打來詢問派對當晚要穿什麼衣服。我按下按鍵聽留言。

「您好，我是史威爾城堡會議中心的經理。很遺憾聽到您要取消場地預訂的事，我們將會保留三千英磅的訂金。」

「嗨，我是妳爸。訂婚訂不成了，真糟糕。妳媽今天告訴我的。還有，聽說妳三個月都沒有性生活，是真的嗎？」

天啊！為什麼我家的人老愛把每件事都誇大好幾倍？我跟媽說的是三個星期，不是三個月。

「你好，我是倫敦《每日郵報》日記專欄的作家戴比．史圖塔。我們正在撰寫一篇關於妳取消婚約的報導。能不能麻煩妳明天回電給我，確認一些細節呢？」

「媽！妳怎麼能這麼做！」我媽一接起電話，我立刻氣得大吼。

「乖女兒啊，我只是覺得，要是妳等到最後一秒鐘才取消，對史威爾家的人會造成困擾，我在村裡也沒有面子，所以想說事先警告大家會比較好……」

「媽，史威爾家的人現在根本不住在那裡，它是個會議中心，跟會議中心取消預約有什麼好丟臉的？我以後再也不會把祕密告訴妳了。我沒有取消婚約，只是覺得也許延後一下比較好。」

我掛了電話，心中滿是怒氣。這下好了，我現在該怎麼辦呢？千萬不可以讓查克知道這件事。這時，茱莉打來說很期待跟查理見面。

「我剛剛Google他了。他是個很厲害的導演，很適合我呢！」

「妳Google他？不會吧，茱莉！」

「紐約人都習慣彼此Google來Google去的啊，這是男女約會前一定要做的功課。」她解釋著。

有時候，茱莉說的話會讓我覺得，在紐約約會的真實情況比《慾望城市》中的情節還要糟糕。我一直認為《慾望城市》已經是最可怕的情景了。

「不管怎樣，查理導的電影都是最棒的。」茱莉又說。

「妳看過他的電影？」我納悶地問。

「唉唉咿呀，當然沒有！他的片感覺都太悲情，不過《紐約客》對他可是讚譽有加。真令人受不了，對吧？我現在已經完全愛上他了，顯然他是很受矚目的新銳導演。」

「茱莉，妳這說法聽起來也太現實了吧。」

「被妳講得好像我很不應該似的！好啦，妳覺得，他會喜歡先漂白再染髮的金髮，還是一次染好的金髮啊？要的話，我隨時都可以飛奔回去博道夫弄頭髮。」

隔天一整天，也就是瑪菲要幫我舉辦派對的當天，我都在忙著偷偷把我媽取消的預約全部訂回來。這件事情非常棘手，意味著我沒有時間去做仿曬、化妝等等準備，而且由於心裡滿懷擔憂，我的臉色看起來比百合花叢林還要蒼白。不過，只要不讓查理發現我媽在他背後捅這些漏子，其他都無所謂了。

這天唯一的好事，就是我可以一整天都待在自己的公寓裡。我非常喜歡這間公寓，當初找到它的時候簡直不敢相信，而且我是用非常划算的價錢買來的。公寓位於西城深處，就在派瑞街與華盛頓街的轉角。它是一棟戰前建造的無電梯式紅磚公寓，頂樓整層都是我家。公寓的兩側有美麗的窗戶，一眼望出去，時而可以看見遠方河流的波光粼粼。為了與碧綠的河水相襯，我把整面牆漆成淡淡的蔚藍色。公寓不大，僅有一間臥室、一間有壁爐的起居室，以及一間與起居室相連、作為書房的凹室，經過一番佈置，整間公寓美到了極點。它帶有一點復古風味，但絕對不像紐約女生的公寓那樣，到處堆滿雜物。事實上，我很討厭看到滿地都是鞋子的住家，也無法跟那些除了一堆衣服之外，沒有任何傢俱擺設的女生做朋友。我喜歡乾淨整潔的復古風。起居室的天花板上有一盞華麗的吊燈，是我從巴黎帶回來的，牆上則掛著復古照片與裝飾品，另外還擺了一張柔軟舒適的淡藍色沙發。我經常躺在沙發上看書、聽音樂，一待就是好幾個小時。臥房裡的每樣東西都鋪了我媽從英國寄來的白色復古亞麻布。只要她不忙著擅自取消我的婚約，或是做這類討人厭的事，她就有時間幫我打理瑣事。天啊，真是受不了我媽！

萊辛頓．金尼卡特為曼哈頓玫瑰叢林裝飾第一把交椅的封號，果然名不虛傳。派對當晚，在他的巧手之下，瑪菲的餐廳滿是一片由粉紅玫瑰與蘭花交織而成的花海，撲鼻而來的香氣，令人猶如沉浸在Fracas[6]的香水之中。粉紅色的棉質桌布與四周的花朵如此相得益彰，彷彿兩者是一同

6由法國著名設計師羅伯特・皮傑（Robert Piquet）於一九四八年推出、第一款以夜來香為基調的香水。

在溫室中栽培而成的。萊辛頓甚至還找來顏色相襯的淡粉色珍珠母貝餐盤，再擺滿新鮮草莓。難怪大家都稱他為天才，因為我到今天晚上才知道，原來世界上還有淡粉色的珍珠母貝。

我們從洛杉磯回到紐約之後，一定發生了什麼好事，因為在訂婚派對當晚，查克又變得非常溫柔體貼。他不停地對我微笑、親吻我，好像我們昨晚才剛度過一段美好的巴西時光似的，他完全變了個人。感謝老天！事情跟我想的一樣：查克依然是我的寶貝，只是跟我認識的每位紐約人一樣，情緒經常起伏不定。賓客陸續抵達時，他突然把我拉進臥房，送給我一條世界上最美的粉晶項鍊，這是他親手挑選的，因為他知道我最愛的就是粉紅色。幸好我沒有開口要求把婚期延後。

茱莉是派對上最搶眼的名媛。她整晚都在跟查理調情。查理剛見到她沒幾分鐘，就約她去吃晚餐，隨後兩人也一同離開。我和查克則是各自離去。他說他隔天要去費城工作，所以不想太晚睡。我心裡其實很失望，但也不能抱怨什麼，因為他整個晚上都對我好溫柔，還送了項鍊什麼的。不過，在這麼別具意義的一晚，他依然選擇消失，讓我很納悶。我想這就是查克吧，永遠讓人摸不著頭緒的一個人。

幾天後是查克的生日，而他又開始怪裡怪氣起來。他說自己很討厭過生日，因為小時候媽媽老是不記得他的生日（好處是，生日會讓他情緒低落，對他的攝影工作很有幫助。查克經紀公司裡那些漂亮的接待小姐常跟他說，想拍出好照片，情緒愈低落愈好）。我之前就跟查克提過會請他到哈利酒吧（Harry's Bar）[7]吃午餐，還要求奇普利安尼幫我烤個生日蛋糕，再灑上查克最愛吃的糖果。生日當天早上，我打電話問他什麼時候可以到東城的工作室接他吃午餐。

「不去。我跟妳說過，我他媽的討厭過生日。不要來煩我。」

「可是，我這麼做，就是要讓你不再討厭過生日，不要再不開心了啊。」我吃驚地說。

「妳聽不懂嗎？我他媽的喜歡不爽怎麼樣，我就是這個樣子。要是整天都很開心，我他媽的是要怎麼工作啊？」

說完，他用力地甩上電話。我試著再打回去，但不管怎麼打，電話都是佔線中。這下，我在家裡也待不住了。為了讓自己轉移注意力，我叫了輛計程車往上城去，跟茱莉約在博道夫沙龍見面。她在貴賓專屬的房間裡擺了一張超大的皮革扶手椅。我到的時候，她正坐在皮椅上做法式指甲。法式指甲相當耗時間，要費的工夫跟畫一幅〈蒙娜麗莎的微笑〉差不多。

「唉唉咿呀！我超開心的耶！」我一走進來，她便喊道：「查理真的超帥。他每天都寄一些好有深度的電子郵件給我，我都看不太懂。妳說貼不貼心？他要帶我到義大利度假。他還說，等他回到洛杉磯之後會每天訂花送我。我想他在洛杉磯應該很吃得開，搞不好還認識布萊德・彼特。妳也知道我一直都很希望珍妮佛・安妮斯頓可以來我們博道夫百貨購物。我跟查理的關係對我的事業可是很有幫助呢……好啦，雖然我們接吻的時候不像《愛你九週半》那樣火熱，可是，

7哈利酒吧為義大利威尼斯的著名餐廳，由奇普利安尼（Cipriani）家族經營，在紐約設有分店，店名為哈利奇普利安尼（Harry Cipriani）。

不是每件事都可以那麼完美的，對吧？」

接著，茱莉問我怎麼沒有跟查克一起吃慶生午餐。我根本沒時間好好解釋，因為我還沒來得及開口，眼淚就撲簌簌地落了下來。

茱莉百般希望我能高興起來，便邀我參加她和查克今晚的約會。她說查克懂的東西太多了，她根本聽不懂他在說什麼，我的加入或許可以讓氣氛變得輕鬆一點。我說，我無論如何都不願意破壞他們的浪漫晚餐。我還是希望晚一點可以見到查克，自從瑪菲幫我們辦完派對後，我再也沒見過他。相信到了晚上，他的情緒應該就會好轉了。

晚上，查克並沒有打給我。我試著打給他好幾次，全都轉接語音信箱。在第三次留言跟他說「生日快樂，請回電話給我」之後，我頹喪地癱坐在電視機前哭泣。現在就連《前進好萊塢》（Access Hollywood）[8]都沒辦法讓我開心起來了。我特別為查克的慶生午餐化的可愛煙燻妝開始隨著淚水流到臉頰上。就在我完全不在乎浪費了多少芭比布朗的黑色眼線膠（煙燻妝的必備工具，我強烈推薦），持續啜泣時，查理打來問我願不願意跟他和茱莉一起吃晚餐。

「我的眼妝花了，」我擦了擦眼睛，「而且出去有可能會變得更糟。」

我照照鏡子，發現嘴唇上頭一團黑。哭花的黑色眼妝從鼻翼兩側流到了嘴唇，在臉上形成裂

8 美國的娛樂新聞節目。

痕一般的紋路，醜到不行，就算我的臉蛋再怎麼漂亮都沒有用。

「妳聽起來很糟。我去接妳。茱莉還沒準備好，她會直接到餐廳跟我們碰面。」

我們一踏進第六大道上的達席爾維諾餐廳，我的心情立刻好了起來。不管白天經歷了多少不順心的事，這個地方就是能夠讓人感到安心自在，好比來到當地一間不知名的小餐館。只不過環顧四周，總是會驚喜地發現像派蒂・史密斯（Patti Smith）[9]、瓊・蒂蒂安（Joan Didion）[10]或卡文・克萊之類的名人。他們經常都在，好像把這裡當自家廚房一樣。我們到的時候，茱莉已經在最好的角落位置坐定。她說她現在「相當痛苦」，正在等博道夫的私人購物顧問慕奇的電話。她還說這通電話非常重要，問我們介不介意她直接在桌前接聽。說老實話，茱莉是我認識的人中最不注重禮貌的一個，好在查理只覺得她這個人很有趣。我問查理說，要是我在享用小龍蝦的時候順便補一下妝，他會不會介意。我看起來真的跟《六呎風雲》裡的屍體差不多。

「女士們，這可是我的榮幸呢。」查理大笑著回答。

「噢，親愛的，我好喜歡你。你真的很隨性。」茱莉一邊回答，一邊親吻他。「跟他在一起，我可以隨心所欲。」

「我有選擇的餘地嗎？」他微笑著問。

「你好可愛喔！天啊，你怎麼可以這麼有紳士風度。超讚的。妳知道嗎，查理跟妳一樣有一

9 美國女性搖滾樂手。

10 美國作家，著有《奇想之年》（*The Year of Magical Thinking*）等作品。

半的英國血統喔，難怪這麼有禮貌……」

這時，茱莉的手機響了。她馬上跳起來接，大喊說：「我的天啊！慕奇，快告訴我，是不是有人背著我在醞釀什麼鬼計畫，想把我趕出紐約的社交圈？還是我太神經質了？上星期，我穿著你賣給我的Alice & Olivia靴型褲去參加蘿拉的派對，結果……我發現靴型褲早就過時了，大家都在穿Allegra Hicks的長罩衫。」

說完，茱莉靜下來聆聽，看來慕奇應該正在努力安慰她。我隨即和查理聊起天來。

我說，在他身上似乎找不到一丁點英國的氣息。查理解釋說，雖然他在英國出生，還有一個源自蘇格蘭的姓氏「登朗」，但他並不覺得自己是英國人。六歲時，他父親因為受不了英國人勢利眼、愛講八卦聊是非，還有糟糕的天氣，便毅然決然地搬到美國西岸定居。

「我的大半人生都在美國度過，對於英國幾乎沒有任何記憶。連我爸自己都不太提到英國的事，他是個古怪又神祕的人。那妳呢，妳是什麼時候離開英國的？」

「這個嘛，我媽是美國人。我呢，就是一直都想待在美國，再加上我媽一天到晚幻想我會嫁給一位英國貴族。哎喲！我討厭那些貴公子啦！」

「那些貴公子很糟，是吧？」

「糟透了！我一直很害怕自己以後會嫁給某位伯爵，然後在冰冷的城堡裡度過下半輩子。」

「聽起來沒那麼慘啊。不過，我可以瞭解為什麼妳比較喜歡紐約。」

這時，茱莉的臉漲得跟她的NARS玫瑰色唇蜜一樣紅。

「真的很遜耶！我差點在當場吐了，超丟臉的。」她哭喊著：「我看到凡登比爾特雙胞胎燙了一頭新捲髮時更想吐。在紐約，沒有人可以比我先有新造型。你有沒有聽到？慕奇，沒有人！」

「聽起來真可怕，」查理說：「妳們女生的生活還真不容易。」

「你絕對無法想像，像茱莉這麼正的女生要承受多大的壓力。」

「喔，不過我可以理解。」查理微微一笑，「我今晚就有榮幸見識到，要選條牛仔褲來這間餐廳吃晚飯，是多麼艱難的一件事。茱莉還信誓旦旦地說，這項任務的困難程度，跟登上非洲第一高峰吉利馬札羅山差不多。我當然立刻表示同意，因為不這麼做的話，她可能要多花一個小時才出得了門。」

「你很瞭解女人嘛。」我說。這男人真是個好對象，茱莉實在很幸運。

「我也希望是如此。我只知道，不管女人說什麼你都同意，就代表你很『了』她們。我以前有個女朋友，我就不怎麼瞭解。她覺得男朋友就是拿來讓她去羅迪歐大道（Rodeo Drive）11購物的行動信用卡。後來，她還把我甩了。」

當下，我震驚不已。沒想到在洛杉磯居然還有這樣的女人存在。真令人心寒。我以為她們早就跟著影集《朝代》一起消失了。

現在我的眼妝會花，可是有很好的理由，因為我一直咯咯笑個不停，跟過去幾天的情景比起來，真是天差地別。在此同時，茱莉不停繞著桌子踱步，看起來活像隻憤怒的母獅子。

11洛杉磯最高級的世界精品區，位於比佛利山莊上。

「我拿出手機的時候，每個人都拿我當外星人看！凡登雙胞胎已經改用衛星呼叫器了耶。她們覺得手機早就過時了。」

查理憐愛地望著茱莉，然後壓低聲音對我說：「我好像老是被購物狂吸引，太有趣了！」

查理帶著半崇拜、半逗趣的表情望著茱莉。我想，雖然他曾經跟那位購物狂前女友鬧得不愉快，但他現在顯然深受茱莉的獨特性格吸引。接著，我做了件有點見不得人的事。我決定要好好打探有關查理家人的事，這當然都是為了茱莉著想。於是，我問起了他的母親。他嘆了一口氣，說：「噯……我媽是個善變的女人，地方上的人都稱她是『水性楊花的狐狸精』。她跟我爸的朋友跑了，現在住在瑞士。」

「我很抱歉。」我說。

看吧，千萬不要隨便探聽別人的私事。一問，就可能會挖出一些過往傷心事，讓人不知如何回應才好，而且話一出口就無法再挽回。

「反正我也沒怎麼跟她聯絡，偶爾想到才打電話問候一聲。我爸也再婚了，他現在很快樂。」

「你跟你父親會在洛杉磯見面嗎？他住那裡對吧？」

「他在聖塔莫尼卡有個房子。我偶爾會跟他見面。我爸的脾氣很怪，經常找不到人。我們家的人大概都是這樣，很難在一個地方定下來……」他愈說愈小聲，臉上顯露出不安的神情。

我幹嘛要探人隱私？這是做什麼啊？我暗自發誓，下次跟不熟的人說話，絕對不可以問這麼多。感覺查理真的是個好人，希望茱莉會好好對待他。

茱莉終於放下手上那支小巧、迷彩造型的諾基亞。不論凡登雙胞胎怎麼想，我還是覺得這支手機很時尚。她抓起包包和外套，一副準備離開的樣子，然後對我們說：「我得走了，要去拿一些東西。你們倆就繼續吧。」說完，便頭也不回地轉身離去。

這種情形我見怪不怪。之前說過，茱莉是個很沒有禮貌的人，而且我老是得當她的替身。我跟查理解釋，茱莉經常在晚餐吃到一半時走人，主要是去購物，希望他別介意。查理聳了聳肩，繼續大口吃著松露義大利寬扁麵。幸好他不覺得茱莉突然離席是衝著他來的。他望著我的眼神很親切，像個大哥哥一樣。茱莉離開以後，氣氛變得有些不同，這是我這幾個星期以來，第一次覺得很放鬆。

「我爸媽的事，妳都知道了。我們來談點別的，告訴我，妳跟茱莉是怎麼認識的……」

隔天早上，我跟茱莉約好到西百老匯大道上的波特斐諾去做仿曬。她認為曬黑可以治療她的憂鬱症，所以幾乎每星期都要去一次。我看她大概被愛沖昏頭了，因為我們準備躺下時，我發現她只擦上了**SPF 8**的防曬乳（這家日曬中心有很棒的私人空間，可以讓你跟朋友一起做仿曬）。茱莉戴了一副紅色絲質眼罩，上面繡著粉紅色的「戲劇女王」字樣。

「查理真的很可愛。」茱莉的聲音從眼罩底下傳來。「我男友覺得他很適合我。」

「妳男友？查理就是妳男友啊，茱莉。」我說，一邊把**SPF 30**的防曬乳抹到腿上。

「他只是我其中一個男友。親愛的，抱歉我得跟妳老實說，很多結了婚的女人一樣可以有好幾個男友。鑽石不能全放在一個保險箱裡嘛。」

要是查理知道他只是茱莉保險箱裡眾多鑽石中的一顆，不知會作何感想。很多紐約女生會同時跟兩、三個男生交往，萬一不合適，還有其他的備胎。茱莉曾跟查理坦白說，她無法對他「專一」，但沒承認她還有另外兩個男友。像茱莉這樣一個無可救藥的浪漫胚子，這麼做真是一點都不浪漫。我替查理感到難過，甚至有點想保護他。為此，我差點跟茱莉吵了起來。

「那他可以劈腿嗎？」我問道。

「當然不行！我跟他說，他只能夠跟我一個人交往。」茱莉驚訝地回答。

「茱莉，妳不能夠同時跟三個男人上床，這樣不衛生。」

「他人在洛杉磯的時候，我幹嘛要忍啊？這位小姐，妳根本沒資格說我。妳說只跟三個男人上過床，顯然是在撒謊，好讓別人覺得妳很潔身自愛。」

「茱莉！我真的只跟三個男人上過床！」

嚴格來說，這並不是實話，可是我一直以來都這麼堅稱，現在也很難翻盤了。

事實上，我內心裡完全贊同蕩婦的行為，可是千萬不可以公開承認這件事。我一邊這麼想，一邊躺著讓自己的肌膚曬成完美的淡拿鐵色（在紐約，把臉曬太黑是最不入流的一件事）。講到性觀念，我認為，一位思想豪放的現代女子，表面上最好裝得跟處女一樣，這樣私底下才能盡情地放蕩，而不用擔心壞了名聲。就算有壞心眼的人散播謠言，說她行為不檢點也無所謂，因為根本不會有人相信。因此，大原則就是：表面像個處女，私下為所欲為，才能想怎樣就怎樣。

以上所言，跟我本人一點關係都沒有。我只是說，假設我想在巴黎的麗池酒店跟很多人來場需要避孕措施的「邂逅」，那大概就會採用這種方法。說到這，我才突然想到，我已經一個多星期沒有跟查克「邂逅」了，連不用避孕措施的機會都沒有。

紐約式精神崩潰

我去看過：

一、針灸師：九十分鐘，九十九塊美金。

二、阿斯坦加瑜伽師：六十分鐘，七十塊美金。

三、整骨師：二十五分鐘，一百五十塊美金。

四、脊椎按摩師：十五分鐘，一百塊美金。

五、來自印度古吉拉特的心靈治療師：免費。

七、婦產科醫師：三百五十塊美金，只聽到一句話：「可能沒有排卵，但不確定。」

八、催眠治療師：六十分鐘，一百五十塊美金。

九、認知行為治療師：五十五分鐘，兩百塊美金。

十、心理治療師：九十分鐘，四十塊美金（太便宜了，沒有效果）。

十一、靈媒：六十分鐘，兩百五十塊美金。

十二、女按摩師：四十分鐘，一百二十五塊美金。

我人不是在幸福Spa會館，而是歷經了一場紐約式精神崩潰，並且為此付出昂貴的代價。

5

我做夢也沒想到，一天之內，我先是受邀參加香奈兒的樣品特賣會，最後竟然以紐約式精神崩潰收場。

五月某個美麗的早晨，我和茱莉在塔汀餐廳啜著咖啡歐蕾時，她鬼鬼祟祟地跟我說：「接下來我說的話，妳千萬別跟K.K.講，不然她會認為我是個雙面人。大家都說，K.K.在紐約市立歌劇院舉辦的慈善義賣會是萬中之選，可是跟香奈兒的樣品特賣會比起來，實在是沒什麼好期待的。妳要是能在曼哈頓找到一個為了看《唐・喬凡尼》（Don Giovanni），而放棄以平民價格購買香奈兒的女生，我立刻到六十三街上的艾奎諾斯健身房重辦會員，而且不定時去運動一下。」

茱莉認為香奈兒樣品特賣會才是紐約的一大盛事。她說，除了「非常、非常少數的貴賓之外」，不會有其他人受邀。她遞給我一個信封，補充說：「妳也是貴賓之一，我幫妳加入受邀名單了。」

信封裡面有一張白色硬卡紙。我興奮得不得了，不過這樣反倒要擔心了。我喜歡茱莉，可是她的購物欲實在叫人不敢苟同。我可不想變成像她這樣的女生。一有血拚的機會，她的荷爾蒙就會馬上發揮作用。不過，第一次收到這麼重要的邀請函，我想每個人的雌激素都會立刻竄升，所以不用太大驚小怪。邀請函上寫著：

香奈兒樣品特賣會

五月七日星期二早上七點十五分

紐約五十八街六、七號

帕克朗恩飯店

請出示有照片的身份證件

本卡為通行證

未攜帶者不得入內

香奈兒的安檢比五角大廈還要嚴格。總統在國安方面應該要諮詢香奈兒公關小姐的意見，因為他們的保全比國土安全部更有效率。

討厭的是，我因為剛好有工作在身，所以無法參與這場特賣會。職場的變化很大，不緊盯著它，一轉眼機會就消失了。很多紐約美眉一天到晚忙著跑趴和參加特賣會，到頭來都保不住工作。我不想落得同樣的下場。當天，我被派到棕櫚灘去訪問一位社交名媛，機票已經訂好了。這位名媛剛剛繼承了一棟裝飾藝術風格的濱海別墅，目前獨自居住在內，簡直就是二十一世紀的桃樂絲·杜克（Doris Duke）[1]。她的人生聽起來有點悲哀，但也十分多采多姿。

---

1 美國煙草大王的獨生女，十三歲時父親過世，因而繼承七億五千萬美金的遺產，為一九二〇年代美國最富有的女性。

我跟茱莉說不能去的時候，她回說：「妳這個笨蛋，錯過這次妳會後悔的。」

我知道我應該要去做專訪，可是一想到可以用Gap的價錢買到香奈兒，實在很難把持得住。不知道為什麼，我偶爾也會棄守道德原則，跟著就做出一些平常不會做的行為。我帶著極大的罪惡感打電話去辦公室，說住棕櫚灘的名媛因為「太累」，所以臨時取消訪問。我的編輯不疑有他，因為這些社交名媛經常在最後一秒鐘放人鴿子，而且理由通常都是「昨晚玩得太累」。我跟這位名媛講電話時，她聽起來也確實很累。可憐的富家女！所以呢，我也不算說謊。把專訪的日期延後，對我們兩個都有好處。

到了星期一，我根本沒辦法專心做事，滿腦子都想著隔天的香奈兒特賣會。一想到只要花一百五就可以買到價值兩千美金的香奈兒菱格紋皮包（難怪雌激素會衝高），我連很久沒跟查克「邂逅」的事情都可以忘得一乾二淨。我現在已經很習慣沒有親密行為的日子了，可是查克似乎連跟我喝杯雞尾酒都不願意。過去幾天，不論我何時打電話去，他的助理總是丟一句「他會回電」，然後就掛電話。這種情況從來沒發生過，以前查克都會接我電話的。

紐約最熱門的樣品特賣會可是險象環生。相較之下，加薩走廊顯得和平多了。這是真的。在一次TSE特賣會上，我親眼目睹K.K.為了爭奪唯一一件白色喀什米爾羊毛連帽大衣，差點謀殺她表妹。難怪裘琳．摩根去特賣會之前都會事先擬好一套「購物戰術」。她約了蘿拉．羅威爾、茱莉和我在東五十二街的四季飯店餐廳吃午餐，目的是在香奈兒特賣會之前召集大家，開一場「戰略會議」。有時候，我實在很擔心裘琳的精神狀態。我是說真的。四季飯店通常是紐約市長或媒體大亨吃午飯的地方，實在不太適合開時尚討論會。不過，裘琳或許也希望有那些精明的策略家作陪吧。

我到餐廳時，蘿拉和裘琳正看著菜單上的餐點計算卡路里。她們訂到一個好位置，就在噴水池旁邊，座位還是皮製的長椅。在一群有權有勢的午餐客人中，她們倆特別顯眼，就像兩隻五彩繽紛的小鳥。裘琳穿了一件性感的淡藍色收腰洋裝，展露出姣好的曲線。蘿拉穿著一件鮮紅色毛衣，配上白色超短迷你裙，露出她那雙號稱全曼哈頓最長的美腿，一頭長金髮則是梳成高高的馬尾。她喜歡打扮得很中性，也沒有人管她。儘管裘琳是她最好的朋友，還是很受不了這一點。有時候，我覺得裘琳把蘿拉當死黨，完全是因為她不管說什麼，蘿拉都會照做。

坐定之後，我點了一瓶聖沛黎洛氣泡礦泉水和一盤沙拉。裘琳有點瘋瘋顛顛的，不過這跟平常的她其實沒什麼兩樣。她堅持一定要搶到香奈兒度假系列那個粉紅色菱格紋配上鍍金提鍊的最新款包包。我警告她說，瑞絲．薇斯朋曾經拿著同樣一款包包出席奧斯卡頒獎典禮，所以大家一定都先鎖定它。我會這麼說，只是不希望裘琳敗興而歸，否則所有人都要遭殃。

「這不是問題。」裘琳自信滿滿地說：「我已經拿到樓層平面圖了，也知道粉紅色菱格紋皮包的確切位置，就在大廳另一頭，放在三十八號喀什米爾羊毛兩件式上衣的後面。」在特賣會之前，每位紐約名媛都會想辦法私下跟時尚公關要到樓層平面圖，唯有如此才能搶到真正的好貨。

裘琳和蘿拉兩個人都累壞了，因為她們昨晚到平克弗洛伊德（Pink Floyd）[2]位於下城的工作室去參加一場超酷的晚餐派對。服務生送上我們點的飲料，但蘿拉和裘琳一口也沒碰，她們倆昨

2英國搖滾樂團。

晚飽受打擊。

「每個人都像是滾石樂團（Rolling Stone）還是媽媽與爸爸（Mama and Papa）合唱團的後代。這些搖滾人讓我覺得自己好糟糕，突然羞恥心作祟了。」裘琳說。

「我也是。」蘿拉跟著附和，「不過，每次參加完派對，我的羞恥心都會作祟。」蘿拉是個很沒有安全感的人，有時候很要人命，不過我想這也是她之所以能適應紐約上東城的原因之一。

羞恥心作祟跟先前提過的「冰血暴效應」很像，但它是頭腦的問題，跟時尚打扮沒有關係。只有紐約和巴黎的美眉才會突然羞恥心作祟。大家之所以如此害怕羞恥心作祟，是因為它會停留在腦中揮之不去，讓你徹夜輾轉難眠。裘琳只要一發作，就會立刻服用十毫克的安必恩（現在最紅的安眠藥）。發作時間通常都是早上五點，而她一點才剛吃過安必恩，現在正是準備入睡的時刻。裘琳最近一次發作，是因為昨晚坐在她右邊的男生拔下手上的古董勞力士金錶送給她。於是她跟對方約了隔天晚上到莫瑟飯店（Mercer Hotel）喝雞尾酒，順便把錶還給他。聽起來真是火辣、刺激的一場邀約。她答應人家的時候，完全不記得自己已經訂了婚。蘿拉的情況不同。她突然感到羞恥，主要是因為自從九一一事件過後，她再也沒有讀過《紐約時報》，所以不知道中東地區最危險的恐怖份子巢穴已經在上星期被破獲。她擔心了一整晚，很害怕別人會覺得她是一個自我中心的公園大道公主，對於以色列或是紐約七十二街以下的地區根本不關心（這其實和事實相去不遠，但我一直都不忍心告訴蘿拉，我們都覺得她是個井底之蛙，因為她實在是一個心地善良的女人）。

「我從來沒有羞恥心作祟過。」我說。我有遇過很接近的情況，但從來沒有到大發作的地步。

「從來沒有嗎？」蘿拉驚恐地問，臉色變得比她的迷你裙還要慘白。

「妳看看她這個樣子，」裘琳說：「她當然沒發作過，裝得可像了。」

「我要在特賣會上選一件漂亮的東西，送給查克的媽媽。」我趕緊岔開話題。

在香奈兒樣品特賣會上，所有的紐約名媛都會拚命為自己搜括菱格紋鍊帶包，完全不考慮留給別人（瘋狂搶購後，她們就得經歷一次「菱格紋鍊帶包血拚罪惡感」發作，又稱為GQG：gilt quilt guilt）。我決定要反其道而行，利用這次機會，自動自發地示好：我要買一個最棒的皮包給未來的婆婆。

「噢，妳真貼心。」蘿拉說。

「真浪費。」裘琳說：「她不會領情的，她是俄亥俄州人耶。」

我無視裘琳的意見，立刻打電話到查克辦公室去，想知道他媽媽喜歡什麼顏色。

「你好。」電話那頭傳來招呼聲。

是查克的助理瑪麗・愛麗斯。就跟一群活躍於東西兩岸的助理一樣，她很愛用單調、咆哮的口氣說話（雖然瑪麗・愛麗斯的照片曾上過《*Paper*》時尚雜誌至少三次，但她怎麼看就是很命苦的樣子。她的打扮一貫走沒有曲線又前衛的比利時風格，一點也不賞心悅目。我曾經想幫助她，告訴她說，走香檳泡泡的都會路線比低調沉悶的路線好。她回說：「嗯，也是。」但後來什麼也沒改變。）

我故作輕鬆地說：「嗨，是我……」

「我只負責留話，他會回電。」瑪麗．愛麗斯打斷我的話。

這些曼哈頓助理發現大導演史帝芬．史匹柏在西岸的總部都是用「留言」這一招之後，他們也紛紛跟進。

「我有購物方面的緊急問題要問查克……」

「妳是哪位？」

瑪麗．愛麗斯開始假裝不知道我是誰了，這顯然是卡文．卡萊紐約辦公室的新規定。

「是我啊！」

「誰？」

「他的未婚妻。」

「他會回電。」

電話掛了。查克在搞什麼鬼？事情愈來愈奇怪。我一抬眼，就看見裘琳和蘿拉直盯著我看，好像我遭逢什麼悲劇似的，譬如腳上生了根之類。

「妳還好嗎？」裘琳說，一邊仔細檢查剛剛送上來的牛排。

「很好！」我答道。

我努力擠出戀愛中的女人才有的燦爛笑容，讓她們知道：我比妳們想得還要快樂。如果妮可．基嫚跟湯姆．克魯斯離婚時依然能保持亮麗的風采，那查克只不過幾次沒回電，我應該也可以微笑以對。可是這真的很不容易耶。這時，我才覺得，像妮可．基嫚這樣的女演員理當要獲得免費的服裝贊助。當妳心裡在哭泣、淌血的時候，臉上還得裝出幸福快樂的樣子，真的需要非常專業的技巧。我覺得啊，妮可．基嫚不該只得奧斯卡，她應該得諾貝爾獎才對。

「他為什麼不跟妳說話？」蘿拉問。

我覺得好難過。到底是瑪麗．愛麗斯故意妨礙我，還是查克真的變冷淡了？我努力忽視心中的疑慮。我在想什麼！查克喜歡我啊，不然他幹嘛要送我那麼漂亮的項鍊？這樣看來，事情很簡單，一定是瑪麗．愛麗斯沒有傳話。

「跟他沒有關係，」我努力露出最燦爛的笑容，「是他的助理保護過度了。這是她的專業嘛。」

我還沒來得及說下去，就被茱莉的聲音打斷了。「嘿！妳們想不想我啊？」她在餐廳的另一頭大吼。往我們這裡走來的途中，她不斷地跟每桌客人打招呼。可以肯定的是，在紐約沒有她不認識的人。

茱莉活像個行動保險箱。她手臂上大剌剌地掛了好幾個Van Cleef & Arpels[3]的提袋，右手食指上戴著一只玫瑰形狀的黃金戒，旁邊綴有紅色的石榴石，耳朵上有一副新的金色耳圈，手臂上還有一只白金與祖母綠的手環。

「有禮物喔！」她一屁股坐到皮椅上，同時丟下手中的戰利品。她給我們每人一個小袋子，裡面裝了一顆跟她脖子上一模一樣的密釘鑲心型鑽石。

「茱莉，我們不能收！」我驚呼。

3法國頂級珠寶品牌。

這是真心話，但心裡不禁祈禱茱莉忽視我的反應，因為我特別喜愛鑽石。鑽石會讓女生更珍惜自己，尤其是在心情低落的時候。

「喔，別擔心，親愛的。這些鑽石幾乎都是免費的。」茱莉說：「我想要為愛慶祝一下，所以就幫我們每個人都買了顆心。」她臉上帶著勝利的表情，這只代表一件事——她的非法手段再度得逞。

「茱莉，妳是不是又偷東西了？」蘿拉問。

「差一點！」她欲言又止，左右張望了一下之後，壓低聲音說：「我剛剛去過Van Cleef超級VIP專屬特賣會，妳知道，根本沒有幾個人會受邀。我買了很多好東西，每樣都便宜到妳們根本不敢相信。那些鑽石幾乎是半買半送。」

蘿拉的臉頓時慘白，顯然是處於非常不高興的狀態，基本上，這種情況每天都要來一次。她的語調突然變得低沉而緊繃。

「可是，我也是他們的超級VIP啊！我受夠了，我要走了！」說完，她丟下餐巾、抓起手機，氣沖沖地跺腳離去。

蘿拉一定很受傷，因為她連凱莉包都忘了帶走。她可是等了四年半才在Hermès名單上排到它。可憐的蘿拉。精品的貴賓專屬特賣會總有殘酷的階級之別。有些女生就是無法承受。有時候，這些事變得非常政治化，真希望國務卿萊斯可以介入協調一下。

「討厭，她的羞恥心又要作祟了。我得去看著她。」裘琳邊收拾東西邊說。離開以前，她提醒我：「明天早上六點四十五分，我的司機會來接妳，不要遲到了。還有，記得問出查克的媽媽喜歡什麼顏色的皮包。」

「我說啊，不是每個人都去得了香奈兒特賣會或鑽石特賣會。不管妳接不接受，特賣會就是這麼一回事。」茱莉嘆了一口氣。她依然處於極度興奮的情緒中。「可憐的蘿拉，她得好好修正一下價值觀。我覺得，遲早要有個好心人告訴她，她再不注意一下自己，真的會變成全公園大道上最膚淺的二十四歲公主。那就太慘了。」

茱莉倒是很少對好朋友的事這麼坦率直言，不過幸好我不是個愛說閒話的人，不然她和其他好友的友情恐怕無法維持這麼久。茱莉的臉色突然變得異常嚴肅。她說有一件很為難的事要告訴我。

「查理回洛杉磯了。我當然很傷心，但還是堅持他一個星期要送一次花給我。他馬上就答應了。」

「好貼心喔。」我說。他們才認識幾個星期，但查理顯然已經被茱莉吃得死死的。這時，我們兩個一陣靜默。茱莉看了我一眼，眼神相當嚴肅。「有什麼問題嗎？」我問。

「這本來就是男人該做的事，根本不算什麼。」她低聲說：「是妳的男人沒有做好，讓妳傷心難過。」我不知道茱莉怎麼看出我只是表面上裝得很快樂。她又說：「看看妳，厭食成這個樣子。如果是對別的女生，這句話可能是我最好的讚美，但現在妳真的厭食過頭了。」

我真是不敢相信這些話。曼哈頓的每個人都知道，女生絕對是有錢還要更有錢，厭食還要更厭食，從來沒有過頭的一天。不過有件事我沒有告訴茱莉，而這也是讓我體重直直往下掉的原因。我最後一次跟查克見面是在訂婚派對上，他說隔天就要到費城去進行拍攝工作。然而，裘琳隔天晚上卻在二十七街的Bungalow 8夜店看到他。一聽到這件事，我發誓我的體重立刻掉了七磅。為什麼他跟我說要離開，卻還待在這裡呢？不過，引發我的厭食症的還有另外一個主因，那就是像我一樣陷入熱戀的女人，通常什麼也吃不下。茱莉不死心地繼續說：「妳不能嫁給他。想想妳會變成什麼樣子就好，妳光擔心就沒命了。訂婚應該要讓妳覺得很開心、很放鬆才是。」

事實上，茱莉錯了。大家訂婚的時候壓力都很大。訂婚本來就會讓人壓力大。我回說：「茱莉，他現在只是有點害怕，而且非常勞累。他剛剛拍完Luca Luca的廣告，然後他經紀公司新簽的攝影師又搶走了媒體焦點，他很不高興……」

「問題就在這裡！妳想要嫁給一個只關心別人得到多少媒體版面的人嗎？是不是應該找一個關心妳，什麼事都把妳放在第一位的人呢？」

「茱莉，他沒有不關心我，他是我的真命天子。」

「他才不是真命天子，哪有什麼真命天子這回事……」

茱莉一邊吃著剛送上來的義式鮮奶酪，一邊繼續說話。她的嘴唇擦了最新、最搶手的M.A.C.唇蜜，看起來真誘人。她的嘴巴一直沒停過，但我的耳朵自動關機，什麼都聽不到。

那時，我不由自主地開始自我反省。我怎麼能忘了查克送的牡丹花，帶我去吃的每一頓晚餐，給我的那些禮物，還有其他一切呢？我從《西雅圖夜未眠》這類浪漫愛情電影當中學到一個原則，那就是真命天子只有一個，這是怎麼樣也改變不了的事實（就像賈桂琳跟甘迺迪註定是一對。想想看，要是賈桂琳拒絕甘迺迪，美國的時尚歷史就要改寫了）。我很贊同存在主義哲學家沙特的理論，還有自由意志的概念等等，但講到真命天子，什麼主張都沒有用，就算真命天子不跟妳說話，他還是真命天子。

謝天謝地，我終於想通了。這就是自我反省的好處。剛開始陷入沉思時，我的思緒就像是一根不小心混入義大利麵中的中式麵條，完全不知去向，但想清楚了之後，腦筋變得跟第五大道一樣暢通。

茱莉的聲音又漸漸回到耳邊。

「……我聽到的就是這樣。他不是好人，據說他喜歡用心理變態的方式虐待女朋友。親愛的，也許他真的心理有問題，否則別人不會無緣無故這麼說。」

「我完全同意。」我說。

我根本不知道我同意什麼，可是我還夠機靈，知道茱莉不管說什麼，我都同意就對了。希望她的反查克大論可以就此結束。

「我得走了，」我說：「我們明天早上再見。」

我們待在四季飯店餐廳夠久了。我再也不想聽到任何一句叫我打消結婚念頭的話，於是起身離開。我一定要證明茱莉看走了眼。

我一到家就打電話查克。撥電話時，我的手指微微顫抖著。

「他會回電！」電話那頭說。瑪麗．愛麗斯這次甚至連話都不讓我講。我真的受夠了。

「謝謝妳說要幫忙轉告，很貼心，但我現在就想直接跟他說話，麻煩妳轉給他。」我盡量以緩和的口氣說。

「我不是AT＆T的接線生。」

「請妳告訴查克，是他未婚妻打來，而且有急事要跟他商量。」

「麻煩妳留話。」

「瑪麗．愛麗斯，妳從來都沒有把我的留言轉告給他對吧？從上星期開始，他一通電話也沒回。」

「所有留言都在板子上，每一通他都會看到。」

我不覺得瑪麗．愛麗斯說了實話。我很遺憾她每天看起來都心情不好，但這不表示她可以遺漏留言。

「拜託！」我哀求著，「拜託妳轉給他。」

話筒被蓋了起來，我隱約聽到一些聲音。接著，查克終於接起電話，太好了！

「幹嘛？」他問。

我想的沒錯，果然是瑪麗．愛麗斯的問題。查克當然會想跟我說話。可怕的是，他好不容易才接電話，我卻不知道要跟他說什麼。

「妳要幹嘛？」電話那頭再次傳來聲音，聽起來不是太高興。

「沒事啊，親愛的！」我脫口而出。

「如果『沒事』的話，我在工作的時候，妳可以不要來妨礙我嗎？」

喔，我想起來了，要問送他媽媽皮包的事。

「我想送個禮物給你媽。你覺得她會喜歡粉紅色的香奈兒菱格紋鍊帶包，還是粉藍色的？或者是淡黃色的呢？」

「我不知道，這就是妳說的『急事』嗎？」

「我想跟你吃晚餐。」

電話那頭一片靜默。查克一定很不滿他公司新來的那位攝影師，因為她有張照片今天登上了《紐約論壇報》。他又那麼忙，我還這樣打擾他，我心裡實在很過意不去。我知道了，我可以想辦法讓他的心情好起來，所以我說：「我今晚帶你去Jo Jo吃一頓浪漫的晚餐好不好？」

「妳是怎樣，專挑全紐約最昂貴的餐廳是怎麼回事？如果一天到晚得顧著妳，那我要怎麼工作啊？」他回說。

有時候，我真不知道查克到底有沒有聽懂我的話。他應該知道曼哈頓最貴的餐廳有最好吃的薯條啊，而且我又沒有要他出錢。

「難道你都不想看到我嗎？」我害羞地問。

「我晚點打給妳。」

電話掛了。

好吧，總算有點進展。他有說晚點再打給我。現在是他特別忙碌的時間。查克常說，身為紐約最紅的年輕攝影師，壓力非常大，所以我看他很難抽出時間去Jo Jo吃晚餐。我完全可以理解。我想讓他知道，不去Jo Jo吃晚飯也沒關係。我可以表現得很成熟大方，這樣或許他反而會為了獎勵我而帶我去。

當晚，我受邀參與的活動包括：

一、導演卡麥隆・克洛（Cameron Crowe）的新片首映會。

二、在古根漢美術館舉行的羅斯科（Rothko）畫展開幕會。

三、萊辛頓・金尼卡特發表最新自傳的雞尾酒會。

四、跟裘琳與她的美容師吃晚餐。

即便有這麼多活動，我依然下定決心要早點上床睡覺，好養足精神去參加隔天的香奈兒特賣會。另外，我希望查克打來的時候我人在家。要是他打手機，我剛好在跑四個不同的派對，那我就不能要求去Jo Jo吃飯了。他打來的時候，我會說我正在看DVD放鬆心情，因為之前工作得很辛苦。這可有一半的真實性。偷偷告訴你們，我根本沒有DVD播放機。基於道德和社交上的理由，我其實很反對買DVD播放機。對於一位紐約單身女子來說，家中有台DVD播放機和一疊看過的DVD是很糟的事，等於是承認自己不受歡迎。曼哈頓的女生應該都有接不完的邀請函，每天忙到連自己的公寓長什麼樣子都不太清楚，更不要說待在裡面看電影了。

為了今晚的DVD之夜，我穿上新買的黑色配粉紅色蝴蝶結網襪。如果你想假裝在家看一整晚DVD的話，最好穿上Agent Procovateur的性感內衣，以免有男人突然來訪。到了晚上十二點半，查克依然沒有打來。我沒辦法再自欺欺人了，這位真命天子對我就像對Le Cirque餐廳裡吃剩的俄國小薄餅一樣，根本不屑一顧。我的心中首次浮現一個恐怖的想法：也許查克根本不愛我。或許查克真的就像茱莉說的一樣，「心理不正常」。我甚至不想再想下去了。還有什麼事會比以下這兩種情況更痛苦呢：一、跟查克分手；二、承認茱莉的話是對的。天啊，後者跟前者一樣可怕。

突然間，門鈴響了，把我嚇了好大一跳。午夜過後通常不會有人來訪，除非是我有一些不可告人的約會，但最近根本沒有啊。我拿起對講機的聽筒。

「是誰啊？」我問。

「是我，妳在幹嘛？」

是查克。我開心極了。茱莉根本不知道查克有多麼愛我。我刻意按捺內心的激動情緒，淡淡地說：「沒幹嘛，在看ＤＶＤ。」我深深地呼了一口氣，心裡好滿足。「親愛的，上來吧。」我說，按了開門的按鈕。

幸好我穿了可以跟查克共赴「巴西」的衣服。我迫不及待地想見到他，但是提醒自己要記得保持淡漠的態度。我在淡藍色的沙發上坐了下來，擺出性感撩人的姿勢，還點了一根菸，但其實我是不抽菸的人。

查克走了進來，沒有跟我親吻打招呼。他八成又心情不好了。在這種狀態下很難跟他溝通。可是，天啊，他真的好迷人。一見到他，我再度失去食欲。

「多穿點衣服，我有事情要告訴妳。」

什麼事需要這麼嚴肅？不過，我還是乖乖地披上一件人人夢寐以求的栗鼠毛皮大衣。這是我跟范倫鐵諾情商借來的，還把借期延長了一年。以前，查克看我穿這件毛衣大概會好好嘲笑一番，但今晚他連正眼都沒瞧過我。他這個樣子很可怕。

「我可以跟妳一起看ＤＶＤ嗎？」他問。

老天，查克把我弄糊塗了。剛剛我還在想我們 出了什麼問題，沒想到他只是想跟我窩著看電視。我明知家裡沒有DVD播放機，還是若無其事地說：「當然好啊！我有馬丁．史柯西斯（Martin Scorsese）的新片。」

查克露出開心的神情。他很喜歡史柯西斯那些描寫犯罪的電影。我故作輕鬆地提議說：「我們先調杯mojito[4]來喝吧。」

我可是急中生智。提到史柯西斯的影片已經成功了一半，現在只要讓查克相信我真的有片子和DVD播放機就行了。還有，也不能讓他發現，其實我非常討厭史柯西斯那種赤裸裸的寫實風格。

「我想看電影就好。」查克說。

「當然！」我爽快地答道。

我在心裡告訴自己：快變成妮可．基嫚，拿出奧斯卡最佳女主角的實力，在瀕臨崩潰的時刻，依然要扮演好完美女友的角色。我趕緊套上超高跟的Manolo魚口鞋，同時脫掉身上的栗鼠毛皮大衣。我想，讓查克從背面看到穿著網襪和高跟鞋的我，應該就不會想再看DVD了吧？我走到雕花櫃前方，假裝DVD播放機放在裡面。接著，好事終於來臨，我感覺到查克的手碰觸到我的背。性感內衣總算發揮作用了。我才剛感覺到他手腕一收的瞬間，我們就雙雙倒臥在沙發上了。我之前怎麼會懷疑去費城的事是謊言呢？我暗自決定，先前的不信任，我現在通通收回，真

4古巴特調雞尾酒。

的。

今晚過後，一切又會恢復原狀。查克在每個對的部位上都特別用心。我迫不及待想告訴茱莉，我跟查克的戀情再度加溫，而且現在正在沙發上打得火熱呢。不過不要跟別人說這件事，不然大家都會覺得我愛現，所以罪有應得。當查克正在好好欣賞我的比基尼除毛新造型時，我抓起手機，偷偷地打了以下的簡訊（戴芬妮有教我如何在身體極度扭曲的情況下傳簡訊）：

我們沒事，查克跟我正火熱呢。

她立刻回訊給我。

能不能跟妳借滾兔毛邊的Prada去弗里克慈善會？

茱莉有時候真的很不會挑衣服。我知道Fendi的雪紡衣會更配她的髮型，但我怕如果再傳一通，查克就會發現。

「親愛的，我們到床上去吧。」我拉起查克的手，「我們整晚都可以好好親熱。」

此刻，他臉上露出古怪的神情，接著猛然起身，開始把衣服穿回去。隔了好一會兒，他終於開口。

「我不打算跟妳結婚，這就是我今天來要告訴妳的事。」

我試著張口，但一句話都說不出來，後來終於擠出微弱的聲音說：「可是我們剛剛……我是說……呃……」

「那又如何？」他望著窗外。

我穿上丁字褲、罩上毛皮大衣，然後坐在幾星期前剛掛上去的那幅〈淹沒的卡車〉下方。我到底做了什麼？我們的戀情，到底是怎麼從香氛身體乳與成套性感睡衣營造出來的火熱情景，變成今天這種地步？我最後一次見到查克之後，究竟出了什麼問題？

「可是，為什麼呢？」我虛弱地問。

「沒錯，我們曾經很開心過，如果現在就好好結束，大家可以各自過新的生活。」查克看也沒看我一眼。

「你愛上別的女生了嗎？」

「對我來說，妳太自私了。我需要一個獨立自主的女朋友，不是那種一天到晚要別人關心的女生。」

一滴淚滑落我的臉頰。這時，我的手機發出響聲。

「抱歉，」我低聲說。是茱莉傳來的簡訊：

太好了！幫我跟查克說聲嗨，茱莉。

「茱莉跟你說嗨。」我啞著嗓子說，幾乎失了聲。我開始顫抖，但並不是因為冷的緣故。

「靠！她怎麼會知道我在這裡？沒有人知道我在妳這兒。」查克說完，一臉狐疑地瞇著眼看我。

我咕噥著：「唔，我想……大概是……」

話還沒說完，查克一把搶過我的手機，開始搜尋裡面的簡訊。糗大了，這比發現我沒有DVD播放機還慘。

「什麼火熱？我上妳的時候，妳他媽的給我傳簡訊給朋友？說妳自私真的是太抬舉妳了。」

「我會改的，寶貝。」我哀求道：「我知道我很糟、很自私，可是我會改進。」

「妳才不會改。妳永遠都『我我我』個沒完，有沒有想過其他人？妳有考慮過我怎麼想嗎？」

「我滿心都只有你而已啊！我一直在想要怎麼樣才能讓你快樂……」

「所以我今天去看醫生，妳他媽的連問都不問嗎？」

「我根本不知道你要看醫生……」

「妳如果要跟我結婚，就應該要知道這些事。」

「可是你根本不跟我說話，」我低聲下氣地說：「我打去的時候，你的助理不願意把電話轉給你。」

「那是因為我叫她不要把妳打來的鬼電話轉給我。」

我開始嚎啕大哭，一顆顆大得像Harry Winston鑽石的眼淚不聽使喚地滾落我的臉龐。

「你不讓我跟你說話，那我怎麼知道你要什麼？」我嗚咽著。

「不要再問我問題了！」他大吼。「我說過，妳就是該知道。」

我從沙發上滑落下來，雙腿虛弱得像達席爾維諾餐廳裡的極細義大利麵條。我半跪半躺在查克腳下的斑馬紋地毯上。如果結婚的條件是要能夠在完全沒有跟丈夫溝通的情況下，就知道他們腦中想的每件事，那些結了婚的女人一定都是天才。這時，查克往雕花櫃走去。

「妳該死的根本沒有DVD播放機，對吧？」他用力地甩上櫃子的門。當然，櫃子裡面不會自己生出DVD播放機。「為了社交，妳根本反對買DVD播放機，對吧？妳也不喜歡馬丁·史柯西斯，甚至連《現代啟示錄》（Apocalypse Now）都沒看過。」

「親愛的，那部片是法蘭西斯·柯波拉（Francis Ford Coppola）拍的。」我說。

「為什麼妳老是要跟我唱反調！」他大吼。「妳要是愛一個人，他說什麼妳都不會反對。這就是妳的問題。除了自己之外，妳根本不懂要怎麼愛人，妳連自己都不愛，是不是？妳甚至不知道自己是誰。如果老天真要給妳什麼啟示，除非上面有Gucci的標誌，不然妳永遠都不會注意到。」

「其實我迷的是Chloé。」我哀怨地說。你看，他一點都不瞭解我，就連這麼清楚可見的事情都不知道。

查克眼神空洞地望了我一眼，然後就打開門離去。此時此刻，我真正體會到什麼叫做「羞恥心作祟」。淚水潰堤而出，比亞斯本的雪崩還要猛烈。雪上加霜的是，這整件事還徹底毀了《天才雷普利》中的裘德洛。

6

有人在竊竊私語。

「如果她連香奈兒特賣會都沒去，表示事情很嚴重。也許她真的愛他也說不定。」

「我一直覺得他拍的照片超遜的。」另外一個聲音說：「我才不可能嫁給一個認為淹沒的卡車很酷的人。」

我聽到開門聲。

「噓！妳們兩個這樣會吵醒她！我去藥局再幫她買一些贊安諾。妳們安安靜靜地看好她。」門關上，有人又離開了。

我在哪?連動動腿、動動手和張開眼的力氣都沒有，我的身體就像一塊放在冰箱過久的布里乾酪一樣笨重，每隔幾分鐘，我的右眉毛上方就會感覺到像針戳一樣的刺痛。

一陣安靜後，又有幾聲輕嘆，接著就聽到：「天啊，看看她，她完全就是得了厭食症的樣子，不像超級名模瘦得那樣美，反而像木匠兄妹的妹妹得厭食症時骨瘦如柴的樣子。真慘！」

「她早上五點出現在茱莉家，哭訴她剛剛首次體驗到什麼叫羞恥心作祟，還有她的婚禮泡湯了。茱莉說，她就只穿了一件偷來的栗鼠毛皮大衣和一條丁字褲。」

聽起來像在講一場失敗的婚禮。贊安諾這種抗憂鬱藥的好處，就是可以讓你身處情感創傷之中，卻渾然不知。

「她穿婚紗一定很漂亮。噢，真可憐啊。薇拉王〈Vera Wang〉[1]要是知道這件事，大概會瘋掉。她親自跑了印度三趟，就是要去監督頭紗綴珠的縫製工作。這會是她有史以來設計最獨特的一頂頭紗，光是繡工就要花上一整年。現在她該怎麼辦好呢？」

「妳為什麼不乾脆幫個忙，把那頂頭紗拿來自己用啊？這麼做很貼心，而且戴著薇拉王頭紗結婚的人就變成妳了。」

「對喔！我應該主動伸出援手，收下那頂頭紗才對。」

「公園大道六六〇號上的每個人都會覺得妳是最夠義氣的朋友。天啊，妳能想像取消婚約有多麼丟臉嗎？想想看結不成婚會是什麼樣子。之後她怎麼敢到奇普利安尼喝貝里尼呢？唉唉咿呀，我的媽啊，丟臉死了。」

希望這些好心人能找間不錯的收容所把我送去，比方像是西奈山醫院的解除婚約治療中心之類的。

「妳知道我不是個愛八卦的人，我也相信妳不會把這件事洩露出去。我聽說，他們分手是因為他正在跟她……那個的時候，抓到她傳簡訊給茱莉。」

「什麼？」

1紐約知名的華裔服裝設計師，以打造頂級婚紗著稱。

又是一陣竊竊私語，只聽見一堆窸窸窣窣的聲音。

「不會吧！」

「真的！」

「我的天啊，太厲害了吧。妳覺得她願不願意教我怎麼弄啊？」

我睜開眼，眼前幾乎一片黑暗，只能隱約看到兩頭金髮激動地前後搖擺著。我虛弱地說：「戴芬妮可以教妳。」

兩顆頭猛然抬起，回頭過來望著我，是裘琳和蘿拉。

「噢，謝天謝地！她還活著。」裘琳說。

「我在哪兒？」我有氣無力地問。

「妳在茱莉公寓的客房裡。她剛剛請崔西．克拉克森（Tracey Clarkson）裝潢好的。妳知道好萊塢的人都是請崔西做室內設計吧。這裡弄得超時尚，美到令人無法想像。」

「為什麼我會在這兒？」

「妳的未婚夫跟妳上床之後，很無情地拋棄了妳，然後……」

「唉唉咿呀！」蘿拉驚聲尖叫，「妳不用提醒她那些親熱的細節吧。」

連贊安諾都無法抹去這一部份的記憶。那令人心寒的每分每秒都深深地烙印在我腦中。我到現在依然驚魂未定。《大法師》裡那位可憐小女孩的感覺，我能夠確實體會。

「小姐，妳得吃點東西。我們叫客房服務，妳想吃什麼？」蘿拉問。

「給我一把銀製的水果刀就好。」我回答。

「什麼?」裘琳確認。

「一把銀製水果刀。」我重說一遍,「要割腕自殺,也要弄得漂亮一點。」

「她的憂鬱症發作了。」裘琳低聲跟蘿拉說。

很好,相信不用多久,我就會被送到加州一間很棒的身心療癒中心,叫做心靈照護Spa會館(We Care Spa)。紐約的名流每隔一段時間就會憂鬱症發作。這表示他們每個月都會到那裡去度假一次,順便跟自己社交圈的好友敘敘舊。在這個Spa中心還可以享受到最新式的日本熱石按摩。

茱莉禁止我再吃贊安諾之後,它就一點都不讚了。幾個小時過後,藥效退去,恐懼便悄悄地從落地窗溜進來,鑽進她那四三七針的細緻床單中。我感覺到,寂寞就如同擺放在旁的法國Diptyque蠟燭那一縷輕煙,緩緩地席捲上身。我開始冒汗,臉部漸漸濕潤,全身慢慢發燙。此刻,我突然間領悟到,就算身在名設計師打造的客房裡,心碎就是碎了。我得告訴茱莉一個殘酷的事實,那就是法蝶(Frette)的床單根本經不起失戀的打擊。我呼喚茱莉。她躡手躡腳地走進來。

「讓我打電話給查克好嗎,我得把事情弄清楚。」我啞著嗓子哀求。

自從昨晚來到她家後,她沒讓我碰過電話。

「只有訂婚和離婚兩件事能真正讓人開心。妳能脫身就已經很幸運了,不要再打電話給他,把情況弄得更糟。」

「可是我愛他啊!」我虛弱地說。

「妳不愛他,妳只是渴望擁有他。妳怎麼可能會愛一個見不到幾次面的人呢?我的分析師說,妳只是被心中的理想愛情沖昏了頭。妳要的是理想的他,而不是現實的他,現實中的他根本是個渾蛋。」

我最討厭那些多餘的專業見解，茱莉的心理醫師根本不瞭解我的真命天子。

「那為什麼他會送我那些禮物，跟我說我是全曼哈頓最聰明的女生，然後還要我嫁給他？這樣一點都不合理。」我反駁。

「告訴妳，這很合理。像查克這樣有錢的型男，要讓女孩子迷上他實在是太容易了，但真的談到相處、參與對方的生活可沒那麼簡單。他只喜歡追女生的感覺。」茱莉滔滔不絕，以為自己是脫口秀女王歐普拉之類的。

「拜託妳讓我打……」

「乖乖休息吧。」她溫柔地說。

茱莉說完就離開，但她把手機留在床上忘了帶走。我拿起手機撥給查克，再度跟他助理經過一番交涉之後，查克終於來聽電話。

「喂？」他的聲音聽起來很正常，也許我們一點事也沒有。

「我們見面好嗎，順便……談一談……」

「我沒空。」查克打斷我的話。

「可是這很重要，我們應該好好談談。」

「我要出城去了，再打給妳。」電話掛斷。

我一刻也等不及。我知道查克的行為很惡劣，但我還是愛他。世上最痛苦的事，莫過於你瘋狂愛上的人不再愛你。我們到底是怎麼從「妳不會煮飯也很可愛」的美好戀情走到今天這一步的？我躺在茱莉客房的床上不停思考著。我覺得現在的自己，好像梅莉・史翠普電影裡那些住在郊區、穿得很俗又不瞭解男女關係是怎麼一回事的人。

這天稍晚，茱莉在門外探頭進來時，我哭喊說：「我沒有辦法挽回他的心了。我好難過喔。我打給他，他只說要離開曼哈頓。」

「我真搞不懂妳為什麼要一直回頭。」茱莉的情緒激動，「我早就告訴妳他是個渾蛋，現在證明我說的話是對的。」

我知道茱莉是對的，但這一點幫助也沒有。很多紐約女生都會陷入非常不理智的行為模式之中，那就是男人愈壞，她們愈放不了手。一旦復合，男人只會變本加厲。到最後，她們還是會因為受不了男人一直以來的差勁行為而主動提出分手，這時她們就會顯得理智而果決。因此，重點是要當個主動拒絕的人，而不是被拒絕的一方。要不是想到茱莉大概是全曼哈頓最不理性的女人，我會覺得她應該可以瞭解這個道理。

茱莉想盡辦法要安慰我，但她和其他人說的話，多半只是讓我更加傷心欲絕。譬如，她跟我說：「他根本不配擁有像妳這麼好又這麼漂亮的女朋友。」我聽了超難過，因為我就是拿這句話來安慰那些人不是太好、長得不美、又被男友拋棄的女生。

我在茱莉的客房待了整整三天，期間查克一次也沒打來。我開始出現很嚴重的分手厭食症。紐約和洛杉磯的女生在分手過後都會出現這種極度厭食的症狀，然後瘦到可以穿下最小號的衣服。我什麼都吃不下，連茱莉特別從下城的木蘭烘焙坊訂來我最愛的香草杯子蛋糕都沒有用。我的身體日漸消瘦。蘿拉很努力想讓我開心，所以不停地稱讚我的外表，說她真希望自己也有分手厭食症，這樣就不用花大錢請營養師和個人健身教練了。事實上，我已經瘦成了紙片人，身子就像Nobu日式料理店裡的黃尾魚生魚片一樣單薄。當生魚片還比較好，畢竟大家都愛吃生魚片，而我卻沒人要。當妳覺得自己比沒煮熟的魚還不如時，就可以確定自己早已住進「傷心酒店」了。

還有其他的跡象顯示我整個人很不對勁。比方說，我現在唯一能忍受的音樂是瑪麗亞・凱莉的歌，這可比得了分手厭食症還令人擔心。還有，茱莉說要請波蘭裔的美甲師辛妮雅來幫我修指甲，我居然哭著說不要。她可是《*W*》雜誌拍攝工作的專屬美甲師，曾經幫所有你想得到的名人修指甲。我一定是病得很嚴重，才會拒絕辛妮雅。原本的我是有美甲上癮症的，如果沒有擦上NARS的粉紅甜心指甲油，我的指甲真的會痛呢。只是，跟我現在承受的痛苦相比，指甲痛根本算不了什麼。

到了第四天，茱莉決定帶我出門。這天，凡登比爾特雙胞胎要舉辦一場慈善午餐會，為瓜地馬拉的女子學校籌措建校經費。這對雙胞胎姊妹一直讓茱莉覺得很難堪。雖然她們比茱莉有錢很多，但總是表現出一副窮得很有個性的樣子，而且到處做公益。茱莉說：「別人說話時，她們會側著頭，表現出專心傾聽的樣子；自己說話時則是輕聲細語，裝得像是完美女神一樣。不過，拜託，經不起誘惑的時候，她們還不是一樣會去邦尼斯百貨花大筆的錢買化妝品，還以為神不知鬼不覺呢。」

「我不想去。我覺得很丟臉，不敢再出門了。」我說。

「聽著，我也不想去好嗎，可是凡登雙胞胎是我表妹，我得讓她們瞧瞧，要做公益我也很行。我真不知道，她們明明可以穿Dolce & Gabbana的高級服裝，為什麼反而要穿那些普通的衣服，住在普通的公寓裡。」接著，她柔聲地說：「妳不能老是待在這兒，總得去外面透透氣。」

我掙扎著下了床，然後迷迷糊糊地穿好衣服。照鏡子時，我被自己的樣子嚇了一跳：頭髮凌亂糾結，臉上到處是斑點，褲子鬆垮垮地掛在腰際上，T恤寬鬆得在胸前陷了下去。我看起來真的很像那些悲哀的馬克・賈柏斯迷，他們每個星期六都會到布利克街上的專賣店前徘徊。唯一的差別是，他們這些人可是花大把鈔票把自己弄成營養不良的德性。穿著粉紅連身裙、朝氣蓬勃的茱莉，倒是很喜愛我這身頹廢的裝扮。

「妳的樣子超有海洛英式的時尚感[2]。凡登姊妹花看到妳一定會瘋掉。」我心想，好吧，也許出去走走還是有一點好處的。

去慈善午餐會之前，茱莉想先到肉品包裝區的帕斯地斯餐廳去喝杯低咖啡因拿鐵。「我得先感染一下下城的氣息才行。」茱莉解釋。我可是嚇壞了。帕斯地斯是全紐約最紅的餐館之一，萬一有人眼尖看到我，猜到我已經取消婚約，那該怎麼辦？

茱莉看我一臉焦慮，就說：「別擔心，我們在那裡不會遇到認識的人。中午十二點以前，西城根本沒有人起床。」驅車前往下城的途中，我開始覺得好多了。終於能夠下床走走，感覺真好，而且坐茱莉的新車也很新鮮，是一台內裝焦糖色皮革的豪華休旅車。快到第五大道時，我甚至已經可以開始與人交談了。

「這週末妳要不要來海邊玩，可以自己住一間小屋喔。我爸看到妳也會很高興的。」茱莉提

2原文為heroin chic，指的是瘦骨嶙峋又帶點病態頹廢的美感，代表人物是超級名模凱特・摩斯（Kate Moss）。

議。

「好啊！」我爽快地答應。

「這樣才對嘛！妳很快就會恢復了，快到妳根本就不會發現。」可是，心碎沒有那麼容易痊癒。只要稍稍失控，它就逮到機會反咬你一口，讓你變得比原先更加歇斯底里。我們急駛過五十七街時，我瞥見一塊大型廣告看板上有一組三顆鑽石的對戒。底下的標語是：說你愛她的三種方式。這是今天第一次崩潰。那些De Beers的人為什麼要找我麻煩？他們難道不知道，訂婚戒指的廣告，會對解除婚約的人造成多大的打擊嗎？

「天啊！妳怎麼了？」茱莉驚呼。

「都是那個訂婚戒指廣告啦，讓我想到傷心事。」

「可是親愛的，妳根本沒拿到訂婚戒指，所以無所謂嘛。」

「我知道！」我抽抽噎噎地說：「要是我有……有……訂……訂婚戒指的話，我一定會很……很傷心的。噢，天啊，我受不了了。」

「喏，拿去，給妳一張凡賽斯的面紙，我每次用它心情都會好很多。」

我擦了擦鼻子，然後想辦法把注意力放在車子裡面，這樣比較保險。我從前方座椅的置物袋裡拿出一本《紐約雜誌》。封面標題以粉紅色的字體寫著：曼哈頓二十五種最浪漫的求婚方式。他們的編輯真的很沒人性！這倒讓我想起工作的事——我完全忘了棕櫚灘的專訪要重約時間。我現在沒辦法承受這一切，只好緊閉雙眼，直到我們抵達帕斯地斯。

正如茱莉所料，這家法國餐館裡沒有半個人。我們找了張位於角落的長椅坐下來喝咖啡。這家餐館很棒，服務生帥翻了，我的心情也跟著好轉。茱莉翻閱著《Us週刊》，我則是勉強吞了幾口班尼迪克蛋[3]。

「茱莉，我問妳，發生在我身上的這些事都是真的嗎？」

「喔，《Us週刊》有報導啊，只要上了週刊，那就是公開的事實了。」茱莉指著〈本週最大條！〉那一欄說。

我倒抽了一口氣。我是很相信八卦新聞的人，現在我自己都成了八卦新聞的主角，那這一切肯定是真的。真是太可怕了。

「噢，天啊！我現在想躲都躲不了，好丟臉喔。」我哭著說。

「妳要這樣想，至少妳不用親口說出婚禮取消的事，因為大家都知道了。這樣真的比較好，免費的負面報導還是有好處的。」

「嘿！」耳邊傳來一個很有朝氣的聲音，是克里斯朵．費爾茲。這個女人美到我連看都不敢看她。她有一身健康膚色，手上提了個小竹籃子，裡面裝著一隻超可愛的迷你博美，頭上還綁著紅色的蝴蝶結。現在很流行養一隻迷你寵物（你可以把牠們放在手提行李裡面，提著上飛機到巴黎），到中國城去買個小竹籃裝這些寵物也很風行。克里斯朵的打扮非常入時，是個完美的女人。偏偏她選在這個節骨眼出現，真的超令人沮喪，因為她實在太亮眼了。沒過多久，她的男友比利也加入我們的行列。比利很有型，也很時髦。他們倆手牽著手，擺明告訴大家他們正在「熱

3 在兩片英式鬆餅上放火腿或培根，再加上半熟的水煮荷包蛋，最後淋上蛋黃醬。

戀中」。沒關係，我一點也不在乎。克里斯朵和比利都是走在時尚最前線的人，根本不可能維持什麼穩固的關係，他們的戀情肯定不長久。

「你們兩個曬得好黑啊。」茱莉說。

「我們剛剛度蜜月回來。」比利微微一笑。

為什麼這些羨煞旁人的夫妻非得要到處去傷害我這種失去婚約的可憐人呢？這麼做真的太自私了。這時，克里斯朵問我，「妳的婚禮什麼時候舉行？」

我啞口無言地望著她。這是我這輩子最丟臉的一刻：我竟然得在大庭廣眾之下，親口跟人家說，我已經沒有未婚夫了。我有好一會兒不作聲。克里斯朵和比利開始露出不安的神情，籃中的博美狗也開始狂吠。最後不得已，我才開口說：「已經解除婚約了。」

所有人沉默不語。大中午的，在帕斯地斯聽到這樣的悲慘事件，沒有人知道該說些什麼。這裡的客人只為享樂而來。

「唉唉咿呀！」克里斯朵驚叫，嘴巴驚訝得合不攏。

「沒錯！唉唉咿呀！」比利跟著附和。紐約這些異性戀男居然也學起女朋友說「唉唉咿呀」了。他們隨便找了個藉口搪塞，便匆匆離去。

沒有人想接近我本人，大家都深怕失戀會傳染。紐約處處有戀情，我卻什麼也得不到，這很像之前的Gucci賈姬包事件再度重演。它才剛上櫃不到九分鐘就被搶購一空，唯獨我沒有搶到。我填了等待名單，希望有奇蹟出現，但其實我永遠也等不到，因為Gucci賈姬包是限量的，正如愛情並非人人皆能擁有。

等我們到凡登姊妹家時，我的自信心非常薄弱，就好像雀兒喜．柯林頓還不知道有直髮器這種東西時的模樣。茱莉再三向我保證，凡登姊妹的午餐會上不會有人挽著帥氣老公出現。這對雙胞胎住在毛貝利街街尾一間廉價工廠改裝的公寓裡。大家席地而坐，枕著從Moss買來的靠墊，一邊喝著具有抗氧化功效的花草茶。維若妮卡和維奧莉．凡登比爾特都穿著特別訂製的外套，背後繡著「你所居住的世界，是我們共有的」。她們一看到我們，馬上側著頭說：「噢！我們好替妳難過喔。一聽到消息，我們馬上就請針灸師過來了。來，大家一起抱抱！」

這下可好了。大家紛紛開始問茱莉說，為什麼凡登姊妹這麼擔心我。我還沒回過神，整個午餐會上的賓客都來給我擁抱。茱莉趕緊把我拉到比較角落的靠墊區。

「千萬不要靠近那對雙胞胎姊妹請來的針灸師。真是的，她們幹嘛對妳這麼好？她們根本不認識妳，還幫妳請針灸師，嚇死人了。妳有沒有看到她們一直在撥頭髮，好俗喔！」

才說完，凡登姊妹就走過來跟我們一起坐。這時，茱莉立刻換上笑容，問她們最近在做什麼。

「我準備要在包里街上打造一間三萬平方英呎的Spa會館。」維若妮卡說。

「我啊，要在伊莉莎白街上買下一間珠寶店。」維奧莉說。

「真好呢！妳們的爸爸真慷慨。」茱莉微笑著答腔。

「LVMH集團贊助我們的。」她們異口同聲地說。

「我喜歡妳的手環。」茱莉抓起維若妮卡的手，趕緊換個話題。「那個數字代表什麼？」

維若妮卡戴了一只金色訂製手環，上面刻著「六二二五」三個數字。

「喔，約翰也有同樣的手環。」維若妮卡側著頭，柔柔地說：「這是我們在威尼斯奇普利安尼飯店度蜜月時的房間號碼，呵呵。」

連凡登姊妹這麼敏感的人都免不了刺激到我，讓我想到自己沒有蜜月可度，而且可能永遠都沒有機會。我抬起手，抹去臉上的一行淚。「噢，天啊！來抱一個。」姊妹花失聲叫道。我真的受不了了。突然間，我覺得全身都在發疼，連指甲也像在流血似的疼痛。感謝茱莉，她隨便找了個藉口，便趕緊把我帶到車上，然後飛奔回她的公寓，回到安全的地方。情況愈來愈嚴重了。我得找個替代的未婚夫，不然我遲早會忍受不了在曼哈頓生活，而被迫搬到布魯克林區之類的地方。

隔天，我回到自己的公寓。答錄機有一通留言，是我媽。「我們都聽說了。妳確定要取消婚約嗎？我連續兩次打去史威爾城堡取消的話會很沒面子，所以這次換妳自己打。好了，再聯絡。」

整間公寓空空蕩蕩的。沒有人打電話給我，也沒有人送來半張邀請卡。還有，正如我所料，自從取消婚約之後，再也沒有服裝設計師送來免費衣服。我穿著睡衣（很復古又很漂亮的一款）在公寓裡晃來晃去，思考我如何能在截稿日前完成工作。公司要我交出棕櫚灘名媛的報導，但我現在唯一能做的，卻是一籌莫展地坐在書桌前。房子靜得出奇，我不禁開始認同那些買DVD播放機的可憐女生。

我決定也要去買一台，然後看電影度過餘生，反正再也不會有人邀請我去參加什麼派對了。我換了衣服後出門，準備去威茲電器行。途中，我要計程車司機在布利克街上的木蘭烘焙坊暫停一下，讓我下去買糖霜香草杯子蛋糕。我在車上就吃了起來。真的好甜好好吃。我發誓，吃了這些蛋糕，什麼病都會好起來。當下，我的心情立刻好轉，儘管只維持了幾分鐘。

到聯合廣場的威茲電器行走一遭是很要人命的事，即使本來心情不錯也一樣。我經過一堆令人眼花撩亂的手機，往電視區走去時，心想：天啊，我這個縱橫各大派對的香檳泡泡女王居然就這麼沒氣了，真的很令人心灰意冷。我拿了一台DVD，然後排隊結帳。這時，我的手機響起，是茱莉打來的。她問我在哪，我說了之後，她非常驚訝。

「在那個什麼鬼威茲嗎？買DVD播放機？小姐，妳崩潰了是不是？」

「我沒有崩潰。」我歇斯底里地哭了起來，「我好得很！」

十五分鐘後，茱莉趕到，把我送上她的車，然後前往博道夫百貨。就算我精神崩潰，茱莉還是不能跟亞利葉特取消染髮。我們到了之後，立刻被送進染髮室。我坐在一旁看亞利葉特開始為茱莉染髮。亞利葉特也問起婚約取消的事，還想聽那些精采的細節。茱莉很夠義氣地回絕了她的要求，只說：「亞利葉特，我要淡金髮，跟卡洛琳·甘迺迪一樣，不要寇特妮·洛夫（Courtney Love）[4]那種。還有，請不要提到我朋友失戀的事。」

「親愛的，妳應該馬上接受治療，因為妳精神崩潰了。相信我，我隨時都處於崩潰狀態，所以很清楚。」茱莉轉過頭來對我說。

「我絕對不會接受治療的，茱莉。」我回答。光看茱莉現在的樣子就知道心理治療有沒有

4 空洞（the Hole）搖滾樂團的主唱，也是涅磐樂團（Nirvana）已故主唱科特·柯本（Kurt Cobain）的遺孀。

效，在這方面，她實在不怎麼適合當代言人。

「好吧。」沒想到茱莉這麼輕易就放過我了。「我還有更好的建議。妳知道我每次精神崩潰、接受治療完之後都怎麼做嗎？」

我搖搖頭。

「到麗池酒店去復原。」她說。

茱莉認為，只要在巴黎的麗池酒店待一段時間，什麼心理疾病都會好起來，連非常嚴重的精神分裂症都可以治好。可是，要我帶著一顆破碎的心去巴黎？會出人命的。

「接下來的六年，我只想待在妳的客房裡。」我說。

「妳的心病了，不知道怎麼做對自己有幫助，所以我只好親自出馬帶妳去巴黎。就算要發瘋，也要找個時尚的地方發瘋。不論妳瘋到什麼程度，只要到了巴黎，妳會連著好幾個月，每天晚上都有飯局。」想到好朋友精神崩潰可以帶來許多社交的機會，茱莉眼睛頓時一亮。「噢，別哭啊！妳好不容易才避免掉一場可怕的婚姻，不用跟專拍奇怪照片的變態攝影師結婚。」她重重地嘆了口氣，又說：「天啊，有時候真希望精神崩潰的人是我。」

茱莉說的有道理。就算我深陷失戀的痛苦中，還是覺得在名店林立的巴黎來場超級高尚的精神崩潰比較吸引人。我寧可在巴黎瘋掉，也不要到諸如貝斯以色列醫學中心精神科這類死氣沉沉的地方發作，而且就我所知，醫院附近沒有一間像樣的精品店。現在只有陰魂不散的截稿日讓我焦慮不已。我做了一個非常不負責任的決定，那就是去法國的事，我打算先斬後奏，這樣就沒有人會叫我留下來寫稿了。

隔天晚上，我踏進法航之後心想：噢，我的「crise de nerfs」（法文的「心理危機」）來得真是時候啊！當晚，我已經很接近快樂的狀態了。連看到走道另一頭有對熱戀中的情侶，正在你一滴我一滴地共享一瓶紫椎花精華[5]，就像離婚前的湯姆．克魯斯和妮可．基嫚一樣甜蜜，我也不為所動。我只是微笑著心想，下次我再戀愛時也要這麼做。看來，我的心情真的好很多。

早上到達飯店時，服務人員都很熱情地接待我們。

「我的貴賓，非常恭喜妳。」櫃台的杜黑先生說。茱莉的一切需求，包括「極私密」的喜好，他都瞭若指掌，而且總是安排妥當。

「謝謝你，先生。」我用半流利的法文說，這些字就已經很夠用了。

法國人對我們這種精神崩潰的人態度真的很好，我實在不瞭解為什麼他們會惡名昭彰。杜黑先生是我輩子遇過最貼心、最友善的人。

「杜黑，這次你要把我們放在哪裡啊？希望是像天堂一樣的地方。」茱莉說：「喔，對了。麻煩你幫我們送兩杯拿鐵到房裡來好嗎？如果還有一點鵝肝醬可以配的話就更棒了。」

5 歐美國家風行的草藥健康食品，用以增強免疫力，特別是抵抗感冒。

杜黑先生帶著我們來到位於一樓的雙門套房前。房門漆成藍綠色，上面還貼了金箔的房間號碼：一〇六號房。精神崩潰真是讓人開心得不得了啊。

「就是這兒！本飯店最浪漫的一間套房。我們很高興聽到您訂婚的消息。」杜黑大動作地打開房門。

悲哀的是，我還沒來得及欣賞房裡的美麗佈置，就昏倒在門檻上了。這樣算幸運的，因為這麼一來，女服務生還有時間在我醒來以前，把慶祝「訂婚」的粉紅色玫瑰全部換成紫羅蘭。

「杜黑，是解約啦。」我醒過來時，聽到茱莉憤怒地低語。

「喔！什麼是解約？」杜黑問。

「就是結不成婚的意思。」我嘆了口氣。

「啊，您是沒人要的女人啊？」他說。

「是。」我回答。接下來的十分鐘，我連續用掉茱莉一整盒的凡賽斯面紙。不論房間再怎麼漂亮都沒有用。客廳相當寬敞，延伸出去有一座陽台，可以望見遠處的凡登廣場。客廳直通兩間附有衛浴的房間。浴室裡擺著印有麗池酒店標誌的肥皂，以及裝在專用瓶裡的洗髮精與沐浴乳。通常，時尚高級的沐浴用品會讓我非常開心，但這次卻一點作用也沒有。

負面情緒就像前男友一樣捉摸不定，你永遠不知道它什麼時候會回頭找上你。前一秒鐘，你還坐在貼滿黑色隔熱紙的休旅車裡，像個有名的饒舌歌手，快樂得不得了；下一秒鐘，整個人的思緒突然墜入恐怖的深淵，差不多就像進到川普大樓的大廳一樣（我說「差不多」，是因為腦中想得到最醜的地方，都比不過川普大樓裡金光閃閃的裝潢來得嚇人）。我一定是病得不輕，才會以為到了巴黎，情況就會好轉。接下來的幾天，我都像行屍走肉一般，跟著茱莉去逛Hermès和JAR。她在JAR花了三十三萬兩千美金買下一只鑲有枕型切割的淡褐色彩鑽的戒指，只因為她聽說羅曼・波蘭斯基（Roman Polanski）[6]買了同一款戒指給他那年輕貌美的法國老婆。但茱莉從來沒戴過那只戒指，因為只有放在保險箱裡面才能投保。

麗池酒店比美國第一夫人蘿拉・布希的穿著還令人失望。杜黑不太跟我打招呼，而女服務人員則紛紛對我投以同情的眼光，就算我從茱莉的皮夾裡拿出五十塊歐元鈔票給她們當小費也一樣。待在這裡，也沒有機會找到未婚夫。我始終認為，只要找到替代的未婚夫，我就不會覺得自己缺少什麼，問題也會迎刃而解。我知道葛洛麗亞・史坦能（Gloria Steinem）、卡蜜兒・派莉亞（Camille Paglia）與艾莉卡・瓊恩（Erica Jong）這幾位女性主義作家在兩性議題上都提出非常精闢的論點，但是我得到的結論是，在紐約這個地方，沒有未婚夫是非常丟人的。這項結論的殺傷力很大。我愈來愈悲觀：有誰會想要跟我結婚呢？我很無趣，也不漂亮（好心人才會說場面話；過去那些男友願意跟我在一起，只是因為看我可憐而已）。從此之後，我再也無緣訂到達席爾維諾餐廳的圓桌；可能也會慢慢忘記奇普利安尼主廚為貴客特製的白松露義大利麵嚐起來是什麼味道；博道夫百貨的董事要是發現我解除婚約，八成會立刻把白金認同卡收回；如果讓設計師看見我的分手厭食症有多麼嚴重，他們不會願意再把衣服借給我；以後我可能訂不到Bungalow 8的VIP包廂；也無法再比別人早看到最新的電影，因為沒有人邀請我出席首映會。幸運的話，頂

6 猶太裔波蘭籍的大導演，以《戰地琴人》一片榮獲美國奧斯卡最佳導演獎。

多只能跟朋友家人一起看看Showtime電影台的「本週強檔」。

事實上，茱莉根本也沒空理我。我們到巴黎的第三個早上，唯一的未婚夫人選就被她給發現了。他的名字是陶德・布林頓二世，今年二十七歲，是布林頓冷凍晚餐的第二代公子。他一身都是歐洲貴公子的制式打扮：整燙過的白襯衫，配上金色袖釦、牛仔褲與平底休閒便鞋。茱莉覺得他最迷人的地方，就是看起來像個義大利的賽車手，但實際上是美國人，所以沒有語言溝通的問題。自從他們認識之後，我就很少見到茱莉的蹤影了。

「查理怎麼辦？」某天晚上，我問茱莉。當時已是深夜，我們坐在飯店樓下的海明威酒吧一角的長沙發上啜著雞尾酒。

「他真的很可愛！常常打電話給我，也很愛我。我想他應該會來巴黎看我們吧，他很擔心妳……不要這樣看我，同時有兩個男友沒什麼錯。心理醫生說這對我有幫助，免得我過度迷戀一個人。」

我的憂鬱症逐日加劇。在麗池這個專為貴客打造的金色宮殿裡，情況反而更加惡化。此外，我眼見所及處處皆是死亡的象徵。比方說，在以鏡子與垂綴布幔裝飾聞名的箭魚餐廳（L'Espadon）裡，每位享用早餐的女士都打了過多的肉毒桿菌，看起來很像經過防腐處理的屍體。房間的浴缸則是大得嚇人，好像隨時都會淹死在其中。還有浴袍也是，每當我看見又毛又軟、上面繡著金色的「巴黎麗池」字樣的粉紅色浴袍時，心中唯一浮現的想法是：要是穿著它自殺被人發現，是多麼酷的一件事啊。這樣的我真的很悲哀，因為在以前，光是飯店浴袍就足以讓我快樂似神仙了。我還記得，第一次在夏威夷茂宜島的四季飯店裡穿上淡灰色的浴袍時，感覺就像吸了古柯鹼（我只嘗試過幾次）似地飄飄欲仙。

這些跡象還不夠明顯嗎？我註定要穿著麗池酒店的浴袍死去。過去幾天以來，唯一能讓我快樂的念頭，就是以非常高雅、時尚的方式自殺。我現在終於能夠體會席德與南西（Sid and Nancy）[7]，以及羅密歐與茱麗葉的心情，那就是與其活著心碎痛苦，不如死了一了百了。我決定要穿毛絨絨的麗池浴袍配上Manolos高跟鞋，我生的時候不能沒有Manolos，死的時候也少不了它。隔天，我問茱莉，瑪菲的姪女用什麼自殺。

「海洛英。」茱莉回答。我不知道巴黎哪裡有賣海洛英。「為什麼這麼問？該不會是動了自殺的念頭吧妳？」

「當然不是！我今天好多了。」我說。這不完全是謊話，因為當我決意一死後，活著就不再痛苦了。

「我真搞不懂這些人，幹嘛不乾脆吃多一點Advil止痛藥死掉就好，這比買古柯鹼那些東西容易多了。」茱莉發表她的高見。

Advil？吃Advil會死嗎？樓上房裡就有一瓶耶。我說不知道要吃幾顆才死得了。

「我想吃超過兩顆就算過量了吧。」茱莉說。

沒想到三顆治頭痛的小藥丸就可以致人於死，真可怕。那我吃八顆好了，比較保險。天啊，

7 龐克搖滾史上著名的一對戀人。席德為性手槍樂團的貝斯手，與紐約來的女歌迷南西陷入瘋狂熱戀。兩人成天過著吸毒糜爛的生活。席德某天吸毒清醒後，發現南西倒臥在血泊中死亡，遂因涉嫌殺死女友而被捕入獄。出獄後，他自己則因吸毒過量死亡。

如果自殺這麼容易的話，怎麼沒有多一點人自殺呢？

「下午要不要去Hermès？」茱莉問。

「妳昨天才去過耶，不覺得應該少去一點嗎？已經快變成一種習慣了。」我指出她的毛病。

我走之前，至少要給茱莉一些良心建議。

「至少我沒有像裘琳一樣瘋狂愛上Harry Winston。」茱莉說：「我要是變成那樣，才真的糟糕了。妳要不要跟我去嘛？」

「我想去一趟羅浮宮，妳不用擔心我。」我若無其事地回答。

茱莉離開以後，我回到房間。現在沒辦法馬上死，有很多東西得先準備，像是：

一、服裝；

二、自殺遺言；

三、遺囑。

希望我能在茱莉回來以前把這些東西弄好，並且順利地死去。我知道她去了Hermès之後會直接跟陶德見面，然後與他共度一夜。這表示她最快也要早上六點才會回到房間。

我打給客房服務，訂了兩杯含羞草雞尾酒和一盤鵝肝醬。人世間還是有幾樣事物讓我留戀，麗池的客房服務就是其一。他們的速度之快，我才脫口說出「含羞草」幾個字，東西就送到了。另外一樣是在浴缸旁邊的按鈕，上面標示著「女服務生」，如果臨時需要某些東西，譬如泡泡浴球或是一杯拿鐵，都可以按它。

現在，我終於瞭解為什麼我喜歡席維亞．普拉絲（Sylvia Plath）[8]的這句詩：「死亡是一種藝術，正如一切事物。」我在麗池酒店提供的美麗信紙上草草寫下遺言，希望能像維吉尼亞・吳爾芙的文字一樣富含悲劇性與巧思。沒有人的自殺遺言寫得比她更好，字字句句中沒有半點自憐的意味，反而充滿了勇氣，又極具震撼力。大家都覺得她是個了不起的作家，不是嗎？我開始動筆，希望盡可能簡短：

給所有我認識的人，特別是茱莉、蘿拉、裘琳、媽、爸、我的女傭克魯莎（相信妳不會像戴安娜王妃的男管家一樣私藏我的個人物品）、我的會計師（在此說聲抱歉，因為去年辦理退稅事宜的手續費一千五百美金至今尚未支付），以及Ralph Lauren的保羅（我承認上一季的時候從你們店裡多帶走一件兒童的麻花針織喀什米爾羊毛衣）：

沒想到，只是想跟幾個認識的人打招呼，用掉的紙張空間跟十六號房的訪客名單差不多長。我繼續往下寫著：

各位讀到這封信時，我已經離開了。我在天堂超快樂的。帶著一顆破碎的心活著，對我而言實在太痛苦。這樣一來，我也不會成為你們的負擔。希望各位能明瞭我這麼做的原因。想到未來必須孤老一生，我實在無法忍受，也無法承受永遠無法在達席爾維諾訂到好位子的屈辱。

8 美國著名詩人與短篇小說家，一九六三年自殺身亡。

達席爾維諾這個部份是寫給茱莉看的，這樣她才會真的為我難過。我相信，要是換成她沒辦法訂到角落的位置，肯定也會想自殺。

我愛大家，也想念大家。請代我向紐約的每個人問好。

愛你們的我

接著，我開始撰寫遺囑。只要認真思考過，寫遺囑真的一點都不難。內容如下：

一位博道夫~~金髮~~棕髮公主的遺囑

給母親：

亞利葉特的下一次染髮預約：就算日期跟某些重要事件相衝，譬如我的葬禮之類的，妳也一定要來紐約給亞利葉特染髮，因為一般人絕對約不到。

會員折扣卡：Chloé（七折）、Sergio Rossi（七五折；他們有點小氣，不過如果一次買兩雙鞋的話還是划算）、Scoop（八五折；真的很摳，不過卡洛琳．甘迺迪在他們家有位私人購物顧問，先聯絡她的話，她會幫妳購買）。媽，只要妳花錢請人幫妳選購服裝，妳也可以穿得很美。

給父親：

我的紐約公寓租約。你想躲開媽的時候有地方可以去了。

給裘琳和蘿拉：

帕斯地斯餐廳的專線電話是二一二五五五七四〇二。訂第六桌，也就是蘿蘭・哈頓（Lauren Hutton）[9]的隔壁桌。記得用我的名字，不然會訂不到。

給我的編輯：

棕櫚灘名媛的專訪記錄在我的筆記型電腦裡，檔名是「v.rich.doc」（謝謝你把截稿日延後，很抱歉我無法交稿）。

給我的摯友與最會穿衣服的姊妹茱莉：

配上Chantilly蕾絲滾邊的Givenchy高級訂製白色燕尾禮服，是我在春季服裝秀的後台偷來的。

我的安必恩處方箋：至少還可以再領四次藥，共三十顆左右。布盧姆醫師不會發現的。

我最愛的單品：McQueen蕾絲皮衣（一件）；Chloé牛仔褲（十六件）；Manolos（三十二雙）；皮包：YSL（三個）、Prada（兩個）；Rick Owens縐褶花邊洋裝（一件），如果妳覺得它太前衛也沒關係；妳從倫敦商店裡為我偷來的Connolly喀什米爾羊毛襪，一雙價值一百二十塊美金（十二雙）；James de Givenchy雞尾酒戒（一只，我知道這戒指原本是妳的，但是妳根本忘了有它存在）。

9前美國超級名模，也是演員。

想到要把這些漂亮衣服都留下來，我差點就不想離開了。我在遺囑上簽了字，然後請女服務生當見證人，避免日後有什麼爭議。接下來，我把遺囑內容打在電子郵件裡面，然後按下「稍後傳送」。這些電子郵件會在十二小時之後才會傳出去，也就是明天早上的七點三十分。新款的鈦合金G4蘋果電腦有個很了不起的功能，就是「時間延遲」，我推薦所有想要自殺的人使用這款電腦。歷經千辛萬苦自殺之後，你絕對不會希望中途就被救醒。功虧一簣的話，你可以想像有多丟臉嗎？

隨後，我開始準備要穿的衣服。麗池酒店的浴袍當然少不了。我決定配上一雙鑲有萊茵石的銀色Manolos。我先把浴袍和鞋子攤在床上，然後從化妝包裡拿出一大罐Advil，拉上窗帘，接著脫掉身上的衣服。我穿上Manolos，坦白說，即使身上一絲不掛，這雙鞋依然美得驚人。我啜了一口含羞草雞尾酒，吞下八顆Advil，然後躺下來。

什麼事都沒發生。我一定還活著，因為我還看得到腳趾上閃閃發亮的萊茵石。此時，我才驚覺自己腳上擦的是紅色指甲油，而不是跟鞋子比較搭的嫩粉色。八顆Advil是不是太少了？我吃了幾顆，又幾顆，再幾顆，吃到整瓶都沒了，大約三十顆左右吧。糟糕！死之前不能忘記穿上麗池的浴袍。不過我先小睡一下就好，等一下再穿……吧。

唉唷喂呀，痛！我的指甲好痛啊！頭快要爆炸了，而且好想吐喔。我的皮膚上面不知道有什麼東西癢癢的，而且全身都在發抖。我用力睜開眼睛瞇了一下，又立刻閉上。喔，天啊！超恐怖！

我居然還在麗池酒店的房間裡面。不對，也許我已經在天堂了，也許天堂的樣子就像是麗池的豪華套房。矇朧中，我彷彿看見一位男子的身影。

「先生，不好意思，請問我死了嗎？」我虛弱地以法文詢問。

「沒死。」

真討厭。為什麼我沒死，哪裡出了差錯？

「因為我發現妳了。」

「你到底是誰啊？」我憤怒地問。

「是我啦，妳這個瘋女人。」

我睜開眼，看見查理．登朗站在旁邊，一臉嚴肅地低頭望著我。他怎麼可以叫我瘋女人？我很理智耶。好，就算我不理智好了，在這種敏感時刻，他也不能直接說我是瘋子。他手上還拿著我的遺囑。真是個愛管閒事的傢伙。我想把它搶過來，但是頭好暈喔。

「把它還給我，那是很私人的文件。」我勉強坐起身，起來之後覺得好一點。

「我很傷心，妳什麼都沒留給我。」

「你到底是怎麼進來的？」

「門根本沒有關。」他說，表情稍稍和緩一些，甚至有點像在微笑。

他很煩，真的很煩，洛杉磯電影導演就是這副德性，我對這種人一點好感都沒有。這整件事根本是個笑話。我看了看時鐘：早上七點，比我原本的起床時間十點半還要早；再說，我根本不應該醒來才對。

「查理，你是怎樣，早上七點來我房裡要做什麼？」

「我剛下飛機，想說順道過來拯救妳。」

查理顯然不懂女權運動這回事。他難道不曉得，七〇年代以後，到處去拯救女性是犯法的事嗎？

「我不想被拯救，我想死。」

「不，妳並不想。」

「我想。我恨你！」我啞著嗓子嘶吼。「你怎麼可以隨便就這樣救我！太過份了。」

「什麼叫我怎麼可以這麼做？是妳怎麼可以這麼做！」這下他生氣了。我突然有點怕他。

「妳剛剛做的事才叫過份。」

我剛剛經歷這一切，他還對我這麼凶，未免太無情了吧。欸，好歹也該有點同情心啊。

「你救了人，卻又不肯對人家好，這算什麼嘛？」我哭喊著。

「妳不要這麼任性好不好，該長大了！」查理回答。他根本不懂什麼叫做對人好。

我看了看四周。麗池的浴袍放在旁邊，我身上則是蓋了一件灰色大衣……那不是我的。這時我才想到一個可怕的情況：身上的衣服一定是查理的。天啊，好丟人。

「查理，你發現我的時候，我……是不是……光著身體？」

「不是。」查理回答。

我大大鬆了口氣。他又補了一句：「妳有穿鞋子。」

夠了。我絕對、絕對不要再自殺了。真的超丟臉，我婚結不成，想死又死不了，我看我連布克街上的約翰披薩店都進不去，更不要說是達席爾維諾餐廳了。我突然想起之前存的電子郵件，再過三十分鐘就會傳出去，現在應該還來得及阻止。

「查理，把那台電腦拿給我，快！」

「等待傳送匣」的圖示在閃。我打開它，然後按下「不要傳送」。好了，解決了。我發現收件匣在閃，表示有新信。出於好奇，我很快地打開來看。有封我媽寄來的信：

乖女兒，我希望妳沒有做什麼傻事才好。妳剛剛傳來的電子郵件，我就當是開玩笑。我不喜歡紐約的染髮風格，也不想要拿會員卡去打折買東西。不過，如果妳真的要送東西給我的話，我倒是很喜歡妳那件John Galliano的針織貂毛衣。只是跟妳說說而已。愛妳的媽。

真要命！不知道為什麼，遺囑還是傳了出去，看來我還是不太會用這台蘋果電腦的新功能。收件匣裡面有其他新信，我決定晚點看，現在實在無法承受這麼多羞辱。

「查理，我好慘喔。你能不能幫我叫杯貝里尼？」

「不行。」

我使了個眼色，意思是：為什麼不行？

「妳現在最不能碰的就是酒，酒會讓妳更痛苦。」

「沒有人比我現在還痛苦，我自己也從來沒這麼難受過。你覺得我的遺言怎麼樣？」

「什麼我覺得妳的遺言怎麼樣，妳以為妳是誰？席維亞．普拉絲嗎？」

查理居然這麼瞭解我。如果我死了，至少還有人知道我讀過很多重要的文學作品，像《達洛威夫人》（*Mrs. Dalloway*）[10]和《娃娃谷》（*Valley of the Dolls*）[11]。

「你這麼說很有意思，我本來就想要學維吉妮亞·吳爾芙。」我回答。

他猛然抓住我的肩膀用力搖晃，我嚇了一大跳。「妳該長大了，不要老是耍小孩子脾氣。妳知道這麼做的後果很嚴重嗎？」

「不要這樣！」我啜泣著。「不要對我這麼壞好不好！我現在真的很糟，活著沒有意思。」

他放開手。

「妳也許不好受，但妳有沒有想過那些愛妳的人怎麼辦？妳爸媽、茱莉，和所有妳的朋友呢？妳有沒有仔細想過，要是妳死了，他們會有多難過？」

「當然有。」我說，但這不完全是實話。自從解除婚約之後，我只想到自己而已。「我不在的話，對他們比較好。我現在只會成為別人的負擔。」

「振作起來，不要這麼任性。」

「我沒辦法『振作』，我真的很不開心。」

「人總是有不開心的時候，這就是人生，有時候會心碎，有時候會遇到倒楣事，妳只能想辦法撐過去，而不是去服藥自殺，這樣很自私。妳要是能夠一天到晚都很開心，早就可以像凱蒂·

10 英國作家維吉妮亞·吳爾芙的名著之一。
11 美國小說家賈桂琳·蘇珊（Jacqueline Susann）的成名作。

柯麗克一樣當脫口秀主持人了。」

我放聲大哭。幹嘛每個人都對凱蒂這麼惡毒?如果有人給她六千萬美金，要她一直微笑到二〇一〇年，她也不可能做到啊。

「不要這麼無情好不好，我需要別人對我好一點。」我抽抽噎噎地說。

「什麼對妳好?穿上它，然後睡一下吧。」查理把麗池的浴袍遞過來。

「我不能穿它，這本來是自殺要穿的。這樣吧，你帶我去花神咖啡吃早餐好不好?我好愛聖日耳曼區喔，這樣我會很開心的。」

「妳哪裡都不能去，乖乖待在這兒睡覺。」

「那等一下你能不能帶我去Lapérouse吃一頓高級的晚餐呢?他們的酒燒蘋果塔超好吃的。」

「想都別想，就算今天有去他媽的酒燒整座艾菲爾鐵塔，妳一樣哪裡都不能去。」

查理應該要當個盡責的好朋友，而不是對我這麼凶。難道沒有人告訴他，不能對想自殺的人罵髒話嗎?

「妳病了，應該好好休息。妳一整天都給我好好待在這裡，喝熱牛奶，吃一點白飯，就這樣。」他說。

吃白飯?我看他一定很討厭我。這時，有人敲門。是茱莉，還挽著陶德。

「嘿，唷!你來啦!」她尖聲叫道，一邊跟查理擁抱。「這是陶德德。大家一起玩一定會很開心的。」讓兩位男友相互認識，茱莉卻似乎一點都不擔心，但她一看到我的樣子，臉就垮了下來。「我的天啊，親愛的，妳怎麼了?幹嘛穿得像個流浪漢一樣?」

「我們到隔壁房去一下好嗎？」查理說：「是不是能夠請這位『陶德德』先生等一下再過來呢，茱莉，我有話要跟妳說。」

陶德一臉尷尬地離開。查理隨即帶著她到隔壁房去，然後關上門。受夠他了！我正需要茱莉的安慰，查理居然立刻把她拉走。真的很愛管閒事耶！他最好趕快回去洛杉磯，去跟那群有控制狂又頑固的電影導演混在一起好了。突然間，我覺得好想吐，於是跌跌撞撞地走到浴室，接下來的細節就不多說了。

這一整天的情況完全沒有好轉。我在遺囑裡寫明留給茱莉的東西她都喜歡，還問我說，雖然我還活著，可不可以還是把安必恩給她。我媽一發現我自殺沒成功，馬上就抱怨說，她很不高興我在遺囑裡面直接批評她的服裝品味。只有爸非常期待我留給他的遺產。

隔天晚上，茱莉到樓下去做Spa水療時，查理要我到酒吧去找他。他終於瞭解，女生在自殺未遂後並不想聽別人對她說教，而是需要來點香檳。昨天真的很不好受，我一直想吐，身子很虛，又很難過，不過現在好多了。我現在亟需暫時麻痺自己，讓自己忘記先前做的好事。你們應該可以想像，現在的我有多麼難為情。可是，我到樓下酒吧時，查理根本沒注意到我身上穿了茱莉剛買給我的Chloé新衣服，她這麼做，是希望我能從此打消自殺的念頭。查理皺著眉頭，一臉嚴肅的樣子。

「好點了嗎？」

「事實上，我很寂寞，也很傷心。可以幫我點杯香檳嗎？」

查理向服務生招手。「給我一杯伏特加，給這位小姐一瓶沛綠雅，謝謝。」

什麼嘛！女人說的沒錯，男人真的都很自私。他接著說：「妳如果想弄清楚自己的生活，就得保持清醒。」

「保持清醒沒辦法讓我找到未婚夫。」

「妳不需要未婚夫。」

查理根本不瞭解，沒有未婚夫的話，我在紐約的生活就毀了。紐約人只關心誰跟誰結婚，或誰跟誰訂了婚。他不知道，現在的紐約跟十九世紀沒有什麼兩樣嗎？他沒有聽說過莉莉·巴特（Lily Bart）[12]的可憐遭遇嗎？

「妳得先把自己整理好，才可以再去愛別人。」查理繼續說。

「我永遠不會再談戀愛了。」我賭氣地說。

「不要說得這麼絕，妳當然會再談戀愛。」

這時，查理突然問：「茱莉在巴黎是不是還有別的交往對象？」

沒錯，而且你還見過他。我偷偷在心裡說。我不想對查理說謊，但只要涉及劈腿的問題，說謊是一定要的，所以我擠出一個笑容，以肯定的語氣告訴他：「沒有。」

「妳老實說。」

這麼糟糕的事，我能直截了當地說嗎？不過這時，我並沒有把心思放在這段氣氛緊繃的對話

---

12 美國作家伊底絲·沃頓（Edith Wharton）的小說《歡樂之家》（*The House of Mirth*）中的女主角。莉莉·巴特出身富裕，之後因家道中落，而一心想嫁個有錢的丈夫。後來，她為愛放棄了進入上流社會的機會，最後意外服用過量的安眠藥死亡。

上，因為有件不可思議的事情發生：我竟然戀愛了！

我跟查理說話時，他的左後方有位很帥的男子頻頻望著我，眼神中充滿了想去「巴西」的挑逗之意。

「她很迷戀你，而且一天到晚提到你。」我誠摯地說。

天啊，那位巴西先生轉到右側時，看起來真是帥極了。他有一頭深金色的頭髮，前額曬得黝黑，我想一定是剛從南法還是哪個超讚的地方度週末回來。

「她在跟陶德交往對不對？」

這時，服務生打斷了我們。「小姐，這杯是給妳的。」他把一杯香檳放到我面前，指著那位超級大帥哥說：「是那邊那位薩沃伊的愛德華多王子請的。」我不作聲地以法文對他說「謝謝」。他向我點頭示意。

「陶德是同性戀。」我堅定地告訴查理。

如果王子跟他父母說要娶我的話，不知道他們會怎麼想。

「陶德是同性戀的話，饒舌阿姆也是。」查理反駁。他沉默了好一會兒，眼睛直盯著自己的飲料，然後說：「我想，我跟茱莉玩完了。」

我很努力要專心傾聽查理面臨的困境，但還是忍不住分了心。我記得剛剛那位王子在義大利的薩丁尼亞島（Sardinia）有棟著名的避暑別墅，在義大利各地也都擁有房地產。他完全是未婚夫的料啊！

「我明天晚上就要回洛杉磯了。」查理說。

他抬起頭來，似乎期待我說些安慰的話。怪了，現在情況好像倒轉過來，變成查理需要我給他支持和建議。我快速地整理思緒，想為茱莉說些好話，可是又不禁懷疑這兩個人到底適不適合。查理這麼霸道，茱莉又特別叛逆。最後，我只好隨便敷衍了事。

「可是你跟茱莉……你們……很適合啊……」我愈講愈小聲，因為我發現那位王子在讀普魯斯特耶。他好迷人喔，不對，是他好有氣質喔。服務生走過來，遞給我一張小紙條，上面寫著：「晚餐，今晚八點三十分。伏爾泰餐廳見。」查理直接從我手中搶過紙條，狠狠瞪了我一眼。他轉過身對在一旁等待的服務生說：「麻煩你轉告那位先生，這位小姐不舒服，今晚沒辦法出去吃晚餐。」

他怎麼可以這麼做！我的心情才剛好起來。他不能自己心情不好，就見不得我好。

「先生，請你告訴他，我會去見他。」我對服務生說，一邊開始收拾東西。

查理憤怒地看著我，一句話也沒說。他現在是真的討厭我了，沒關係，我也討厭他，正好打平。

7

之前吃Advil自殺的計畫沒有成功，真是超幸運的。愛德華多整晚都在朗誦普魯斯特的文句。當一個男人輕聲地用法文對你說「Il n’y a rien comme le désir pour empêcher les choses qu’on dit d’avoir aucune ressemblance avec ce qu’on a dans la pensée.」，旁邊配著一杯比你還老的拉費堡（Château Lafite）紅酒，還有什麼比這番情景更能提升文學素養的呢？雖然我那半流利的法文還達不到把這段話直接翻譯過來的程度，但我要是聽得懂內容，一定會覺得浪漫到不行。

「吉斯皮，請帶我們回家。」我們離開餐廳，上了車後，愛德華多指示司機。

隔天早上，茱莉發現我不在麗池的房裡，非常不高興。我事後向她解釋，當愛德華多說要「回家」時，我發誓，我完全不知道他指的是回義大利柯摩湖畔的王宮。從巴黎到科摩的路上，他像個小壞蛋一樣不停地親吻我。這一路有八百多公里遠，照理說應該要開八個多小時的車，可是有吉斯皮在，最多花五個小時就到了。我暗自希望以後不要再坐到他的車，因為再怎麼趕時間，也不需要飆到時速一八五公里。

我想愛德華多應該就是我心目中的完美男人。大概要剃光一整座山的羊，才夠做成他擁有的Malo喀什米爾毛衣。他母親曾是好萊塢的演員。如果現在還有王朝的話，他父親就會是薩沃伊的國王。通常，義大利的王室成員是不准回到義大利的，但由於政府非常崇拜愛德華多的母親，所以特別准許他們自由進出。愛德華多曾在佛蒙特州的班寧頓學院專攻法國文學，後來搬到紐約「為家裡工作」。我不曉得為家裡工作是什麼意思，也沒有過問，因為啊，我看過《教父》那一類的電影，知道最好不要隨便問義大利人的錢是從哪賺來的。

王宮內部比弗立克美術館還要豪華。隔天早上醒來時，我睡在一張四腳大床上，上方綴有義大利蕾絲做成的床幔，看起來就像Dolce & Gobbana用來做馬甲的質料。百葉窗是拉開的，可以看見窗外的湖光山色，望出去盡是一片濃豔鮮明的蔚藍色。難怪在漢普頓地區[1]看不見義大利人的蹤影。

人生的變化真是讓我始料未及。你看，我活得好好的，之前還阻止茱莉和查理鬧分手——罪魁禍首可不是我——現在則是坐在床上享用早餐，而且身處的地方，使麗池酒店相形之下變得跟萬豪飯店（Marriott Marquis）一樣普通。王宮裡到處都有穿黑西裝、戴白手套的男侍者，隨時會送上可口的點心，像是剛烤好的杏仁蛋糕等等。我不敢相信自己現在可以這麼快樂。誰會預料到，原本企圖自殺的我，在不到三天的時間內，心情就能完全復原呢？這簡直比跳下懸崖還容易。

我在心裡提醒自己：得寄張明信片給紐約的姊妹們，讓她們知道我現在的狀況。我們走下山，打算到當地的村莊去買點東西。離開王宮時，有兩位皮膚很黑的義大利男子跟著我們。他們都穿著深藍色短夾克、黑褲，也都戴著墨鏡和耳機，而且體格好得嚇人。我敢說，這一定是成天

1紐約長島地區的避暑度假勝地。

泡在十三街的克朗奇健身房裡練出來的。應該是保鑣吧，我心想。有私人保鑣跟著真的很酷，但我當然是表現出一副見怪不怪的樣子，不想讓愛德華多知道其實我快被嚇死了。我故作輕鬆地用義大利文跟他們打聲招呼，一副「這沒什麼，我認識的每個人都有荷槍實彈的保鑣」的樣子。

保鑣一路跟隨我們走到村莊，然後再折返，而且不時對著耳機竊竊私語。我們在村裡似乎並沒有被人暗殺或攻擊之類的危險，整路只看見一位農夫拖著一頭驢在大街上行走。不過，我還是發現到，倘若有人蓄意要刺殺王子的話，肯定可以馬上辨認出誰是目標，因為沒有人會大白天帶著兩位顯眼的貼身保鑣在村裡閒晃，旁邊還跟著一位穿著高跟鞋、黑色緞面晚禮服的女生。

你知道作為一位侍從比第一夫人還多的王室成員，最棒的地方是什麼嗎？那就是可以一邊在外面散步，一邊決定午餐要吃什麼，然後打電話回去請廚師準備。王宮內的主廚比法國名廚尚保羅．凡吉利奇登（Jean-Georges Vongerichten）的手藝更厲害，而且是一天二十四小時、一星期七天待命。一回到家，就有義式烤茄子和義式鮮奶酪等著你。各位應該可以猜得到我在明信片上寫了什麼：

親愛的蘿拉和裘琳：

說真的，我不知道那些當公主的人有什麼好抱怨的，那可是作夢也想不到的高級享受啊！我強烈建議妳們兩位趕緊去找位王子當老公。

愛你們的我

我知道裘琳的婚事已經安排好了，但在結婚前，她還是應該知道自己錯失了什麼機會。

午餐過後，我們一同坐在客廳喝著濃縮咖啡。此時，突然有位隨從急急忙忙跑過來，把手中的電話遞給愛德華多。他飛快地說了幾句義大利文，放下電話，倏地站起身，神色緊張。

「我們得走了，今晚就回紐約去。」

「為什麼？」我問。

我們在這兒過著天堂般的日子，應該是瘋了才會想回紐約吧。不過前幾天，我倒是有想到應該要聯絡一下住棕櫚灘的那位名媛。

「卡瑞娜，我有……一些家裡的事要處理，很抱歉。不過我答應妳，我們夏天再回來這裡住。」我喜歡愛德華多叫我卡瑞娜，義大利文的意思是「親愛的」。

他露出沮喪的神情。

「可是我的護照什麼的都留在巴黎。」

「跟我在一起不需要護照。」

天啊，這也太讚了，連總統都得要護照，他居然不用。

當天深夜，我回到紐約時，電子信箱裡有六封茱莉傳來的郵件。我實在不太敢開來看。我把茱莉一個人丟在巴黎，或者應該說，讓她獨自留在那兒，又被男人拋棄，她絕對不會原諒我的。現在應該輪到她情緒崩潰了。第一封信裡寫著：

親愛的：

我跟查理進展得很順利。他很愛我，不過他現在回去洛杉磯工作了。我會在巴黎待幾天血拚。很高興聽到妳跟那個什麼王子去玩，聽說他很迷人。我叫陶德回紐約了，我也喜歡他，可是他有點煩人。

愛妳的茱莉

謝天謝地，查理沒有拋棄茱莉。雖然我發生Advil事件的時候，他的行為極度討人厭，我也暗自決定從此不再跟他說話，但他還是可以讓茱莉開心，這才是最重要的。

在其他幾封信裡，茱莉則是鉅細靡遺地列出一大堆血拚戰利品。她在Colette[2]搜括了不少Mac Jacobs的服裝。這麼做有點奇怪，因為她大可在紐約莫瑟街上的專賣店，以更便宜的價格買到同樣的衣服。可是她說：「如果妳覺得馬克・賈柏斯好到非穿它不可，那就得跟一般人有點不一樣，至少要能說它是從巴黎買來的。」我回了信給她，要她幫我把護照和衣服帶回美國。我知道這對她來說一點都不麻煩。像茱莉這樣的公園大道公主，行李一定會有人打理好之後直接運回去，因為她的東西肯定是行李重量限制的三倍以上。

2位於羅浮宮附近的一間複合式精品店，店內收集了各大知名設計師或藝術家的熱門品項，也是時商圈的潮流指標。

解除婚約之後，我沒有收過半張邀請函，你們知道我為此有多傷心嗎？可是，我成為王子座上賓的消息在曼哈頓傳開之後，邀請函如雪片般飛來，堆滿了整個壁爐架，要全部清光的話，還得用台起重機才行。我心裡有點擔心，大家是怕我將來成了王妃，才發這些邀請函給我，也就是純粹出於策略考量。不過，我還是寧願想像自己是真的很受歡迎，否則不如把自己倒栽蔥，塞進Advil的瓶子裡算了。有時候，自欺欺人對於社交生活是很有幫助的。

在紐約，與有「王室頭銜」的人交往，是最令人稱羨的事。愛德華多不僅有迷人的外表與談吐，他也是所有紐約女生的夢幻情人，因為人人都盼望嫁給一位具有王室頭銜的王子。不論是西班牙的菲利普、希臘的帕夫洛斯、瑞典的馬克斯，還是保加利亞的卡瑞爾，這些貴公子身旁總是不乏美麗出眾的美國籍女友或太太。遭到流放的王室成員多半很喜歡待在紐約，原因是他們在此地非常受歡迎（顯然歐洲人不像我們這麼友善）。就算這些王子不再擁有實質的王國，也沒有人在意。雖然紐約人大都以為薩沃伊只是倫敦某間豪華旅館的名稱，但他們還是很迷戀愛德華多。重點不在於這些貴公子從哪兒來，只要他們有「某地」的王室頭銜即可。就算這些王子沒有領地，紐約的美眉依然爭先恐後地想嫁給他們，好讓自己有個王妃的名號。只有王子自己才會在意有沒有王國，而且很認真地看待這回事。

愛德華多住在萊辛頓大道與八十街交叉口的一間單身公寓，裡頭整理得井然有序，而且非常適合夜晚幽會。愛德華多總是喜歡在交談中引用一些法文的著作。聽不懂的時候，我自得其樂的方式就是仔細地觀察牆壁與書櫃，上頭掛滿了義大利王室祖先的畫像，也擺了許多紅褐色的舊照片。每個王室成員頭上都戴著皇冠與鑲有閃亮寶石的冠飾，誰會知道以前的王室成員這麼迷戀

Harry Winston風格的珠寶呢?要是把這些人物都收錄在歷史課本裡的話，紐約高中女生就會曉得，瞭解義大利王國統一的歷史有多麼重要。

茱莉一回到紐約，我們立刻到莫特街上的吉塔尼咖啡（Café Gitane）碰面，一起喝杯低咖啡因的拿鐵。吉塔尼裡到處都是用昂貴的Marni把自己打扮成流浪漢風格的超級名模。大家都覺得這麼穿很酷。我承認，有時候我會從這些名模身上偷學一些搭配的靈感。茱莉今天的打扮也很融入她們的風格，因為她穿著一條「法國購買」的馬克·賈柏斯迷彩褲，看起來帥氣極了。她選了一個非常隱密的位置，這就怪了，因為平常她不管到哪兒，都會想坐在最顯眼的位置。

「嗨，親愛的。」她一看到我就開口：「好啦，我知道，不要用那種眼神看我，就因為我選了個怪座位。我不過就是想，妳知道……低調一點嘛。」

這可把我弄糊塗了，茱莉的字典裡從來沒有低調兩個字。

「為什麼?這很不像妳耶。」

「噓噓噓！」她戴上墨鏡，壓低聲音，「不要讓別人聽見我們。」

「幹嘛這樣?」

「要監督妳，防止妳再度自殺。」

「沒事了啦。我現在根本不碰Advil，而是超級迷戀愛德華多。妳看看我，大家都說我容光煥發呢。」

「大家都知道分手之後要怎麼讓自己變得容光煥發，到波特斐諾曬一下不就行了，所以妳別跟我們來這套。」

「我們？」

「我、蘿拉和裘琳。從現在開始，我們三個會輪流盯著妳。妳就搬來跟我住，沒得商量。」

「才不要！」我說：「我知道崔西把房間打理得很乾淨，但我不想住妳那兒。」

「妳只有兩種選擇，不是來皮耶爾跟我住，就是去看心理醫生。」

茱莉這個人啊，有時真像一杯聖沛黎洛氣泡水，很容易就看透了。生病的時候在她家住個五分鐘還算可以忍受，但我可不想讓她有機會把我的衣服都拿去穿。我很確定，這才是她真正的目的。她借東西從來不還，甚至是整套昂貴的凡賽斯褲裝也一樣。茱莉就像個大肆搜括名品的黑洞，所以自己的好東西絕對不能放在她碰得到的地方。

我認為看心理醫生只會變得更糟。正在接受心理治療的女生真的超難相處，她們只會不停地談論童年的情況。茱莉認為治療可以解決所有問題，而且完全相信自己沒事愛亂發脾氣的毛病，一定是小時候出了什麼問題，所以要想辦法找到根源。她就是不承認自己脾氣不好是因為被寵壞了。茱莉說，她四到十歲時，住在棕櫚灘期間，其他孩子都穿著CK牛仔褲，只有她被媽媽逼著要穿Lilly Pulitzer的洋裝。她覺得這件事對她造成極大的創傷。心理醫生則認為，小時候在大家面前丟臉，就是導致她長大變成購物狂的主因。

「茱莉，我兩樣都不要。我很好，我現在好多了。」我堅持著。「我已經瘋狂地愛上別人了。」

「妳才跟他認識沒幾天，我看妳是沖昏了頭。就算他真的是什麼王子好了，妳也得先弄清楚，為什麼妳被查克踩在腳下，比屎還不如的時候，居然還願意跟查克在一起。」

「可是茱莉，那些事我都忘光了，就好像從來沒跟查克訂過婚一樣。我甚至不覺得這些事曾經發生在我身上，很像看了一場電影一樣。何況，那也不是真正的我。」

「不是妳，那是誰？妳不能假裝一切都沒發生過。要是現在不搞清楚原因，以後妳還是會被別的男人踩在腳下。」

我好不容易才把這段痛苦的記憶徹底封鎖起來，為什麼茱莉會認為再把它挖出來比較好呢？她真的看太多心理醫生了。我覺得，面對那些煩人的事，最好的方法就是忘得一乾二淨。

「上個星期妳差一點就死了，現在還敢說自己『很好』？妳搞不好罹患了第二級雙極性躁鬱症還什麼的。這可不是開玩笑，妳至少也要做一下腦部掃描之類的檢查。」

茱莉一頭痛，就會立刻跑去做磁核共振造影，紐約大部份的女生都是如此。憂鬱症的程度分級她更是瞭若指掌，簡直可以幫人診斷了。她又問：「愛德華多知道妳自殺的事嗎？」

「當然知道，我都跟他說了。」我回答。

我不希望茱莉發現我說了個大謊。可是，我當然不會把巴黎的事告訴愛德華多。他以為我跟大部份的美國女生一樣，是去購買精品的。事實上，我非常痛恨自己竟然吞了Advil自殺。查理討厭我，茱莉也不是太高興。我不希望再有其他人為此討厭我了。我才剛認識愛德華多沒多久，還是不要告訴他比較好，免得他也不喜歡我。

「好吧，這樣讓我對他稍微有一點好感。不過，至少考慮去看凡斯勒醫師，就算妳覺得自己沒事，看一下醫生也會有用。」

「我們談點別的好嗎？」

偷偷跟你們說，愛德華多不在紐約的時候——因為工作，他經常不在——我偶爾還是會有想吃Advil的念頭。我已經把家裡的Advil藥丸都丟了，可是在孤獨的夜裡，想穿上麗池浴袍的感覺又會回來，這讓我極度恐慌。還有，只要我一想起查克，即便只是一秒鐘，我都會想立刻衝到第六大道上的畢格羅藥局去，能找到多少該死的藥丸就買他多少。心情很不好的時候，我也沒辦法打電話給愛德華多，因為他人老是在愛荷華州那種荒涼的地區，手機根本不通。週末也經常不在。令人難過的事還不只這些，當我打電話給棕櫚灘的名媛跟她約見面時，得到的回答居然是：「我已經做了訪問，雜誌社派了另外一個人來。」

某個星期日——星期日真的很要人命——我差點又想衝到威茲電器行去買台DVD放映機。愛德華多依然不在，而且找不到人。我就像個壞掉的貝果一樣沒人要，只能在家直盯著查克那張〈淹沒的卡車〉。我以前從來沒注意到，原來它有一點失焦，也許它本來就不是張好的攝影作品。我決定把它拿下來，但發現牆壁上有個好大的洞，只好又掛回去。這讓我更加自怨自艾了。等我終於忍不住打給茱莉時，時間已經是早上四點，不過她還醒著。她現在正力行藍莓節食法，常常會餓得睡不著。

「茱莉，我好難過喔。」

「為什麼？我以為妳和愛德華多很幸福呢。」

「我喜歡愛德華多，可是查克才是我真正想要的人。我想打電話給他，他一定也很想我。」

「媽啊！妳等一下，我先打電話幫妳跟凡斯勒醫師預約時間，不然永遠都排不到他。」

凡斯勒醫師的等待室是全紐約最豪華的一間，一點都不像我想像中茱莉這種有錢人會去的精神療養院。裡頭的每樣擺設都很高貴，還有一張克里斯丁．里耶〈Christian Liaigre〉[3]設計的桌子，上頭整齊地擺放著時尚雜誌和八卦雜誌，連很難買到《*Numéro*》[4]都有。我看了看四周，發現這裡比坐在第一排看麥可．寇爾斯〈Michael Kors〉的服裝秀還要精采。在場的女生個個豔光四射，看起來都像女演員或是社交名媛。我很確定其中一位是瑞絲．薇斯朋，只是認不太出來，因為她的墨鏡遮住了大半張臉。等待室裡最值得注意的地方，是所有的女生都是一臉開心的樣子，外表光鮮亮麗不說，身旁堆了一堆購物袋，腳上則是穿著Tod's最新款又很難入手的綁帶涼鞋，相當適合外頭溫暖的六月天。她們談論的話題都與治療無關，像是計畫到義大利卡布里島度假，或是去年聖誕節在聖巴特島有多麼開心等等。這些人看似一點心理困擾都沒有，搞不好連困擾是什麼都不知道。在她們臉上完全看不到眉頭深鎖或是憤怒的神情。我很確定自己是看起來最悲慘、穿得也最寒酸的一位。看來，凡斯勒醫生應該是很厲害的人，我已經等不及要見他了，不過我想他一定沒有接受健保給付。

3 法國知名室內設計師。
4 國際時尚雜誌。

十分鐘後，有位年輕貌美、穿著白色絨布運動套裝的護士帶我到治療室。這裡跟傳統的心理治療很不一樣，沒有皮椅，架上也沒有擺著心理分析的書籍，只有明亮的燈光和一張頗高的躺椅，看起來很像洛杉磯蒙德里安飯店（Mondrian Hotel）游泳池畔擺放的涼椅。我坐下來靜靜等候，心情有點緊張。曾經接受治療的人都知道，要在陌生人面前吐露一切，還得被提醒說最好改變自己，是很痛苦的一件事，光想到這一點就令人怯步。不過，如果我離開的時候能變得跟等待室裡那些女生一樣迷人，那我會欣然接受治療。

門打開了。凡斯勒醫生探頭進來，他頭髮梳得很整齊，皮膚黝黑。

「嘿！嗨！真高興看到妳！」他聽起來有點過high。他顯然沒有注意到，我並沒有穿得像要去雞尾酒會一樣隆重，還說：「妳看起來美呆了！我的天啊，看看妳的皮膚，妳是住在冰箱裡面嗎？」

我還沒來得及回答，他又喋喋不休地說：「我還要做兩個豐唇，十秒鐘就回來。講到豐唇，沒有人做的比我凡斯勒醫師更快、更美。」

說完，他一溜煙地離開。茱莉瘋了，她幫我預約的不是心理醫生，而是皮膚科醫生。我立刻打手機給她。

「茱莉，」我的態度嚴厲，「凡斯勒醫師是個醫學美容皮膚科醫師！」

「我知道。他很厲害。大家去派對之前一定都要先去他那裡報到。」

「可是茱莉，我沒有要參加派對。我自己的『派對』就夠受了，而且一點都不好玩，我只想快點脫離它，但我不覺得凡斯勒醫師會有什麼幫助。我以為妳是要我去做心理治療。」

「親愛的，醫學美容就是新的治療方法。」茱莉說（她認為只要是新的東西就是好東西），「妳沒有看到那些去看心理醫生的人變得多悲慘嗎？心理醫生只會讓人不快樂。可是凡斯勒醫師就不一樣了，只要去他那邊打一小針肉毒桿菌，出來之後比接受十年的治療還要更快樂。不僅外表變漂亮，心情也變好，就這麼簡單。有些紐約女生甚至看皮膚科醫師看到有點強迫症，每天非去不可。我可不希望妳變成那樣，不過做做皮膚美容對妳會有很大的幫助。這有點像作弊，但是效果很好。」

現在我終於瞭解為什麼外面那些女生看起來這麼開心了。一切都是注射肉毒桿菌的效果——臉上除了笑容之外，沒有皺眉紋，也沒有任何表情。

「茱莉，我不覺得這麼做適合我。我只想找人聊聊心事，而不是趕流行打一針肉毒桿菌，讓臉上掛著僵硬的表情。」

「沒有人叫妳打肉毒桿菌。妳可以做去角質煥膚或是酵素美白針。妳有什麼心事都可以跟凡斯勒醫師說。整個療程中，只有百分之五的時間是在注射，其餘都用來聽病人說話，這就是妳要的。告訴妳，他比我看過的任何一位婚姻諮詢師還瞭解整個曼哈頓地區的男女關係，而且，我發誓，上東城地區沒有一個婚姻諮詢師是我沒見過的。妳覺得還有別的地方比這裡更好嗎？」

「沒有。」

她的話很令我心動。這麼說好了，我從來沒有聽過哪個心理治療可以讓你變得跟麥可・寇爾斯的模特兒一樣美。就算我要繼續過悲慘的生活，至少也要保有迷人的外貌。我盡量避免自己變得跟茱莉一樣膚淺，可是在理智岌岌可危的情況下，有時候膚淺是必要的。

「好啦，妳就試試看，錢算我的。喔，對了，妳有沒有在等待室裡看到K.K.？我猜她一定是去那裡做巴黎最新的肉毒桿菌美容。可是她發誓說，她那張沒表情的臉，是每天晚上用波斯玫瑰精油按摩二十分鐘的效果。要說謊也不打一下草稿，根本沒有人可以光靠草本精油保養出那樣的臉。」

凡斯勒醫師在門邊探頭，然後快步走進來。「茱莉，我先掛電話，醫生進來了。」

「好了，有什麼心事都告訴我吧。跟妳男友分手了是吧？」他說。

我點點頭。

「我會讓妳變得又美又開心，就像來找我的那些美眉一樣。完了之後，我保證妳絕對不會再想到他，所以別擔心！需要的話，妳也可以每天來。很多美眉在歷經分手的創痛時都會這麼做。」

他往前靠近，仔細地檢視我的皮膚。

「媽啊！」他尖叫一聲。「妳長了顆痘子，最近是不是有搭過飛機？去歐洲嗎？」

「沒錯。」我回答。看來這位醫生真的很厲害。

「這就叫時差痘，大家都會長。這顆才剛冒出來，很新呢。妳一定心情很不好，壓力很大，然後像瘋子一樣到處飛，到最後身體受不了時差，荷爾蒙過剩，噗！時差痘就冒出來了。妳知道嗎，那些超級名模從巴黎搭法航回來後，一下飛機立刻來找我報到。進來去去角質、打打針，皮膚馬上恢復光采。不僅外表變得更美，心情也更好，就是這樣。好了，告訴我妳是怎麼跟男友分手的吧。」

我把跟查克那段經歷全都告訴他，有些部份稍稍加油添醋，好增添一點娛樂性。至於丟臉的地方，我自然略過不講，譬如之前一直沒機會「去巴西」這檔事。我不想讓凡斯勒醫師知道太多私密的細節。

「應該不只這樣吧，妳還有一些事沒告訴我。」醫生說。

不得已，我只好把在巴黎企圖自殺的事跟他說，也承認了另一件令人痛苦的事，那就是自從上次去洛杉磯之後，我再也沒有去過「巴西」。

「我只能說，他不是瞎了就是同性戀。」凡勒斯醫師開玩笑地說，想讓我開心。「這樣被人拋棄真的會很傷心。」

「我一直很難過，而且擺脫不了這種感覺。」我說。

「不論有什麼問題，只要做個快速的阿法貝塔去角質煥膚就可以治好。」凡斯勒邊拉上塑膠手套邊說。

他拿了幾個瓶子，裡面裝有刺激性的透明液體，然後叫我躺下。他先把第一劑輕輕拍在我臉上。好刺喔。

「痛！」我尖叫。

「嗯，很好。離開這裡的時候，妳的皮膚會變得完美無瑕，而且每個細胞都處於最佳狀態。以後別再讓任何人傷害妳了。妳自己要先好好想一想，這麼爛的男人，為什麼妳還可以跟他在一起這麼久。」

我點點頭，但一句話都說不出來，因為化學藥劑的煙實在太嗆人了。

覺。

「妳一直離不開那個渾蛋，知道是怎麼一回事嗎？」

我搖搖頭，依然搞不清楚自己為什麼會喜歡一個對我壞到不能再壞的人，而且還這麼後知後覺。

「這是男女關係失調的典型問題。這些男人慢慢地吃定妳，讓妳覺得沒有他們就活不下去。沒有人知道為什麼妳離不開爛男人，但妳自己很清楚。妳的問題就出在妳太自卑了。親愛的，妳只要建立起自尊心，沒有人動得了妳。找回自信之後，男人就會自動黏過來。自信心會散發性吸引力。妳得先學會愛自己，才能找到真正愛妳的好男人。我只能打造妳的外在美，至於內在美就要靠妳自己了。好，說教完畢，現在要上第二劑了。」

第二劑比第一劑還要刺痛。我實在很難想像這對皮膚或是心靈會有什麼好處。我勉強擠出話：「我覺得我的自尊心有在加強。我剛認識一個新的男朋友，他把我當成寶一樣捧在手心。」

「他人呢？」凡斯勒醫師問。

「喔，在外地。因為工作的關係，他常常在外地跑。」我回答。

「這樣，那妳最好弄清楚，看他是不是結了婚，還有三個小孩一起住在康乃迪克州！」

我笑出聲，凡斯勒醫師真會開玩笑。

「最後這一劑會在妳臉上停留五分鐘，完了之後妳的皮膚就會光采動人。妳是個條件很好的女人，要是對方沒有把妳當公主一樣呵護，千萬別跟他耗時間。脾氣霸道、『自尊毀滅者』或是太過黏人的傢伙，一概拒絕。」

我不知道「自尊毀滅者」是什麼意思，但反正我會盡量避免這種人。也許茱莉說的對，找到好的皮膚科醫師才是獲得快樂的祕訣。

凡斯勒醫師在流理台前忙了一會兒，然後開口問說：「妳跟前未婚夫的性生活怎麼樣？」

怎麼大家一開口就問人最私密的問題呢？他們似乎把「去巴西」這檔事當成是去棕櫚泉度假一樣稀鬆平常，真的很不禮貌。

「呃，這個，唔……我們做的時候，是……有史以來最棒的。」我羞紅了臉。

「哇！那可要小心囉！」凡斯勒醫師說：「千萬、千萬不要嫁給性經驗最美好的那個人。只有遇到危險男人才會有這種經驗。沒錯，你們的關係是很熱情如火，但這也表示它有失調的可能。很有性吸引力的男人，妳要特別小心，因為他們非常危險，所有兩性關係分析都是這麼說的。」

我沒有坦白的是，跟愛德華多做愛的經驗比查克好上一百萬倍。我能怎麼辦？就因為我太迷戀愛德華多而得跟他分手嗎？然後再去找令我作噁的人交往？就這方面來說，做再多治療也沒有用，明知道該有所改變，卻怎麼也辦不到。凡斯勒醫師拿了面鏡子遞到我面前。

「看看妳自己，美翻了。」

凡斯勒醫師真的很神奇，我的皮膚居然閃閃發亮。現在的我，就像是剛從某個小島度假一個月回來，一點都不像才在法國試圖自殺的人。我突然覺得渾身充滿了自信。這跟我第一次買到Pucci的頭巾，然後學克麗斯蒂娜·歐納西斯（Christina Onassis）[5]綁在頭上搭遊艇那種開心的感

5希臘船王歐納西斯的獨生女。

覺有得比。

「我覺得好極了，很謝謝你。」我站起身準備離開。

「保持這種感覺，感覺一消失，立刻回來找我，我再給妳好東西，懂嗎？」

看皮膚科的好處是，你當下就會快樂起來，跟看心理醫生完全不同。經過等待室時，我還跟所有的漂亮美眉揮揮手。愛德華多很愛我，查克早已是過去式。現在的我可是閃閃發亮呢。

說真的，要是早知道可以來做阿法貝塔煥膚，我絕對不會跟查克這種爛人在一起。

幸運的是，我正好選對時間給凡斯勒醫師做煥膚，愛德華多當晚就會回到紐約。雖然醫師曾經警告我，但我還是很期待跟愛德華多來場「普魯斯特的饗宴」。此外，行事低調的名媛雅瑞安・凡・奧倫堡（古斯塔夫・凡・奧倫堡的女兒。古斯塔夫總是吹噓自己收藏的藝術品比蓋提博物館〔the Gettys〕的珍藏還多）準備要舉辦一場瘋狂的化妝舞會，一改她先前的作風。有傳聞說，雅瑞安上大學以後，天天都待在家用金色的路蕾絲編織鞋袋，然後拿來裝她收藏的每一雙Christian Louboutin。大家都想去參加雅瑞安舉辦的舞會，不過向來離經叛道的她，卻只邀請其中一半的人。

雅瑞安很喜歡唱反調，連這次舞會的主題都訂得令人一頭霧水，叫做：「羅伯特與艾麗」。她的想法是，男生要打扮得像七〇年代的電影大亨羅伯特・伊文斯，女生則要穿得像他的前妻艾麗・麥克勞一樣。在紐約舉辦化妝舞會的一大原則，是要非常具有創意。我聽說，有些惡毒的女生要是覺得舞會的主題了無新意，就會直接把邀請函燒了。現在不能再使用的主題包括米克與畢昂卡[6]、不羈夜、柯林頓與陸文斯基。皮革與豹紋的主題也在禁止範圍內，因為大家都會直接套上Roberto Cavalli的衣服，等於是作弊。

蘿拉、裘琳和茱莉都討厭這次的主題。除非她們戴上假髮，不然怎麼裝扮都不像艾麗。

茱莉打電話來討論舞會的事時，我跟她說：「那就戴假髮啊。」

「我才不要在一頭漂亮的金髮上戴上醜死人的棕髮。亞利葉特要是知道，一定會吐血身亡的。雅瑞安怎麼能這樣對我，虧我在念史賓斯中學的時候還很照顧她。」

在社交場合上，我這頭棕髮很難得有機會比金髮佔優勢，不過這麼一百零一次就被我等到了。我迫不及待要參加今晚的舞會。

「妳幹嘛不叫亞利葉特用暫時性染髮幫妳弄一頭棕髮呢？」我問茱莉。

「唉唉咿呀，才不要！這樣搞不好我原本的頭髮都會變成棕色。」事實上，茱莉的頭髮早就有點退成棕色了，不過我當下決定還是不要提醒她的好。「我就扮成金髮的艾麗・麥克勞。她要是有頭金髮會漂亮多了。為什麼雅瑞安要這麼難搞呢？她就是想弄得大家都不開心，然後在蘇西的專欄裡被捧成最有創意的公園大道公主。」

「妳不一定要去啊。」我說。

「開什麼玩笑！沒什麼人受邀耶，我當然得去。這可是我本週的大事，雖然今天才星期一，

6滾石合唱團主唱米克・傑格（Mick Jaggar）與他太太畢昂卡・傑格（Bianca Jaggar）。

這星期其實還沒開始就是了。」

茱莉掛了電話，沒隔幾秒鐘又打來，「親愛的，不要跟雅瑞安說我很重視這場舞會，我不想讓她知道她的舞會是我的大事。」

愛德華多跟我約在舞會上見。我可以大方承認，對我來說，這就是本週的大事。茱莉決定要帶陶德去當她的男伴。看來陶德又回到她的男友輪班表上，而查理則是回洛杉磯去了（幸好如此。我實在不想看到他在滿屋子羅伯特與艾麗的分身面前對我皺眉頭）。雅瑞安這次非常大手筆，完全不知道什麼叫省錢。她按照羅伯特．伊文斯在比佛利山莊那間著名別墅的樣子，把整個家徹底改裝。書房裡架了個大銀幕播放電影《愛的故事》。超級名廚松久信幸還專程從洛杉磯飛來負責舞會的餐點。真正的羅伯特與艾麗也到場，因為艾麗是雅瑞安的乾媽還什麼的。問題是，在一堆羅伯特與艾麗的分身裡要辨認出本尊，實在是不容易。

舞會開到一半時，有件怪事發生了。我找了張絨布沙發坐下來，這時陶德也走過來坐在我旁邊，我差點認不出他來，因為他為了扮成羅伯特而穿著絨布喇叭褲、戴著粗框眼鏡，整個人看起來侷促不安。這時，他突然轉過來，認真地盯著我說：「妳一定要給我妳的電話。」

亂來的傢伙。我心想。陶德是茱莉的男友，怎麼可以越軌。

「為什麼？」我問。

「我要打電話給妳。我想……有些事情我一定要跟妳說。」他回答。

陶德真的令人作嘔，居然還用那種猥褻的眼神看著我。

「陶德，我不希望你打給我，好嗎？」

他一臉尷尬地走了。

這場化妝舞會棒極了，我以為自己才待了五分鐘，但一眨眼已是半夜一點。遇到好玩的派對，很容易忘記時間的存在；遇到糟糕的派對，時間就過得特別慢、特別折騰。茱莉跟陶德一起離開，我則是走出大門，伸手招計程車。

坐在計程車上時，心中不由得浮現一個疑問：愛德華多人呢？他自始至終都沒出現。我查了手機，沒有訊息，再打電話回家聽語音答錄，也沒有留話。他的手機跟家裡電話都沒人接。根本找不到他人。

我並沒有心急如焚，真的，只是不想被人這樣對待。愛德華多放我鴿子，害我被陶德騷擾。幸好去之前先找過凡斯勒醫師，讓我一整晚充滿了前所未有的自信心，所以我決定跟愛德華多說我們玩完了。這樣他才會知道，我可是個自尊心很強的女生。他得把我當成他曾祖母王冠上最美麗的那顆祖母綠寶石一樣好好珍惜才行。要是他求我回頭，那我會勉強答應，但前提是他願意改正自己的行為。畢竟，這是愛德華多第一次犯錯。初犯不是都會被當庭釋放，好給他一個改過自新的機會嗎？

回到家的時候，我的自尊心依然完好……呃，幾乎是依然完好啦。想想今晚所受的罪，這樣的結果還算不錯了。我直接走到電話前，發現新留言的按鍵正在閃爍。我撥打語音信箱，心想愛德華多最好找個好理由。可是，留言的不是他，是陶德，一共留了三通（他從哪裡拿到我的電話？），還要我回電給他。這種行為很變態。覬覦女朋友的朋友，簡直跟亂倫差不多。況且，陶德知道我正在跟愛德華多交往。他們以前同校，還是舊識。

隔天清晨六點半，我被電話鈴聲吵醒。雖然認為在十點半以前打擾別人是很不道德的行為，我還是接了。

「我是陶德……」

「陶德，你太早了吧！」

「我有話跟妳說。」

凡斯勒醫師說有自信就有吸引力這件事確實很受用，可是我真的希望陶德來追我嗎？

「陶德，你很帥，可是你是茱莉的男朋友。我不想跟你交往，你是個瘋子。」

「可是……」

「我要回去睡覺了。」說完，我掛掉電話。

現在大概很流行早上打電話擾人清夢，因為十分鐘過後，電話又響了。唉唉咿呀，真要命！陶德一直來亂，我受不了啦。我心想。

「喂？」我用嚴厲的口氣說。

「是妳嗎？我的卡瑞娜小寶貝？」

是愛德華多。他輕聲細語地對我說話。從來沒有男人會叫我「卡瑞娜小寶貝」，但我仍舊不為所動。雖然終究會原諒他，但現在絕不能讓步。我拿出最有自信的聲音說：「愛德華多，我很不開心，你昨天晚上讓我很失望。」

這是真的。我昨天費了好一番工夫，才扮成艾麗在演藝事業巔峰時期的模樣。這麼精彩的裝扮，他居然錯過了。

「我不覺得我們可以再繼續下去。」我說。

「別這樣！親愛的，我昨天被困在佛羅里達的機場。妳知道佛州海岸被颶風侵襲吧？機場就在正中央。他們不讓我的機師起飛，所以我只好待在一間很糟糕的喜來登飯店。我累得半死，所有電話都不通，一直到現在才修好。昨天晚上沒有聯絡到妳，我真的很抱歉。可是，我愛妳。」

這時，強烈的愧疚感猛然襲來。愛德華多昨天被迫睡在合成纖維做成的床單上，而我還這麼不信任他。可是，我一句話也沒說。

「今晚帶妳去吃晚餐，我們去瑟拉夫納餐廳，他們有全紐約最好吃的義大利麵。妳怎麼捨得拒絕呢？」

我確實沒辦法拒絕。要是嚐過瑟拉夫納餐廳的香檳配白酒蛤蜊義大利麵，在這當下，無論是誰的自尊心都會立刻崩潰。

位於東六十一街的瑟拉夫納餐廳距離邦尼斯精品百貨不遠，也是這些外國王室成員聚集的大本營。摩納哥的艾伯特王子經常一下飛機就直接到這家餐廳來份牛肝菌披薩。那些希臘或比利時王子除了這裡也很少去其他地方用餐。這家餐廳裡擠滿擁有頭銜的王室成員。他們對彼此都相當客氣有禮，但愛德華多說希臘人十分嫉妒比利時人，因為比利時王室還擁有自己的國家，可是，即使全世界只剩下這塊地方，也根本不會有人想去。我真的搞不懂。是我的話，我寧願失去國家，然後搬到像曼哈頓一樣熱鬧的地方，也不願意待在像比利時這種只有啤酒可以喝的國家，而且還沒有阿法貝塔煥膚可做。

我決定穿上非常貴氣的ＬＶ粉綠色緞面洋裝去吃晚餐。回想起來，我選擇這套洋裝，或許潛意識中是想暗示愛德華多，我是薩沃伊王妃的最佳人選。摩納哥王妃葛麗絲．凱莉（Grace Kelly）要是有頭棕髮，我相信她一定會穿這件洋裝。另外，它也非常適合我跟愛德華多生氣的時候穿，因為這樣他就無法專心聽我說的話，然後不管我要求什麼，他都會馬上同意。我打算開出的條件如下：

一、改掉經常不在的問題。只有週一到週五可以出差。

二、換掉沒用的摩托羅拉手機，改用到哪裡都收訊良好，甚至在他父親的李爾商務噴射機上都收得到訊號的數位手機。

三、盡快帶我到王宮度假。

我一走進餐廳，就看到曬得一身黝黑、頭髮往後梳得整整齊齊的愛德華多。他說：「我的卡瑞娜，妳今晚好美。」此時，我先前開的條件早已被拋諸腦後，直接丟到門外去，也完全不記得自己為什麼會生氣（幸好我有把條件寫在手心。我曾經提醒自己，多望愛德華多一眼，健忘症可能隨時會發作）。

我們的座位很棒，可以環視整間餐廳。豔光四射的瑞典公主是當晚的焦點，她們就坐在餐廳正中央的位置，沒有人捨得把目光從她們身上移走。我想，這是因為她們天生就是金髮，而大家仍然無法接受那是真髮的事實。餐廳裡到處都可以看到希臘王子帶著美麗的美國金髮太太。在更遠的角落，我看到茱莉和陶德（噁！）和一桌的奧地利王室成員坐在一起。還有一位像是混東城的傢伙坐在另一個角落，身上穿著可以在東九街買到的哥德風服裝。和整間餐廳似乎格格不入的他，居然走過來跟愛德華多打招呼。一經介紹，才知道他是丹麥的伊雅格王子。我心想：哇，哈姆雷特王子耶，真帥！

伊雅格跟我們坐在一起享用晚餐（我忘了應該要多加上一個條件：「不要跟不熟的丹麥王子一起吃『三人』的浪漫晚餐」），他們談論的話題顯然都是沒什麼權力的歐洲王室關注的議題，例如：

一、何時能奪回自己的國家？

二、誰在念羅希中學的時候撞壞最多部車？

三、南法會不會全部被俄國人佔據？

四、今年夏天如何再度受邀到西班牙國王的遊艇上玩？

五、法國聖托佩的尼基海灘還熱不熱門？還是說，現在比較流行到紅帆海灘去展現自己的古銅肌和身旁的女伴呢？

這些王室貴族的對話真的超無聊，可是想當王妃的話，就得表現出一副很感興趣的樣子。即使你跟我一樣很有民主意識，認為王室貴族早就該被淘汰，也必須假裝認同他們能奪回國家是再好不過的事。我私下覺得，這些年輕的王子連自己的公寓都顧不好，更別說治理一個國家（這番評論不適合用在威廉王子身上，因為他實在太迷人，想統治整個宇宙也行）。

伊雅格離開後，愛德華多看著我的眼睛，用很浪漫的口吻說：「提拉米蘇好嗎？」

「愛德華多，我很不高興。我不想再跟你交往，更不會跟你上床。」我說。

我不希望讓愛德華多以為我今天要跟他共度夜晚，但事實上到最後我還是會答應他啦。其實我一直很難專心，因為坐在另一個角落的陶德頻頻擠眉弄眼，示意我去洗手間找他。紐約男人有時候真的很變態。我打算視而不見。

「事實上，」愛德華多說：「呃，我是說，妳要不要吃甜點？」媽啊，好丟臉！「我知道妳很生氣，也不期待今晚要怎麼樣。妳有權對我生氣。」

他這麼說很貼心，但我不免有些失望。我一直盼望能跟他共度火熱的普魯斯特之夜，當然，前提是他要哄到我開心才行。我回說想吃甜點，既然只有提拉米蘇可以選，吃一點也好。過沒多久，令人感動的事發生了。服務生送上提拉米蘇，居然是一顆心的形狀。

「原諒我好嗎？」愛德華多說。

「不好。」其實是「好」的意思。

「兩個星期後，跟我一起搭西班牙國王的船到薩丁尼亞島去好嗎？」

「不要。」我說，但心裡想的是：我現在是不是要立刻到麥迪森大道上的Eres，買下廣告主打的新款白色比基尼呢？

提拉米蘇即將被我一掃而空的時候——提拉米蘇的底部真的超好吃——我發現裡面擺了顆粉紅色的心型水晶。隨便愛德華多要出多少趟公差，就算完全不跟我聯絡，也都無所謂了。

「原諒我嘛，我的公主。」

「好啦，原諒你。」我好愛皆大歡喜又有禮物收的結局喔。

「我們走吧。」

「好，我先去一下洗手間。」

跟他回家以前，我想先補個唇蜜和腮紅。這時的我真的好感動。愛德華多是個完美的男人，他很有禮貌地跟我道歉，承認自己的錯誤，我連事先想好的條件都還沒提出來呢，他就同意我說的話是對的。有愛德華多這種好男人，我真不知道自己以前為什麼要跟查克在一起。我才剛找了間廁所進去，便聽到洗手間的門被打開，有人上氣不接下氣地衝了進來。聽說有些瑞典女生會到廁所來吸古柯鹼，我只好坐在馬桶上不敢動。

「嘿，妳好好聽我說。」是陶德的聲音。

「陶德，你走開，我沒興趣聽你說話。」我說。

「是茱莉叫我來的，她要我一定得跟妳說實話。」

這就怪了。

「說什麼？」我問。

「妳必須跟他分手。」

「才不要，愛德華多很可愛。我們要坐西班牙國王的遊艇去度週末。」

「我勸妳跟他分手，妳會受傷的。」

我打開門走到洗手台，然後把化妝包打開。我不得不承認，同時被兩個男人追求的感覺真好，可是我必須表現出不屑的樣子。

「陶德，我知道你喜歡我，但我在跟愛德華多交往，而你又是我最好朋友的男友。」

「我沒有要跟妳交往。」

什麼?太令人失望了。他只想跟我上床而已，這樣更糟。

「我只是希望妳快樂，就這麼簡單。我以前在學校跟愛德華多很熟，我知道他絕對不會讓妳快樂的。我剛剛才跟茱莉坦白，她要我一定要來洗手間堵妳，告訴妳這件事，否則不能讓妳走。」

「陶德，你不要來破壞好事!他就在外面等我，我得走了。」我拉開門。

陶德用力地關上門，然後擋在前面。

「讓我出去。」

「他已經結婚了，住在康乃迪克州，有三個不到五歲的小孩。」

「別鬧了，這是我聽過最荒謬的事。」

「是真的。」

「才不是。」

「他每個週末都要『出差』，妳不覺得很奇怪嗎?」

「就是去工作啊。」我肯定地說。

「義大利人週末不工作!」

「愛德華多是例外。」

「那他『出差』的時候，電話是不是永遠打不通?」

我拒絕相信他說的任何一句話。我今晚真的需要來趟「巴西」之旅，不過這當然是個不能說的祕密。

「我認識他很久了，他就是個花花公子。真的很抱歉。」

「閉嘴！」我說，一邊努力把他拉離門邊。

「Il n'y a rien comme le désir pour empêcher les choses qu'on dit d'avoir aucune ressemblance avec ce qu'on a dans la pensée，他有沒有跟妳說過這句法文？」

陶德怎麼會知道？真是奇怪。

「妳知道那句話什麼意思嗎？」陶德問。

「那是普魯斯特的句子。」

「我是問內容是什麼意思？」

我答不出來，因為我從來沒問過愛德華多，只知道它唸起來很好聽。

「我翻譯給妳聽。它的意思是，『沒有什麼比避免說出真心話的欲望更強烈。』他每次都用這句話來騙人。」

我大吃一驚，陶德也讀普魯斯特嗎？我以為他跟一般的有錢小孩一樣，沒什麼文學素養。我對他徹底改觀了，真的。我連看都不敢看他，一把抓起皮包，加快腳步從餐廳後方的廚房溜走。

逃走時，我在心裡咒罵自己：笨蛋！要是當初把法文學好，絕不會發生這種事。

服裝秀前排女郎簡介

一、心靈歸宿：紐約國際服裝秀。在Oscar de la Renta、麥可．寇爾斯、Carolina Herrera和Bill Blass的服裝秀上必定坐在第一排。

二、年齡：二十幾，最多三十出頭。有位非常出名的前排女孩連續八年半都說自己二十三歲。

三、出身背景：祖父多在商業銀行、化妝品品牌或航空業建立事業版圖。帶有一點盎格魯撒克遜白人清教徒的血統更加分，但穿著打扮像盎格魯撒克遜白人清教徒則會扣分。

四、衣服尺寸：樣本尺寸不是〇號就是二號。如果妳能躋身服裝秀前排女郎的行列，唯有靠個性上的強烈特色才能彌補身材不苗條的缺陷。

五、度假地點：祖母在棕櫚灘的別墅、摯友的小島，或在自己的公寓（對於經常不在家的人，這真的是種享受）。

六、穿搭小祕訣：蜂蜜色的鱷魚皮涼鞋。在視覺上像沒有穿鞋子，所以會有長腿效果。

七、購物哲學：單買，前排女郎從不用借的。

八、好朋友：其他前排女郎。前排女郎不跟坐在第二排的女生說話，因為轉頭是很傷脖子的。

8

所有失戀的女生都會發誓永遠不再跟前男友聯絡，我也不例外，但通常發完誓的當下，我就會忍不住立刻打電話給他們。愛德華多送了幾百張親手寫的小卡片和法國馥頌巧克力給我，但這次我並沒有和他聯絡，即便這是我有史以來最執迷不悟的一次。查克對我已經夠壞了，沒有訂婚戒指，也不跟我去「巴西」，但沒想到愛德華多竟然是這麼不老實的人。誰知道我的運氣可以差到連續碰上兩個爛男人呢？不過，我並沒有傷得很重。有了凡斯勒醫師的加持，我的自尊心可是比你們想像中堅強許多。茱莉說：「只有一位『王子』值得我們認識，那就是改名之前稱為『王子』的搖滾歌手。」我非常同意這句話。

反正遲早都會找到未婚夫，我決定要忘卻失戀的過往。我的新目標——應該說一直以來的舊目標——即是全心投入工作。現在大家都在熱烈討論一位服裝秀前排女郎，叫做潔思・康納席。她是威斯康辛州康納席木材大亨的千金，剛搬到紐約居住。她總是穿著一件超短迷你裙，配上訂製的高級古董短大衣和墨鏡，不管走到哪兒都令人驚豔，簡直就是現代版的崔姬（Twiggy）[1]。她一定

---

1 六〇年代的英國超級名模。

有在巴黎學過服裝，因為在威斯康辛州的森林裡長大的人，應該沒有這麼好的眼光才對。編輯要我寫一篇她的報導。之前，我經歷那不可告人的Advil事件時，編輯很貼心地允許我暫時請假。現在我當然立刻同意接下這個工作，除了需要有錢進帳、揮霍之外，也想去瞧瞧潔思的衣櫃。有傳聞說，Pucci每一季的作品她都擁有一件。

潔思的家位於東七十街四十七號，也是著名的豪宅區。對於時尚愛好者而言，這個地點再理想不過，因為豪宅大廳正對著麥德森大道上的Prada專賣店側門。聽說潔思具有一心多用的本領，她可以一邊在Prada店內購物，一邊跟邦尼斯百貨的私人購物顧問在電話上交談。我馬上拿起電話撥給她。

「嗨！我是潔思！」是語音信箱，「要找我的話，二十到二十三號，我在米蘭的四季飯店，請打〇一一三九二七七〇八八。二十三到二十八號，我會到馬德里找我母親，電話是〇一一三七二四三八三八七七。之後請打到邁阿密的迪蘭諾飯店，或者打手機九一七五五五三四五七。我的歐洲手機是四四七七六八八九三五四七六。愛你，想你，拜。」

我真不知道，度假行程排得這麼滿，潔思哪有多餘的時間去收集Pucci的單品。我決定不留言，反正留了，她這個星期也聽不到。我打到馬德里去，接電話的人是康納席太太。我說想找她女兒。

「我也想跟我女兒說話。要是找到她，可以麻煩妳叫她打電話給她媽媽好嗎？」她說完就掛了。

我改撥歐洲手機，一樣是語音信箱。「嗨！我是潔思。要是我沒接電話，請打美國手機九一七五五五三四五七。」

我打了美國手機，語音信箱叫我改撥紐約公寓的電話。這些前排女郎跟超級名模一樣出名的難找。我再打一次紐約的電話，有人接了，真不敢相信自己這麼幸運。我立刻正襟危坐。

「潔思嗎？」我問。

「我是管家。」對方的口音帶有濃濃的菲律賓腔調。

「潔思在嗎？」我問。

「嗯。」

「我可以跟她說話嗎？」

「她水（睡）覺。」

現在已經是午餐時間了，真不敢相信她還在睡。我一直以為全紐約只有我每天早上十點半以後才起床。我說：「她起床之後，麻煩妳請她回電給我好嗎？另外，能不能請妳轉告她，我們雜誌要替她寫一篇很棒的文章呢？」

「嗯，妳的電話？」

我留了電話。至少潔思在家，要找人容易多了。

潔思當天沒有回電，而我並不意外。前排女郎從來不回電，她們不需要這麼做，因為大家都會自動打去。這些女郎的地位跟高中時代的萬人迷差不多。隔天過中午，我再度打電話到她家去。又是管家接的，我說要找潔思。

「不在。」管家回答。

「她去哪裡？」我問。

「她昨天去馬斯提克。」

我大失所望。馬斯提克是加勒比海上的一個荒涼小島，手機肯定收不到訊號。

「她什麼時候會回來？」我問，眼看再過幾天就要截稿了。

「不知道！永遠不知道潔思小姐什麼時候會在。」

「妳有她的電話嗎？」

「當然有！」管家說，然後又把潔思那支重要的手機號碼給了我。

紐約的社交名媛真的有夠神祕。她們去的度假聖地多半只有私人飛機才能到達，我看就算出動美國中情局都很難找到她們，GPS衛星定位系統現在應該也搜尋不到潔思。

「妳一定要來，我要開一場拯救威尼斯的會議。」瑪菲說：「再不採取行動，以後就沒有這個城市了，我們可不希望威尼斯像大衛魔術一樣消失不見。」

這就是幾天以後我出現在她家的原因。瑪菲表面上想以拯救威尼斯為名來舉辦慈善活動，但事實上，她迷上威尼斯奇普利安尼飯店才是真正的原因。每逢夏天，她非要去那裡待上一個月不可，去不成就會死掉。我認識的人中，只有瑪菲會自行「舉辦」會議。要是她把開會的費用全數捐給拯救威尼斯信託基金，恐怕連一場慈善活動都不用舉辦，就可以募得比原來金額多三倍以上的善款。

這場會議的目的是要求每位與會者簽署一張拯救威尼斯慈善舞會的「提醒函」。親手簽名的邀請函似乎比較能夠促使大家購買舞會門票，並且出席。

「開始簽名吧。」下午，瑪菲一見到我就這麼說，並且遞給我一疊邀請函。「去書房坐，我等一下就過來。喝香檳好嗎？還是妳想要來塊荔枝和芒果口味的馬卡龍[2]呢？麵粉是我特別從巴黎訂的，吃起來入口即化呢。」

我放了一塊到嘴裡，心中滿懷罪惡感。這些馬卡龍的花費足以為聖馬可廣場打造六塊全新的磚頭。我走進瑪菲家漆成波爾多酒紅色的書房，上東城每一戶別墅的書房都是如此。我跟一群女生坐在一起。大家面前都有一疊邀請函，但是光說話都來不及，根本沒有人在簽名或舔信封。

「唉，」辛西亞・柯克嘆了口氣，「慈善委員會和活動還真是累人啊！」

辛西亞是一位年輕又富有的名媛，她的人生目標是成為曼哈頓慈善界的女王。

「我知道！每次都是這樣。」她的競爭對手關德琳・班恩斯說。

「現在募得的錢，最多也只能跟上次打平。慈善事業的競爭可激烈了，比避險基金還糟糕。」辛西亞說。

「而且啊，常常是在自己家的壁爐得重新裝修時面臨這種困境，真是讓人想都不敢想。」關德琳抱怨。

「光忙募款就夠了！我連去買衣服都沒時間。」

---

2 一種用蛋白、糖和杏仁粉或椰子粉製成的法式小圓餅。

「我也是。不過，壓力大的時候我才發現，只要有包包、鞋子和首飾就行了。配件最重要，其他隨便都好。」

「我呢，現在因為博物館的活動壓力超大，我的祕密武器就是麥可．寇爾斯的夏季小洋裝。只要拉上拉鍊就可以走了。刷！一拉，三分鐘之內肯定出得了門。」

書房裡的氣氛比契可夫戲劇的任何一幕都還要緊繃，好像隨時有人會為了吸引眾人注意而昏倒或死亡。

「喔，妳在這兒啊！」瑪菲邊說邊一屁股坐到我旁邊的沙發上。她上氣不接下氣的，看起來比周遭這群募款人還要疲累。她拿起一條熨燙過的亞麻手帕，輕輕拍了拍白皙的額頭。「唉，早知道拯救威尼斯會這麼累人，我就選一個不會被淹沒的城市，像是羅馬，它頂多只會塌陷而已。」她嘆了口氣。「親愛的，那個叫愛德華多的傢伙真是個渾蛋！在我那個年代，已婚的男人一定會跟外面的情婦說實話的。這就是『54俱樂部』[3]最神奇的地方，什麼事都攤在陽光下。每個人都很清楚自己的份際。妳現在還好嗎？」

「瑪菲，我很好。下次我一定會先做好身家調查。」我從愛德華多這件事上學到一個教訓，那就是先把男人的背景調查清楚，再考慮要不要跟他交往。

「我知道有人手上有紐約黃金單身漢的背景資料。」瑪菲說。

「真的嗎？」辛西亞問。

---

3 一九七〇年代，紐約一家著名的迪斯可俱樂部，也是當時紐約夜生活的代名詞。

「是的，不過辛西亞，這不關妳的事，妳已經結婚了。」瑪菲轉過頭來盯著我，「這對妳很有用。」

「瑪菲，謝謝妳的好意，可是我現在不想尋找『黃金單身漢』，只想暫時撇開那些事。我決定要把精力放在工作上。」

「喔，天啊，別這樣！妳不要變成工作狂，不到三十歲就得去打肉毒桿菌。」瑪菲的臉垮得跟什麼似的。「妳看看希拉蕊臉上那些皺紋，都是事業拚過頭造成的。」

為了愛美，瑪菲基本上反對女性以工作為重。她覺得工作會破壞皮膚細胞。有時候，我真的覺得她的思想有夠老派，應該直接把她送到大都會美術館去展示。

「妳一定要見見我的朋友唐諾．沈菲德。他是位離婚律師，所有離婚的人都要找他。」

「瑪菲，愛德華多短期之內不會離婚的。」

「我不是說他，我是指妳。」

瑪菲八成是患了早期阿茲海默症。我連婚都沒結成，哪需要離婚。她繼續說：「唐諾很厲害，他處理過很多離婚案件，也促成很多對佳偶。他幫我處理離婚的同時，也在為可憐的亨利辦離婚。然後他發現我們很登對，就介紹我們認識。妳看看我現在多好，還有最棒的房子可住！誰跟誰在一起、誰跟誰離婚，唐諾．沈菲德通通一清二楚，還有最可怕的是，他知道誰即將和誰在一起。」

「我想認識他。」關德琳說。

「關，妳死會了。」瑪菲斬釘截鐵地說。

「我知道，但是注意一下大家的動態也無妨，以備不時之需嘛。」

不知道關德琳和辛西亞的先生是不是也像她們一樣，這麼積極尋找第二春的人選呢？

「妳看，」瑪菲轉過頭來認真地望著我，「妳得搶先一步行動才行。離了婚的男人，剛恢復單身沒多久就被搶走了，比說『你簽了婚前協議沒？』這句話的時間還短。有唐諾這樣的人先幫妳物色，妳會有很大的優勢。」

「妳不覺得，正在準備離婚的男人並不是理想的交往對象嗎？」我說。

「那妳就錯了。妳們這些小女生全都找錯了方向。跟離婚男人交往的好處是，妳很確定他們是願意步入禮堂的，沒結過婚的男人就不一定了。」

瑪菲有時候連一點基本的思考邏輯都沒有。

「唐諾那邊有非常適合妳的人選。」

「瑪菲，夠了！」我大叫。

我完全不想知道什麼人選，但瑪菲當然不會理會我，還是繼續說：「派翠克・薩克斯頓，今年四十一歲，還有頭髮。離婚男人的條件他都有。他是做電影的，主要經營幾間規模頗大的電影工作室，只在美國東西兩岸跑，不管到哪裡都有私人飛機。這一點是我覺得最棒的，因為就算妳有工作，我也不想看到妳坐商務客機，其他人就沒得選擇了。他非常想見妳。」

沒有好衣服穿又可憐的紐約女生才需要相親，我打死也不會去。

「我聽說他非常有錢耶。」辛西亞瞪大了眼睛。

「我不想跟有錢人交往。」我說。

這是真的。我認識的人當中，不論是交了有錢男友還是嫁給有錢老公，沒有一個人不抱怨錢的問題，不過倒是很少聽到她們抱怨沒有時間購物。

「他沒那麼有錢，」瑪菲說：「他還不到擁有一艘遊艇、讓人羨慕到死的地步，不過就是有四棟房子。我覺得這樣就夠有錢了。」

有些女生會為了擁有多餘的衣櫃空間而願意跟派翠克交往。可是，「具備離婚男人的一切條件」聽起來跟「已婚」沒有太大差別，這種男人根本不在我的選擇範圍之內。

語音信箱跟中國古代的水刑一樣折磨人。潔思一天到晚都在玩捉迷藏，不論是哪個地方的市內電話還是手機，都找不到人。隔天，我又留了好幾次話，期待她會回電。我不希望像上次要採訪棕櫚灘名媛一樣，到最後是交由別人報導。現在唯一能做的就是等待。我決定不去煩惱自己現在沒有未婚夫或交往對象的事，而是盡量往好的方面想，然後好好計畫要穿什麼去參加兩天後的拯救威尼斯舞會。

我正準備撥電話到Carolina Herrera辦公室，看能不能借件晚禮服時，另一支電話響起。我立刻掛掉手上的電話，接起另一支。電話那頭傳來像瑪麗蓮夢露一樣甜美、可愛的聲音。

「嗨，我是潔思・康納席。我非常、非常願意接受訪問。」

「潔思！我一直想找妳，妳現在人在哪裡？」

「喔，」她懶懶地打了個呵欠，「我在船上，在某個不知名的地方，可是很好玩耶，妳應該要來玩的。」

潔思這種女生不管在哪兒都可以隨便邀請人，就算對方是陌生人，或是她們根本不知道自己身在何處，也一樣照邀不誤。

「妳什麼時候回紐約？」

「不知道！不要問我這種問題！也許明天吧。我想去參加拯救威尼斯舞會。我爸一個人很努力地拯救威尼斯，我不參加好像說不過去。」

「我也會去耶，不如我們在舞會上見，然後隔天早上做訪問，好嗎？」

「可是那些訪問很無聊耶，超無聊的。我現在人又在船上，這裡超棒。還有，其實我也不是那麼想被雜誌報導啦。」

要說服這些社交名媛照你的方法做事，就得像下棋一樣，至少要事先想好之後的三步棋怎麼走。把握一個大原則：你叫她們往東，她們就會往西，所以必須反其道而行。想叫她們往東，就得故意說要往西。因此，我冷靜地說：「我知道了，妳確實不需要接受訪問，真的不用。希望妳在船上玩得愉快……」

「等等，也許我可以安排一下。我們在舞會上見嗎？」

「妳確定？我不想破壞妳的假期。」

「嘿，我隨時都在度假啊。事實上，我也需要休息一下，度假度久了很沒意思。」

「那在舞會上我怎麼找妳？」

她咯咯笑著說：「找裙子最短、皮膚曬得最漂亮的女生就行了。」

我是不知道穿迷你裙要怎麼打扮成一位威尼斯總督，不過，要是我有潔思那雙美腿，我也能夠改寫服裝史。

參加拯救威尼斯舞會的賓客都聚集在聖瑞吉飯店（St. Regis Hotel）的大會廳裡，茱莉掃視了一圈後，嘆了口氣說：「唉，今晚又是個S. P. D. V.的夜晚。」

我們在吧台邊啜著草莓雞尾酒。茱莉身穿一席合身的金蔥長禮服，是Halston的古董衣，現在流行到幾近瘋狂的地步。自從艾麗・麥可勞的化妝舞會讓她陷入情緒低潮後，她再也不願意配合舞會主題選擇服裝了。我的裝扮其實也不太有威尼斯風格，Carolina送來一件海軍藍的垂墜晚禮服，我只能接受，不然再退回去的話就難看了。

「S. P. D. V.是什麼？」茱莉的術語有時候很讓人摸不著頭緒。

「就是Same People Different Venue，看來看去都是同一群啦。」她一臉無聊透頂地解釋著。

茱莉說的沒錯。拯救威尼斯舞會上的賓客也同樣出現在紐約的每個慈善活動裡。他們都穿著同樣的禮服，戴著同樣的首飾。我在人群中仔細搜尋迷你裙辣妹的蹤影，但只看到一堆大蓬裙走來走去。有時候，裙子裡面有太多層網紗是相當令人頭痛的，比方說，洗手間裡只要同時有兩位女生擦身而過，造成的阻塞就比紐澤西的交流道在尖峰時刻的交通狀況還嚴重。

蘿拉與裘琳分別穿著粉紅色和粉藍色Bill Blass禮服，不僅款式相同，顏色也相配。她們最近開始購買相同款式的衣服，這樣就可以穿姊妹裝。兩個人都說沒看到潔思。事實上，舞會上沒有人見到潔思。我愈來愈緊張，不知道這次能不能順利做好專訪呢？我只好坐下來，告訴自己先別擔心。

茱莉、蘿拉和裘琳跟我坐在同一桌。三個人都興奮得不得了，因為她們今晚有個任務，就是要從在場所有女生中選出舞會的最佳服裝獎。

「我提名妳。」蘿拉對裘琳說。

「不對，妳是今晚最漂亮的人。」蘿拉又說。

「哪是！妳才是最漂亮的。」裘琳回說。

「妳才是啦！」蘿拉堅持。

「好了，兩位小姐。妳們倆憑良心說，」茱莉插嘴，「我才是最漂亮的吧。可是，我們總不能把Dolce & Gabbana的禮券頒給自己，所以我們快點選出得主吧。」

我無法瞭解爭奪最佳服裝獎有什麼樂趣可言，因為我現在滿腦子都在想，要是找不到主角，怎麼可能變出一篇專訪。不留神的話，工作的事有時候真的會擾亂社交生活。

我跟坐在隔壁的男子聊了幾句。他在華爾街負責操作避險基金。我聽到旁邊有個聲音說：「抱歉我遲到了，真的很不好意思。」這時才發現，原來右邊的座位一直是空著的。

「沒關係。」我說，同時轉過頭去。跟我面對面的男子穿著挺直的燕尾服，胸前的口袋裡放了一條熨燙平整的手帕，頭髮往後梳得整整齊齊，臉上還掛著微笑。他肯定有在禮儀學校受過訓練。

「我剛剛跟贊助人聊天聊到忘我了，不過重點是能募多少錢，就募多少錢。」

我不知道這個人的名字。他坐下來之後，我偷瞄了他的座位名牌，上面寫的是派翠克・薩克斯頓。

我有時候真的很想殺了瑪菲。就算派翠克是個大善人，願意把他所有的時間和金錢都奉獻給威尼斯，我仍然沒有興趣跟一位正在離婚的電影大亨交往，誰知道他跟前妻會不會有什麼糾紛未了。我對面那三位女士依然為最佳服裝獎的人選爭論不休，情況比普立茲獎的提名還要激烈。

「我覺得路易絲・歐海爾應該要得獎，還有誰能夠直接要求奧立佛・賽克斯肯（Olivier Theyskens）[4]幫她設計一套具有威尼斯風格的禮服呢？」

「不行，」蘿拉說：「凱莉・威爾契把拉爾・尼爾森（Lars Nilson）[5]從巴黎請來紐約替她做禮服，她費的心思比較多。」

「可是路易絲另外還有一件Ungaro的備用禮服。」裘琳說。

「它的發音是Ooon-garo，不是Un-garo。」蘿拉糾正她。「反正，會有備用禮服，就表示她是個非常沒有安全感的人。我們選人的時候，也得把個性考慮進去才對。」

茱莉決定介入。「各位，我們不是在選環球小姐好嗎？真是受不了！應該找別人當評審才對，妳們兩個會不會太投入了一點？不如乾脆找他選吧。」茱莉的目光望向派翠克。

「絕對不行，」他微笑著搖搖手，「我沒有那個能力。」

---

4 來自比利時的天才設計師，非常年輕，現在擔任法國老牌Nina Ricci的創作總監。
5 Nina Ricci前設計師。

「老兄，選最漂亮的女生不需要什麼能力，只要決定誰有資格獲獎就好了。」茱莉說。

派翠克仔細環顧四周，眼睛瞪得老大，好像從來沒見過美女似的。就電影大亨來說，他確實挺迷人的。我指的是個性還不錯，這在電影圈中確實少見。他迅速地指了指獨自坐在角落的一位女生。

「我覺得她花的工夫最多。」派翠克說。

裘琳和蘿拉倒抽了一口氣，異口同聲地說：「瑪德蓮．克洛夫特！」

蘿拉和裘琳都嚇了一大跳，因為瑪德蓮．克洛夫特是她們絕對不會選中的人。她長得很甜美，是個乖乖牌，今年二十三歲，還有一點點嬰兒肥。她身上穿的服裝，很像是從布利克街上的萬聖節用品店裡租來的。她非常害羞，一開口說話，臉就會漲得跟番茄一樣紅。

「不會吧！」裘琳不滿地嚷嚷。她清了清喉嚨，鎮定下來，然後說：「這可真好，我完全沒想過要把獎給她。」

「我的天啊，」蘿拉附和，「對瑪德蓮．克洛夫特來說，這應該是有史以來最棒的一件事。我剛剛沒有選她，真是覺得很難過。她是我見過最和善的女生。」

派翠克站起身，往瑪德蓮的方向走去。我們全都盯著她看。她聽到消息之後開心得跳上跳下。茱莉偷偷繞過桌子，坐到派翠克的座位上，然後壓低聲音對我說：「他長得帥，又有錢，而且是我們見過最好的人，妳應該跟他交往看看。」

「就算他單身好了——但他現在並不是——我相信他也不會看上我。不過這倒好，因為我對他也沒興趣。」我說。

他把瑪德蓮一起帶了過來。瑪德蓮對著蘿拉和裘琳驚呼：「天啊，天啊，今天是我人生中最棒的一天。妳們是最棒的、與眾不同的人。謝謝妳們選我。妳們隨時可以到霍泊桑（Hobe Sound）玩。」

裘琳把Dolce & Gabbana的購物禮券交給她。瑪德蓮看了一眼後，突然露出哀傷的神情。

「怎麼啦？」裘琳問。

「他們家的衣服我沒有一件穿得下。」瑪德蓮傷心欲絕，「不然我哪會穿成這樣？」

「裡面有很多配件都是妳可以買的啊。」裘琳安慰著。

「那不是更慘嗎。我不喜歡這裡，滿屋子的女生都跟竹竿一樣纖細，只有我又肥又胖。」

「妳很漂亮，瑪德蓮。不要不開心，得獎是好事耶！」派翠克說。

「真的嗎？」

「我跟妳保證，妳比那些竹竿漂亮多了。」

瑪德蓮咧開嘴開心地對他笑，然後轉身走回人群裡。隨後用餐時，茱莉、蘿拉和裘琳一直盯著派翠克看，好像他是德蕾莎修女還什麼偉人似的。最後送上咖啡時，他轉過頭對我說：「我送妳回家好嗎？」

「當然好！」茱莉興奮地尖叫。「她非常樂意。」

我們一起搭計程車回家。派翠克說他參加派對時不會叫司機開車，因為不忍心讓他們一整晚在外頭等他。也許派翠克真的是個樸實的人，我從沒聽說過哪個紐約人寧願放著司機不用。

「聽我說，我明天晚上要飛到坎城去參加影展，會在當地待幾天。妳願意跟我一起去嗎？我有很多工作要做，但應該會很好玩。」他說。

我心想：我很樂意跟你一起去，可是你已婚，而我自己也有工作得忙。今晚你休想跟我來場離婚前偷吃的巴西之旅。不過，如果我答應跟你去的話，那今晚倒是有這個可能。

「抱歉，我不能跟你去。」我回答，臉上帶著甜美的微笑。

你們知道拒絕去坎城的邀請，對於自尊心有多麼大的強化作用嗎？情緒低落的時候，我強力推薦大家這麼做，這跟阿法貝塔煥膚一樣有效。計程車在我的公寓前面停了下來。

「妳確定？」

「確定。」我說。是嗎？「晚安。」說完便下車。

走進公寓時，我的手機響了。是潔思。我完全忘了她沒出席的事。

「嘿！是我。我今天晚上大遲到，想說舞會開始三個小時之後才出現是很不禮貌的事，所以就留在湯普森街六十號飯店（60 Thompson）。我們現在可以做專訪。」

「潔思，現在是半夜一點耶。」

「所以呢？」

「我們明天再做好嗎？」

「可是，六個半小時後，我就要出發去坎城了。」

對，她當然會去。我真是笨！只要有什麼盛事，這些前排女郎絕對是一馬當先。我沒得選擇，只好趕緊套件牛仔褲，然後跳上計程車。

潔思沒有說為什麼當晚要住在湯普森街六十號飯店的豪華套房裡，不過從房間的狀態來看，顯然是剛開完一個比拯救威尼斯有趣許多的派對。她整個人往床上一跳，看起來活像個漂亮的黑娃娃，而女服務生正忙著清理周圍。

「謝謝妳，有妳在真好，超愛妳！妳是最棒的。能不能幫我送杯茶來？」潔思對女服務生說。

「當然沒問題，小姐。要不要順便來點餅乾呢？」服務生親切地說。

「噢，好喜歡妳喔！」潔思說。

她拍了拍床，示意我也坐上去。「我要把我們這些前排女郎的事都告訴妳。」她開了頭。「我呢，非常喜歡當前排女郎。每次都坐在服裝秀第一排的感覺超好……」

當你正想要努力埋首工作的時候，快遞卻送來一個Alexander McQueen的包包，這時想專心都難。隔天早上我又收到一袋東西，裡頭有件精緻華麗的禮服和一張親手寫的小卡，內容是：

真的不去嗎？妳可以穿這件禮服參加美國愛滋病研究基金會在坎城舉辦的慈善晚會。今晚六點從泰德伯羅機場離開。

派翠克謹上

泰德伯羅機場耶！紐約所有女生都知道這個難聽的名詞代表什麼美妙的意義，那就是：「我有一架私人飛機。」泰德伯羅機場很棒，僅供非商用客機起降。要是你在星期五晚上前往紐澤西的話，大概會很驚訝地發現，高速公路上塞滿了由司機駕駛的高級轎車，裡面全都是準備趕搭灣流五型私人飛機去棕櫚灘的大亨。我覺得，派翠克在這個節骨眼透露他擁有一架飛機，是很過份的一件事。這樣一來，我很難拒絕他的邀約。大部份的紐約女孩都對私人飛機有莫名的憧憬，所以只要有機會可以搭乘，基本上絕對不會拒絕，我「偶爾」也是如此。然而，我內在一直有個聲音提醒自己，不管瑪菲怎麼說，派翠克目前仍是已婚男子。即便拒絕這麼美麗的禮服實在是罪過，但我還是決定放棄去坎城的機會。

我把袋子放在走廊，打算退回去，然後盡量逼自己忘記坎城的美好之旅。我傳了封簡訊給派翠克，告訴他我不能去。

簡訊才發出去我就後悔了。一想到去不成蔚藍海岸，我突然間覺得好難過。也許看一些時尚派對的報導會讓我開心一點。我打開最新一期的《*W*》雜誌，翻到蘇西的專欄。那一頁有一堆照片，其中最大的一張，竟然是查克挽著阿德莉安娜。阿德莉安娜！那個Luca Luca的模特兒！怎麼會這樣？之前查克老是抱怨她是個麻煩的傢伙啊。而且，阿德莉安娜還穿著Lanvin新出的飄逸洋裝，那可是我心中的夢幻逸品耶。我百般不想細看這張照片，但卻又忍不住想瞧瞧那件洋裝。我發現照片底下有一行介紹，寫著「攝影師查克・尼爾森與模特兒未婚妻阿德莉安娜」。查克又訂婚了？還是跟阿德莉安娜？真不敢相信。太可怕了，我想都不敢多想，立刻闔上雜誌。

這叫我怎麼寫得下前排女郎的專訪呢？我現在既難過又嫉妒，完全無法專心思考了。也許我應該去坎城，至少能暫時忘記穿著那件美麗洋裝的阿德莉安娜有多麼亮眼。留在這裡，我只會不停地想著查克和阿德莉安娜的事。噢，說不定我不會想，因為他根本不配。去坎城應該會幫助我專心。我告訴自己，在私人飛機上處理重要工作，是再適合不過了。因此，我又傳了簡訊給派翠克。

請忽略上一封簡訊。很樂意一起去。

幾分鐘後，我收到回訊：

已忽略。五點來接妳。派翠克

我可以在飛機上寫稿，隔天早上再email給編輯，沒有人會知道我不在紐約。我的工作岌岌可危，所以這麼做是唯一的選擇。我很慶幸自己在情況緊急的時候還能做出理性的決定。

五點一到，派翠克準時按門鈴。我抓起小行李箱衝下樓。一輛沒熄火的深色賓士停在街上，我趕緊跳上後座。

「確定要去？」派翠克問。

「確定。」我說。

車子急駛而去。這輛車的內裝很冷調，而座椅十分柔軟。我覺得這實在不像一個從來不用司機的人坐的車子。不過，有機會能夠坐在賓士車的後座，而且是準備到法國蔚藍海岸來一趟超夢幻之旅，實在沒有什麼好抱怨的。

安提布岬的海角飯店（Hotel du Cap）應該要改名為交易飯店（Hotel du Deals），因為所有參與坎城影展的電影人全都擠到這間飯店來。從這裡到影展最熱鬧的小十字大道要花三十分鐘的車程，塞車的話則要九十分鐘，而影展期間的交通更是要人命。拿紐約地理來說，這就好比你只想到茂比利街購物，但卻選擇住在遙遠的馬克飯店（Mark Hotel）。

大家似乎都對海角飯店情有獨鍾，好像是來朝聖一樣。假如我像卡麥蓉・狄亞一樣是個富有的金髮美女，愛住哪兒就住哪兒，我可能不會選一間要求事先付費，而且只收現金的飯店。還有，這裡除了總匯三明治和超級小球的雪酪之外，根本沒有像樣的客房服務。房間裡的電視也非常老舊，差不多可以列為歷史文物了。

這就是我到飯店時的感覺。當時是早上六點，天都還沒亮，相當於紐約中午十二點——搭私人飛機到歐洲比搭商用客機還要快。就一架大到能夠全程站著也沒問題的私人飛機來說，這應該是好處之一。在派翠克送上一疊跟鞋子一般高的現金給飯店之前，我們什麼都沒得吃，也沒有房間。說真的，他們應該改名叫「海角汽車旅館」。

派翠克非常有紳士風度。我在途中曾明白地告訴他，在他已婚的狀態之下，我不可能跟他共度巴西之夜。不過，我心底真正的想法雖然沒說出口，但應該有傳達給他，那就是，要是他能更進一步地朝離婚的方向努力，也許我會願意跟他來趟南美洲之旅。保持潔身自愛的好處是，對方不得不另外幫妳訂一間房。自己住一間比跟不熟的男人同房要輕鬆多了，不然他整晚都會想盡辦法說服你，直到你允許他碰你的「伊帕尼瑪海灘」為止。

我睡到上午十一點起床，覺得自己有很嚴重的時差，於是昏昏沉沉地拉開百葉窗。「哇！」我驚呼一聲。我終於知道大家為什麼拚命想擠進這間飯店了。窗外盡是一片綠草如茵，綿延不絕，連結到遠方的地中海。海上波光粼粼，如同麥迪森大道上，Fred Leighton珠寶店裡賣的枕型切割古董藍鑽一樣燦爛耀眼。誰還管這裡有沒有供應食物？眼前這番美景的饗宴就已足夠。我的前未婚夫有了新未婚妻的事實，似乎也不那麼重要了。

門口傳來敲門聲，一位餐廳侍者端著銀色的托盤走進來，上面擺著法國長條麵包和柳橙原汁。另外還有張小卡：

我整天都要開會。祝妳在泳池玩得愉快。晚上七點來接妳去慈善晚會。很高興有妳在。派翠克。

還記得我一直很想要的Eres比基尼嗎？當初原本要在西班牙國王的遊艇上穿，但後來沒有去成。這件事我已經釋懷了，因為那套比基尼更適合這裡。「海角」（大家都如此簡稱飯店）是展示時尚品味的好地方，非常適合穿上白色兩截式、臀部上方綴有銀色扣環的泳裝。

我穿過酒吧，漫步走到外面的泳池。泳池就座落在山崖上，瞭望著底下的地中海。我拉開一張椅子，正準備坐下時，有人大叫說：「嘿，我在這兒！」

是潔思．康納席。早該知道她會來。她在白色蓆子上躺成大字型，看起來很像烤過的蝴蝶圈餅。

「嗨。」

「哇，好殺啊！」潔思瞪著我的比基尼。

「妳說什麼？」

「我說妳好殺。」

「為什麼？」

「妳的比基尼啊。」

「哪裡不對勁嗎？」

「不，不是啦！『殺』是好的意思。妳穿起來超辣。我是在稱讚妳啦。」

「喔，謝謝妳，潔思。妳的泳裝也很殺。」我說。

她穿了一件巴提克印花圖案的泳裝，脖子上配戴的鑽石比紅毯上所有好萊塢明星的珠寶加起來還要多。我想，她走的正是前排女郎流行的嬉皮時尚風。

「尚賈克！」潔思呼叫泳池服務生。「幫我朋友拿張蓆子來好嗎？」她轉過頭來對著我說：「在這個泳池，妳最好不要坐在椅子上，白色蓆子才是王道。」

「我還想要架個海邊小屋呢。」我說。

「千萬不要。」潔思回答，「小屋太隱密了，別人看不到妳。要讓大家看得到才行。」

我聽從潔思的建議，把白色蓆子鋪在她旁邊躺了下來。海角的社交規矩真多，可以寫成另一本波斯特禮儀書[6]了。

「我好餓，想點個總匯三明治來吃。妳要不要吃什麼？」我說。

「不了，我在實行海角減肥法。」潔思回答。

我後來發現，海角減肥餐包含蜜桃口味的貝里尼、花生和麗滋餅乾。潔思說的沒錯，花生比總匯三明治好吃太多。連假日飯店（**Holiday Inn**）的總匯三明治都比這裡的好吃。

「妳開始寫我的專訪沒？」潔思問。

「開始了。」我說謊。雜誌社要我馬上交稿，但是外頭有完美的日光浴可以做，我怎麼捨得留在房間裡工作。「妳來這兒做什麼？」我問。

「做什麼？什麼也不做啊。我只是來捧朋友的場，他要推出六部新電影。」

「看了什麼好看的電影嗎？」

「還沒，不過今天下午會放一部在洛杉磯拍的印度電影，非常熱門。我聽說導演很帥。妳要不要跟我一起來？」

「好啊，叫什麼名字？」

「《日記》。大家都說，這部片跟伍迪．艾倫早期的幽默鬧劇有得比。」

下午四點，我們離開飯店。潔思不知道從哪裡找來安提布唯一一個駕駛敞篷吉普車的司機。

6 美國作家愛蜜莉．波斯特（Emily Post）為評論社交禮儀的權威，曾經撰寫關於國際社交禮儀規範的書籍。

車子從飯店的車道呼嘯而下，往濱海公路上駛去。

「妳今天晚上要穿什麼去舞會？」潔思扯開嗓子問，頭髮隨風飄逸。

「McQueen，派翠克送我的。」

「好殺啊！妳跟派翠克．薩克斯頓在一起，而他還送妳禮服？哇，真了不起！」

「我沒有跟派翠克『在一起』，我只是跟他一起來。我跟他根本不熟。」

「妳看，這是電影的介紹。」

她遞給我一張宣傳單，我很快地瞄了一下，上面寫著：

《日記》

一齣喜劇

查理．登朗編劇、導演

查理？查理沒有導過好笑又賣座的電影啊。他只拍那些悲劇題材、預算少又沒人看的藝術電影。被一位沒什麼名氣的電影導演發現我企圖自殺已經夠慘了，更何況他現在居然成了坎城影展的大熱門。

「潔思，我不能去了。我得把專訪的稿子交出去。」我拍了拍司機的肩膀，「麻煩你讓我在這裡下車好嗎？」

他一停下來，我就跳下車。

「可是妳剛剛說已經寫完了啊！」潔思說。

「晚上見。」我回答，然後頭也不回地往飯店的方向走去。

我才剛開始感到有那麼點開心，這下又不由自主地想到查理在麗池酒店那副嚴肅、不以為然的表情。他真的很容易讓人陷入低潮情緒之中，需要來點Advil解救才行。更糟的是，愛德華多跟我的事現在鬧得傳言滿天飛，我想他一定更看不起我了。這樣也好，起碼我能準時交稿。既然有份工作，就該老老實實地完成，而且前幾個星期都出包，現在更應該加倍努力。

稍後，當我正在為專訪報導收尾時，電話突然響起。

「晚安。」我用法文說，希望多練習能說得流利些。

「嘿！是我，蘿拉。妳是不是玩得很開心啊？喬治．克隆尼有去嗎？」

「這裡真的好棒，妳應該找機會來的。」我說。

「查理得獎了，妳相信嗎？我們在辛蒂．亞當斯的專欄裡看到的。」

「真的嗎？喔。」

為什麼壞人都有好報，而好人都會遇上像早禿這種壞事呢？天啊，我希望查理不會出現在愛滋病研究基金會的慈善舞會上。

「妳還好嗎？」蘿拉問。

「我很好。」

「查克跟那個沒腦模特兒的事有讓妳嚇一跳嗎？」

「有一點吧，我想。」

「盡量別去想它。他們兩個真的很不入流，而且一點自覺都沒有。回來打電話給我。」

「我會的。」

「再見。」蘿拉用法文道別，然後掛了電話。

晚上六點，我把專訪的稿子以email寄出。紐約現在大約是中午，所以距離截稿時間至少還有一小時。我跟客房服務點了兩杯蜜桃貝里尼，打算小小慶祝一下。參加舞會以前來兩杯貝里尼有助於放鬆心情。只要你不是容易上癮的人，去派對之前都可以採用這招，效果很不錯。兩杯貝里尼下肚之後，我的心情霎時輕鬆許多，甚至開始覺得，要是能夠穿著華麗的McQueen，以一位知名電影製作人的女伴身份出席慈善晚會，也許我會很樂意碰上查理．登朗。這樣他就知道，我不是個專門吸引爛男人，又愛自我了斷的沒用傢伙。

回頭來看，當時喝了兩杯貝里尼只有一個問題，那就是當我準備穿上那件美麗、飄逸的雪紡禮服時，沒注意到肚子裡滿是氣泡這件事。我把禮服從頭套進去，努力往下拉。糟糕！卡住了，而且卡在頭和肚臍之間。我動都不能動，什麼都看不見，雙手也一樣動彈不得，八成是忘了拉開拉鍊。我慢慢地扭動身體，想把禮服扭下來。終於掙脫的時候，我聽到「帕」的撕裂聲。

時間是晚上六點二十五分。我拉開拉鍊，再套上禮服，這時才發現禮服背後有一條要命的裂痕，根本不能穿，而且連補都補不了。

派翠克再過三十五分鐘就會出現。不得已，我只好衝到潔思的房門口用力敲門。這些前排女郎一定有很多備用的華麗禮服可以借。

潔思開門讓我進去，我上氣不接下氣地說：「我的禮服臨時出了狀況。」

「嘿，沒問題。我有備用的禮服可以借妳穿。」她說。

她真是個好人！潔思早已著裝完畢。她身穿一席范倫鐵諾七〇年代的紅色古董禮服，上頭繡著一朵朵絲緞玫瑰，看起來美極了。這下我安心不少。要是她的備用禮服都跟這件的等級差不多，那我應該不至於會當場崩潰。潔思優雅地走到衣櫃前，拉出一件絲質禮服。

「這是Oscar新一季的衣服，現在非常流行。拿去吧。」她說。

我從她手中接了過來，是一件鐵灰色的塔夫綢禮服。衣櫃裡還有很多件呢，我興奮地心想。我趕緊套上，然後跑到鏡子前面去。

我看起來像座冰山。真的，不誇張。為什麼Oscar設計生涯中最失敗的一件作品，竟然會落到我的頭上？今晚應該是我人生中最光鮮亮麗的一晚才對啊。現在，我終於能夠體會荷莉．貝瑞贏得奧斯卡當晚的心情。你想想看，她要在全世界的注視之下，上台領取那座可愛的小金人，卻穿得跟個溜冰選手一樣，難怪她會焦慮。不過，我什麼都不能抱怨。潔思願意借我禮服，已經很好心了，不過她知道我很失望。她說：「好啦，這件是有那麼一點白人新教徒的保守感，不過法國人不懂白人新教徒式的風格有多遜。相信我，他們永遠都不會瞭解。」

現在沒有時間驚慌失措。我快速地衝回房，套上黑色包頭涼鞋。這雙鞋跟雪紡禮服很搭，但現在跟冰山配在一起，倒像兩塊笨重的錨一樣。我抓起黑色手拿包，電話正好響起。

「我的車在樓下了。」派翠克說。

「馬上下去。」我故作鎮定地回應。

我對自己說，他根本不會注意我穿什麼，男人一向如此。感覺禮服似乎比樓梯還寬大，我只好小心翼翼地側身下樓，然後努力滑進車裡。我幾乎是把自己和禮服一起塞進去。有時候，這種衣服真的會讓你覺得自己像團肉醬。

「嗨。」

「嗨。」派翠克仔細打量我的服裝，臉垮了下來。「我以為妳會穿Alexander McQueen那件禮服。這是Oscar de la Renta。」

怪了，我不相信有哪個男人能跟我一樣懂時尚。我把一切經過告訴派翠克。

「對不起，我穿了潔思．康納席的備用禮服。」我輕笑著說。

派翠克並沒有回以任何笑容。事實上，這位私人飛機先生似乎對我剛剛的遭遇頗不以為然。當晚，他幾乎都沒跟我說話。瞭解時尚流行的同性戀和異性戀男人最大的問題是：當你穿著很有看頭又前衛的McQueen禮服時，他們被你迷得團團轉；但要是你包得像塊冰山一樣，他們立刻變得冷若冰霜。派翠克整晚都對我保持著禮貌而冷淡的態度，但卻對潔思那套玫瑰花禮服迷戀不已。不過，我之前喝了太多蜜桃貝里尼，所以自尊心絲毫未損。當晚唯一值得慶幸的事是沒有遇上查理．登朗。他根本沒有出現。

隔天早上又有張小卡隨早餐附上。

我們下午一點離開。我會派車送妳到機場，我們機場見。祝日光浴愉快！

派翠克

口氣聽起來不是太憤怒。也許派翠克一點都不在乎「冰山」事件，又或許他不像我昨晚想像的那麼膚淺。有時候我會對人妄下評斷。

電話響起。哎喲喂呀！頭好痛，指甲也好痛，連頭髮都在痛，貝里尼的宿醉可真不是蓋的。是潔思打來的。

「嗨，我要跟妳一起飛回紐約。」她說。

「太好了。我記得是一點離開。」

「那我們機場見。」

不過，如果潔思也要跟我們一起回去，那我得選套一流的搭機服，這樣才能扳回一城。我忍著頭痛，小心翼翼地套上一件雪白清爽的細肩帶連身洋裝，配上金色的平底涼鞋、金色圈圈耳環，再把頭髮梳成馬尾，綁上我最鍾愛的Pucci頭巾。打扮好後，我拿了冰袋敷指甲，接著躺到床上等待車子到達。派翠克真是個大好人，不時就會送來一張小卡，還派車來接送。也許等我回到紐約之後，他還會送件新的禮服給我，彌補被我弄壞的那一件，不過當然，我也不是說他一定會這麼做。

開往機場途中，我們經過朱翁雷班（Juan-Les-Pins）。令我意外的是，在這裡四處林立著精緻的鞋店和比基尼專賣店。我實在忍不住想來個三十秒瘋狂血拚之旅。司機停下車子說：「只能逛五分鐘喔，小姐，從這裡開到機場要四十五分鐘。」

買了二十五套比基尼、十四件沙龍裙和六雙綁帶楔型鞋之後——大家都知道，夏天到漢普頓度假，得照三餐更換泳衣造型才行——我匆匆上了車。我的戰利品可以用來替昨晚雪恥。紐約那些姊妹淘看到我買給她們的綁帶楔型鞋，一定會開心到瘋掉的。我覺得，有機會到國外度假享受，一定要帶點時尚單品給姊妹們才行。現在才五月中旬，距離七月四號的國慶日假期還有好幾個星期，不過對於紐約女生來說，愈早開始準備大量的泳裝愈好。

司機把我送到第一航廈。我走向私人飛機專用的〇號登機門，可是沒有看見派翠克和潔思的人影。他們大概還沒到吧。我走到一位穿著制服的先生面前。

「先生，不好意思，我找派翠克．薩克斯頓先生。」我用法文說。

「他已經離開了，小姐。」他回答。

我看了看手錶：一點三十分。我才遲到三十分鐘，派翠克就丟下我先走了嗎？

「什麼？」我用英文問。

「他一個小時前就跟小麥色皮膚的小姐一起走了。」他也以英文回答。

他怎麼可以這麼做？還有潔思也是？我才剛替她寫了一篇很棒的專訪耶。我突然覺得全身無力。海角飯店的貝里尼總是在最不該作用的時間發揮作用。

「那我要怎麼回紐約呢？」我問。這位好心的機師應該可以隨便找架私人飛機把我送上去吧，況且，我精心打扮，就是為了要搭私人飛機啊。

「我不知道。」他雙手一攤，沒好氣地說，隨後立刻轉身離去。

我的穿著顯然對他一點吸引力都沒有。他快走出候機室時，指了指前方的玻璃窗。我順著他指的地方望過去，看到對街就是第二航廈的入口，心都涼了一半。我對機場本身沒有意見，可是從這裡就可以看到對面大廳人滿為患，比去年梅西百貨感恩節遊行的人潮還要多。乘坐私人飛機最大的麻煩是，搭過一次之後，你再也不會想搭商用客機了。因此，要搭乘私人飛機的話，我的忠告是，除非你能確保往後每次有機會搭得到，不然千萬不要坐。在這當下，我真希望自己從來沒見過派翠克那架迷人傢伙的麂皮天花板，或吃過機上的美味三明治。

我在想些什麼？不好好提醒自己，我很快就會變得跟派翠西亞・達夫（Patricia Duff）7一樣恃寵而驕。我當然可以像一般人一樣搭乘商用客機。我鼓起勇氣，拖著塞滿的行李往對街走去。外頭豔陽高照，好不容易走到法航櫃台前時，我覺得自己快要融化了。

櫃台後方的地勤小姐頭髮灰白，儀容整潔。她一臉嫌惡地望著我。

「您好，有什麼可以為您服務嗎，女士？」

為什麼這些法國女人非得稱呼我這種女生為「女士」，是存心想讓我不開心嗎？這樣真的很殘忍耶，更何況我現在還飽受貝里尼宿醉之苦。

「是小姐，」我用法文糾正，「我錯過了到紐約的班機。請問下一班是什麼時候？」

「下午三點。可以嗎？」

「可以。」我說。

「一共是四千三百七十六歐元。」

「什麼？」我吞了吞口水。

「現在只剩下商務艙的位置。」

7活躍於娛樂圈與政治圈的名女人，曾先後與好萊塢名製片與露華濃老闆結婚，又離婚。

「那晚一點的班機呢？」

「全部訂位客滿。」

我快哭了。我根本沒有四千三百七十六歐可以買趟單程機票回紐約。不過，我還是咬著牙遞上Visa信用卡。這真是一場代價高昂的災難，之後我打算用這個理由將這筆交易註銷。我還學到一項教訓：如果可以穿著Alexander McQueen扮成一位冷豔公主，就千萬別打扮得像塊冰山一樣。唉呀，要是能夠把這些歐元拿來買些有趣的東西，那該有多好，譬如在百老匯街上的ABC家飾店裡有張粉紅條紋高背雙翼椅，我一直都很想要。

「謝謝。」地勤小姐說，然後刷了卡。「半小時後登機。」

「請問在哪個登機門？」我問。

她查詢時，我往旁邊一整排的櫃台望去。相隔幾排的地方，我看到一個熟悉的身影。我伸長脖子想看得更清楚，發現那原來是查理・登朗。他在往洛杉磯的櫃台前，正準備辦理登機手續。天啊，希望他不要看到我。我最討厭不期而遇了，特別是不想看到最近目睹我吞Advil自殺的傢伙。更慘的是，我突然發現查理比印象中帥多了。他有一身健康的膚色，而且一派輕鬆自在的模樣。他大概是唯一一個在機場燈光下更顯帥氣的人。我心想：算你行。看到他的當下，我好像得了糖尿病一樣，因為太過驚訝而血糖驟降。突然間，我只覺得頭好暈，搞不好我還會因為太羞愧而昏倒。我趕緊把頭轉回來，往另一個方向看。

我提醒自己，這跟昨晚比起來還不算太糟。我現在不是包得跟冰山一樣，而是一身高級時尚的打扮，還有那麼一點七〇年代時，李・瑞茲威爾（Lee Radziwill）[8]在卡布里島度假的味道。

我看起來很正常，只是要坐飛機回紐約，沒有一點想要自殺的跡象。也許我該打聲招呼、轉頭離開，然後老死不相往來。

「嗨！」我提高音量喊道，忽然覺得很丟臉。就這樣，結束了。他討厭我又怎麼樣，我一點都不在乎。查理轉頭看我。天啊，我又快要昏倒了，貝里尼真的很會選時間作用。

「喔，嗨，呃……」他一臉尷尬的樣子，然後說：「他們好像要找妳。」他指了指櫃台。

我轉過頭來，看到地勤小姐瞪著我。

「女士，」她沒好氣地說，一邊把信用卡遞給我。「很抱歉，您沒辦法搭機。您的信用卡被拒絕交易。」

「妳能不能再試一次？」我焦急地問。

「沒辦法。麻煩妳離開好嗎？」

忽然間，我非常、非常同情那些過氣的名模。她們的遭遇大概就是如此：前一秒鐘坐著私人飛機四處跑，下一秒鐘連巴士都上不了。我拎起東西準備離開時，查理喊說：「嘿，我陪妳走到登機門，它剛好就在前往洛杉磯的候機室旁邊。」

唉唉咿呀，坐不成私人飛機就算了。我甚至可以說，這是個很好的教訓，但這一切不用讓人知道，對吧？可是，我被私人飛機放鴿子，又被熟識的人撞見，那就是另外一回事了。我才不要讓查理發現我沒有機票，又身無分文，他肯定會很看不起我的。他緩緩地走過來，幫我拿起大包

---

8 七〇年代的名女星，也是美國前第一夫人賈桂琳．甘迺迪最小的妹妹。

小包的購物袋。

「哇，他們讓妳帶這麼多手提行李上飛機嗎？」

「當然啦。」我毫不猶豫地說，一副我每次都會提個行李外加四個購物袋上飛機似的。

「妳……還好嗎？」他一臉擔憂地問。

「我很好！」我相信查理在坎城所受到的好評，應該可以讓他徹底忘卻Advil事件。

「是嗎？巴黎……那件事之後，我一直都很擔心妳。」他一臉尷尬。

「我沒事，好的不得了。」

我不太說謊，但只要一說，通常都很有說服力。我們一起往離境的方向走去。我不知道怎麼當場生出一張機票通過安檢，然後前往登機門。我不想在他面前再丟臉一次。要不是查理像《棕櫚灘的故事》（*The Palm Beach Story*）裡的紳士一樣，幫我提著這些大包小包，我也不用冒著被發現的風險。這時，我裝作若無其事地跟他閒聊。

「我很高興你跟茱莉……就是，沒事了。」我說。

「對啊，我們的問題解決了。茱莉這個女孩真的很棒！」他溫柔地微笑著。

茱莉這樣根本是在傷害查理。他被迷得團團轉，完全不知道她在做什麼。事實上，茱莉的男友沒有一個知道她在搞什麼鬼。可能是因為我現在血糖過低，再加上因為宿醉而頭痛欲裂，我忽然有點同情起查理來了。這樣說好了，不論我喜不喜歡他，他都是個還算不錯的人，就像Thierry Mugler出的「天使」香水，我討厭它的味道，但這不代表它就是款很差的香水，而且還有一堆人覺得它很好聞。因此，真要比喻的話，查理就像是我的「天使」。

我們來到檢查門前。沒有登機證，我是過不了的。

「我在這裡跟你說再見好了，我要去一下洗手間。」我一派輕鬆地說。

「一路順風。」他把袋子遞還給我。

「我會的，謝謝。」

查理轉身加入檢查門前的人龍。成功了！他什麼都沒發現。等他走遠之後，我才拎起行李和一堆袋子往一家咖啡館走去。當你被電影大亨放鴿子，又被帥到不行但相當霸道、煩人的電影導演拯救時，最好來杯價值五元的柳橙原汁提振一下精神。我在櫃台前坐了下來，埋著頭看《國際先鋒論壇報》，一邊啜著果汁，不知道接下來該怎麼辦好，一滴淚不由自主地落了下來。不管穿得多漂亮，我現在還是落單了。我覺得自己好悲哀，像個笨蛋一樣。

「妳打算錯過班機嗎？」

他又回來了。這傢伙到底有什麼毛病？他跟茱莉交往，不代表他有權干涉我的私人行程，或擾亂我的自殺計畫。他站在那兒，一臉笑意地望著我，好像在看笑話一樣。

「沒錯。」我賭氣回答。我今天說的謊夠多了，隨便查理怎麼看我。

「為什麼？」他問。

「這是我的私事。」我回答。

「妳還好嗎？」

「好，你真的想知道的話，告訴你，我剛剛被一位用私人飛機載我來的傢伙放鴿子，結果經濟艙沒有位子，法航又不收我的信用卡。還有，我那該死的前未婚夫已經找到另一個未婚妻了。」

說著說著，一大滴淚就這麼滾落我的臉頰。查理拿出手帕遞給我，我一把抓過來，很氣他為什麼非得目睹這一切不可。

「是那個叫愛德華多的傢伙嗎？」

「愛德華多結婚了！」我啞著嗓子說：「私人飛機先生也是！」

即便查理已經知道事實真相，瞭解我現在的處境有多麼悲慘，他臉上依然帶著微微笑意。

「也許這是好事。」他說。

「才不是好事，很慘耶。」我說。

「至少讓妳學到，不要跟不太熟的男人去度假。」

他在講什麼？我認識派翠克滿二十四小時以後，才答應跟他來坎城的。他臉上又出現那種表情，意思是我怎麼老是學不乖。也許我是該學乖了。

「走吧，妳得搭上那班飛機才行。」

查理拉著我回到櫃台前，然後抽出一張信用卡，當場幫我刷了張機票。他把登機證遞給我，然後陪我一起通過檢查門。我一路上都盯著地板，一句話都沒說，氣氛有些尷尬。到了登機門時，前往紐約的最後幾位旅客正在登機。

「去吧。」他把我推向登機門。

「謝謝，我會還你錢的。」我不好意思地說。

「不用了。妳記取這次的教訓就好。我拜託妳一件事，不要答應跟已婚的男人一起搭私人飛機，好嗎？」

我帶著滿腔怒氣上了飛機。查理真的搞不清楚狀況。有私人飛機可以搭，紐約女生基本上不可能拒絕。絕對不可能！

茱莉・博道夫的閱讀清單

一、美國芭蕾舞劇團秋季慈善委員會名單。茱莉說，委員會裡家族鬥爭的情況比杜斯妥也夫斯基的小說還精采。
二、伊恩・麥克尤恩（Ian McEwan）的《贖罪》（*Atonement*），特別是第一百三十五頁，裡面有非常火熱的性愛場面。
三、《週日時報》的〈誓約〉（Vows）專欄。知道哪些男人已經死會是很重要的。
四、金融市場最新動態。茱莉喜歡《華爾街日報》，主要是為了瞭解英國金融時報100指數（FTSE 100）。
五、紐約邦尼斯百貨公司的春季目錄。
六、喬納森・弗蘭岑（Jonathan Franzen）的《糾錯》（*Corrections*）最後十頁。茱莉發現，只要她能講出主角奇普斯與神經學家之間的關係，沒有人知道她根本沒讀過整本書。
七、麥可・寇爾斯秋季服裝秀的走秀清單。
八、愛麗斯・米勒（Alice Miller）的《幸福童年的祕密》（*The Drama of the Gifted Child*）。這本書可以幫助茱莉接受自己喜怒無常的個性，而不要太苛求自己。她說這本書在史賓斯中學幾乎人人必讀。
九、茱莉的通訊錄。你永遠想不到裡面會有誰的資料，而她自己也不清楚。
十、巴黎高級訂製服時裝秀的預定時程。把它背起來很有用。

9

每當有名廚在紐約開新餐廳的時候——差不多是每五分鐘開一家吧我想——整個紐約市就陷入瘋狂。平常根本不太碰食物的那些紐約女生，這時突然又覺得吃東西是一件很酷的事。試吃會上擠滿了瘦得跟紙片人一樣的社交名媛。這些名媛只想在試吃會上露臉，但什麼也不吃。她們會跟名廚說好喜歡他新推出的餐點，回家之後繼續整晚餓著肚子。

從坎城回來幾天之後，我跟茱莉到下東城參加了一場試吃會。餐廳名稱是「中國酒吧」（Chinese Bar），這是一間標榜復古味的亞洲餐廳，內部設計走的是超現代風格，卻供應七〇年代流行的中國菜。每個人都稱讚廚師，說他的炸鴨肋排「美味極了」。即使他們一口都沒嚐過，還是會這麼說。瑪菲更誇張。她跟那位名廚說：「你的餛飩比老周餐館（Mr. Chow）的好吃。」這完全是違心之論。我並不認同說謊的行為，除非是善意的謊言，目的是為了幫助人，那就可以接受。茱莉最擅長說善意的謊言，譬如她幫學校募款時，曾經告訴捐款人說，麥可．道格拉斯和凱薩琳．麗塔瓊斯會出席學校新館落成的開幕典禮，但事實上是她自己負責擔任開幕佳賓。不過，明知道一位年輕名廚做的菜只配丟到哈德森河裡，卻騙他說他是天才，絕對是件殘忍的事。

我們抵達餐廳時，裡面滿是不碰食物的名媛和不看美女的男人，擠得幾乎動彈不得。茱莉伸手從托盤上迅速拿了兩杯「清酒丁尼」（清酒加馬丁尼混合而成的新飲料），然後找個空位坐下來。

「嘿，親愛的，聽說妳知道阿德莉安娜和查克在一起的事，我很替妳難過。」茱莉說。

「謝謝。」我說。

「反正，這只證明了他是個不折不扣的花心男。幸好妳沒有嫁給他。那，妳跟派翠克怎麼樣？告訴我吧。」茱莉換了個話題。

「我超喜歡海角飯店，可是……」我話說到一半，就說不下去了。希望查理沒有把在機場發生的事告訴茱莉。我不想讓任何人知道派翠克・薩克斯頓是個爛人，竟然把我丟在歐洲。幸運的是，我根本不用解釋什麼，因為裘琳正好打斷我們。

「嘿！妳們好不好啊？」

她一手搖搖晃晃地捧了一杯「上海柯夢波丹」（另外一款紐約流行的新酒飲，就是具有中國風味的柯夢波丹），另一手拖著蘿拉。裘琳穿著剪裁俐落的白色小喇叭褲，而蘿拉穿了一件佈滿拉鍊裝飾的黑色小洋裝。她大概以為龐克風又開始流行了吧。蘿拉一臉無聊的樣子，裘琳則是興奮得漲紅了臉。

裘琳一來到我們面前，就誇張地喊說：「麥可・寇爾斯！他！」頓了頓，「真的是——」再頓了一下，「天啊！妳們看！有沒有看過他春季出的垮褲？」她轉了一圈，向我們展示她的側面曲線。「這是具有瘦腿效果的寬版褲，可以讓腿看起來又細又長，又不會像日本流行的緊身褲一樣，穿起來會讓人覺得不舒服。」（裘琳有一半的日本血統，但她完全不承認。）

「麥可·寇爾斯非常瞭解女人大腿之間的事，沒有其他男人比他更瞭。」她滔滔不絕地說。

「夠了，裘琳！」茱莉火了。「妳能不能把心思放在別的事情上，譬如讀點書之類的？」

「我常常閱讀啊，我每天至少會看一次《*Vogue*》雜誌。誰還要來杯上海柯夢波丹？我等會兒就回來。」說完，她一溜煙地離開了。裘琳今晚真像個花蝴蝶似的，不知道在忙什麼。蘿拉在我身旁坐下。

茱莉的臉很臭。

「如果有人敢再提到新款的垮褲，而且自以為她們比別人要早發現這件事的話，我發誓我一定會當場爆發。那些該死的垮褲沒什麼好談的，直接去試穿就不就得了。」她抱怨著。

茱莉說的有理。在紐約各大派對上，有時候大家閒聊的內容真的是很膚淺，膚淺到我實在不知道該說什麼好。這時，茱莉的臉突然亮了起來。

「我想到了！」她突然大喊。「我要來弄個讀書小組，就是讀書會啦。這樣才能改造裘琳的漿糊腦袋，而且對我們大家都有幫助。」

「我只想到艾奎諾斯健身中心跳拳擊有氧，這才是有幫助。」蘿拉一臉不以為然。

「這就是問題啊。」茱莉嘆了口氣。

裘琳拿著另一杯飲料回到座位上。

「裘琳，妳要不要加入我的讀書會？」茱莉拉高嗓子問，試圖要蓋過餐廳裡的嘈雜聲。

「像『歐普拉讀書俱樂部』那樣嗎？」裘琳熱切地詢問。

「也不完全是。我打算去紐約大學請一位有頭腦又帥氣的教授來帶我們讀經典文學。我們該選哪些文學作品好呢？」

「維吉妮亞・吳爾芙怎麼樣？《時時刻刻》裡面的她美呆了。」裘琳提議。

「裘琳，要加入我的讀書會，就不准提到跟服裝有關的東西。」裘琳瞪了蘿拉一眼，「蘿拉，妳也一樣。讀書會只能討論書，瞭解嗎？」

「我完全瞭解。不過，如果沒有時間看書的話，可以看改編電影嗎？」蘿拉問。

「有人跟你說過，你超像《春風化雨》裡面的老師嗎？」

茱莉坐在亨利・哈奈特辦公室裡的一疊書上，擺出撩人的姿態對他說道。他是紐約大學英國文學課程的一位年輕助教。中國酒吧試吃會落幕後幾天，茱莉就打電話到紐約大學英文系去找家教。她下定決心要辦讀書會，尤其是聽到瑪菲說關德琳・班恩斯和辛西亞・柯克也打算弄讀書會之後，她更是非辦不可。茱莉什麼事都要搶第一。

茱莉要我陪她去見那位她稱為「教授」的紐約大學助教。我們碰面的時候，她神色有些緊張。看過葛妮絲・派特洛在電影《瓶中美人》裡飾演希薇亞・普拉斯時的模樣，茱莉這天穿著格子百褶裙，頭髮梳成一條辮子，裝扮得很有希薇亞・普拉斯的味道。她甚至穿了平底鞋，讓我大為驚訝，因為她之前一直不承認這世界上有平底鞋這種東西存在。她也要我走「學院風」，好讓教授覺得我們很有誠意。因此，我乖乖地套上了一件海軍藍的復古襯衫式洋裝，只不過在出門前，我還是忍不住搭了雙黑色網襪，再配上Christian Louboutin的紅色高跟鞋。沒有一點流行單品點綴的話，人生不就太無趣了嗎？

亨利似乎沒有什麼跟年輕美眉相處的經驗，更不要說是公園大道公主了。他從頭到尾都表現得非常害羞、不自在，而且堅持留在擺著一大疊考卷的桌子後面，硬是不敢靠近我們。

「春風什麼東西？」亨利一臉困惑地問。

「我的意思是你很帥啦教授，穿得這麼學院風，又這麼害羞。」亨利很帥，這沒有話說。不過他的「學院風」打扮，則是一條仿舊燈芯絨褲，配上亞麻布襯衫和一雙英式壓花厚底皮鞋。他的襯衫領子還有一點磨破。

「事實上，我不是教授，我還沒拿到終身教職，目前只是講師而已。妳要來申請我們學校嗎？」

「教授！你看我像學生嗎？我不想上學，只是想，就是……精進自己，還有我的姊妹們都需要好好進修一下，她們現在開口閉口都是麥可．寇爾斯有多偉大之類的，我真受不了。」

「誰？」亨利問。

「噢，你不知道麥可．寇爾斯是誰，這一點我超愛！」茱莉大叫，「你能不能來帶領我們讀一些文學作品呢？我住在皮耶爾，是很棒的地方喔。我會派車來接你。一切開銷都算我的，上課的費用也隨你開，我都會支付。如果你願意把你的好頭腦借給我們幾個小時，我們會非常感激的。不要說不！拜託！」

亨利還沒開口回答，茱莉接著說：「還有，你需要什麼儘管說，我都辦得到。你覺得怎麼樣？我要不要請伊蓮餐廳準備外送呢？這樣夠你吃嗎？」

「我想只需要準備一點乳酪和餅乾就行了。」

「這表示你願意接下這份工作了嗎，教授？噢，我真的好開心。」

「博道夫小姐，我不是教授。」

「可是你將來還是會升上教授，不是嗎？你真的要的話，我可以叫我爸現在立刻幫你升職，他對這裡也不是沒有什麼貢獻。好，那星期二晚上六點，我會派人來接你。那天晚上很適合開讀書會，因為星期二通常都沒有什麼事。」

「還有一件事，博道夫小姐。」

「什麼事？」

「我們必須決定一本妳們想讀的書，然後大家要先讀過，我們星期二才能討論。」

「唉唉咿呀！」茱莉驚呼一聲。當她發現真的得讀書時，原本的興奮之情稍稍減弱了一些。

「可是，這就是我們要請你來的原因啊，你得告訴我們要讀什麼。」

「很多人都很喜歡拿塔尼爾．菲畢里克（Nathaniel Philbrick）的《海洋之心》（*In the Heart of the Sea*）[1]，我自己一讀就停不下來了。」

「喔，是愛情故事！像電影《鐵達尼號》一樣嗎？」

「有一點像，不過主角是抹香鯨。如果妳喜歡《鐵達尼號》，那妳也會覺得這本很好看。」

1 中文版譯名為《航向長夜的捕鯨船》。

從坎城回來後，派翠克．薩克斯頓狂打電話給我。他說他把我留在尼斯機場，完全是因為機場的安全考量，大概是為了反恐還什麼因素，飛機必須準時起飛才行。我一直都認為，擁有私人飛機的理由之一，就是可以想在什麼時候出發就什麼時候出發。如果突然改變主意不想離開，也不一定要起飛。但根據派翠克的說法，情況並非如此。

派翠克幾天前在電話裡說：「我要求機師再多等一下，可是法國的航空管制規定，當天飛機的起降不得延遲。我真的很抱歉，希望沒有造成妳太大的困擾。我很擔心妳。」

哇，也許派翠克真的是個大好人。

「很抱歉我遲到了。我實在不該這樣，但你也應該要通知我一聲才對。」或者也該留張機票給我嘛！

「我試了啊！可是他們不讓我這麼做。我還幫妳訂了三點往紐約的那班飛機，以為妳後來可以自己搞定。」

「真的嗎？」

「當然。我絕對不會丟下妳一個人在機場回不了家。妳以為我是什麼人？」

「對不起。我整個人慌了，沒辦法好好思考。」

「我真的很想再見到妳。」他說。

「唔……」我有些遲疑。我想再跟派翠克見面嗎？應該是想吧。他迷人又風趣，只要離了婚，應該是個不錯的未婚夫人選。「再看看吧。」我說，不想讓他覺得我太積極。

「太好了，我再跟妳約。對了，妳可以給我潔思的手機號碼嗎？」

「什麼?」真是令人不敢相信。

「她把護照忘在飛機上了。我想叫助理送過去給她,可是不知道她住哪兒。」

好吧,也許派翠克說的是真的。我已經無法分辨了,就這麼頓了好幾秒沒有答話。這時,另外一支電話不停地響,我只好先掛斷派翠克的電話。

「我得掛了。」我把潔思的電話給了他,然後轉到另一線上。「喂?」

「嘿,我是潔思。我們非常擔心妳耶,發生什麼事了?」

「我跑去買比基尼,結果就遲到了。」

「妳跟我一樣。我老是因為買東西而錯過班機,次數多到妳無法想像。派翠克不等妳真的很過份。不過,他是全紐約最糟糕的男人,妳能期待什麼呢,對不對?」

「是喔?大家都說他是大好人耶。」

「妳聽我說,我認識他一百年了。從十五歲那年,我就斷斷續續跟他在一起。跟他交往是挺有趣的,不過前提是妳很清楚他是個已婚男人。他很迷人,但他已經有老婆了。」

「瑪菲說他正在辦離婚。」

「自從訂婚之後,他一直用這個藉口去堵那些女朋友的嘴,但事實是,他老婆絕對不會放人,而他也絕對不會離開她。真正有錢的人是他老婆,私人飛機也是她的。這件事大家都知道啊。」

「喔。」我說。

「他們夫妻之間有協議,沒有人能夠得到派翠克・薩克斯頓。他自己也很享受這種感覺。妳不覺得已婚男人很棒嗎？他們絕不會像小狗狗一樣黏人。」

「這確實是其中一項優點。」我回答。

「對了，妳有派翠克的新手機嗎？他邀請我今年秋天跟他一起去威尼斯影展，我非去不可。妳不覺得他的飛機很讚嗎？洗手間裡還有粉紅色糖果裝飾。我搭過的私人飛機中，派翠克那架是最棒的。」

我把號碼給了潔思，然後放下電話。如果我跟潔思一樣膚淺的話，人生應該會好過許多。

我從來不曉得，邀請全紐約最富有的十二位名媛來家裡，會造成「前所未有的壓力」——茱莉是這麼形容的。直到她為了讀書會的佈置把我一起逼瘋，我才能夠體會，她真的為了讀書會的事情忙得焦頭爛額，不知道的人，還會以為她是要在白宮辦開幕舞會呢。

自從送出邀請函和指定閱讀的書單給大家之後，茱莉就陷入無止境的焦慮中，這是只有這些年輕的公主幫成員才會產生的症狀。她擔心這些朋友會來參加讀書會，只是因為想看崔西・克拉克森把她家設計成什麼樣子。她們一踏出她家大門，就會開始大肆批判她的品味，也許還會批評她沒有擺一些斑馬紋的家飾。茱莉說：「現在每個人家裡一定都有斑馬紋的東西。」她很擔心雪莉會瞧不起她的碗盤收藏。雪莉會在自家的咖啡桌上擺一個英國皇家道爾頓（Royal Doulton）的瓷碗，裡面裝滿成熟的石榴，就是為了搭配手工繪製的Zuber壁紙。再來是餐盤和濃縮咖啡杯的問題，茱莉想訂一套現在人人必備的法國精緻瓷器，但她不知道品牌名稱，又不好意思問別人。現在最搶手的咖啡杯匙則是義大利品牌Buccellati的銀匙，但就怕買了來不及送到。另外，沙發布套下方的垂綴部份最好固定在地板上，以免有人坐過沙發之後留下縐褶的痕跡。還有，抱枕必須打蓬，而且蓬度要剛剛好。女管家的熨燙技術也很讓茱莉擔憂，不知道她能不能把漿過的雞尾酒巾熨得很平整。茱莉一臉驚恐地說，雞尾酒巾的摺角夠不夠尖，是紐約社交圈評判一位女主人是否盡責的重要標準之一。更讓她害怕的是，她沒有把每位受邀的名媛照片都掛在牆上。只要有人發現這件事，她在社交圈裡就會遭受攻擊和懲罰，譬如被排除在重要的寶寶新生派對受邀名單之外等等。

茱莉緊張到快瘋了，甚至忘了自己根本還沒決定要穿什麼，而她的姊妹淘只會幫倒忙。

「薇德．羅普在上流社會早就過氣了。」裘琳武斷地批評一位活躍於上流社會的花藝設計師。「為什麼不請瑪汀．萊特曼呢？不過我們一定請不到她，因為就是請不到。」

「妳不要去邦尼斯百貨的Mrs. John L. Strong買邀請函，要到Kate's Paperie買，然後自己親手寫，記得寫得隨性一點。寫得太漂亮，大家會覺得妳很閒。」蜜蜜叮嚀。

開讀書會的前幾天，茱莉打電話跟我哭訴：「我不行了，好希望當初想都沒想過要辦這個該死的讀書會。真是個天大的笑話。」

雖然我心裡也這麼認為，但是到這個地步，茱莉沒有回頭的餘地。

「我會幫妳的。」我安慰她，不過其實我並沒有多餘的時間可以幫忙，我還是得把潔思的專訪完成。「我聽說在翠貝卡三角區（TriBeCa）[2]有位非常紅的新銳晚宴派對設計專家。他的設計好玩、瘋狂，又有意想不到的創意。要不要我打給他？」

「好。一個小時之內把他帶來我家好嗎？」

我正在想辦法聯絡那位名叫巴克萊．布雷斯韋特、阿拉巴馬出身的年輕晚宴設計師（所有的派對設計大師都來自阿拉巴馬州，而且都是同性戀），還沒聯繫上，我媽就打來了。

「乖女兒，好久沒接到妳的電話了，妳好不好啊？」

「喔，很好啊。」我心想，是啊，我好得不得了呢。

「妳聽起來不是很好，說話有美國人的調調。什麼時候要回家？我們都很想妳。」

「媽，我沒有要回家，我喜歡這裡。」

「不要叫我媽，叫媽咪。我希望妳能回來一起慶祝妳爸爸的五十歲生日，妳也知道他很想見妳。時間是在三個星期後。」媽突然壓低聲音：「我覺得他這次的生日會可能會辦得很盛大。村裡的人都想參加，所以不要太張揚比較好。我們不希望得罪任何人，妳也知道那些人生起氣來會怎麼樣！真的很可怕，況且我現在還想請一位打掃的傭人。要是我聯絡得上史威爾一家人的話，他們可能也會來。妳也不知道要怎麼聯絡他們吧？我真的很希望妳和小伯爵可以再見到面。」

真不敢相信，六歲那年的事，我媽到現在還念念不忘。她就是沒辦法理解，現在這個時代已經沒有穿著閃亮盔甲的騎士了，而我也沒有想把騎士找出來的意願。

2 翠貝卡三角區的全名為Triangle Below Canal（卡納街以下的三角區），指的是曼哈頓下城靠近華爾街的一塊高級住商混合區。

「我會參加爸的生日派對，我等不及要回家了。」我說。

這是真心話。想家的情緒突然湧上心頭。沿著英國的鄉間小道一路開下去，再看看那一整排滿滿的峨參，也許會讓我的心情舒暢一些。我可以在家裡住上幾天，好好休息一下。不過，有媽在的話，我看肯定是不得安寧。

到達茱莉的公寓時，她穿著一條新的Rogan牛仔褲，站在客廳裡，旁邊那位邦尼斯百貨的裁縫師正在幫她量尺寸。跟我一起來的巴克萊則是身穿Charvet的粉紅色襯衫和白色牛仔褲，這是他的一貫裝扮。我先到他位於翠貝卡的辦公室接他，然後再一起坐計程車過來。

「我知道讀書會這件事跟服裝一點關係都沒有。可是我想走休閒一點的風格，好像沒有刻意打扮的感覺，所以現在要把牛仔褲修改一下，弄好之後，我就不用再煩這件事了。」茱莉說。

有時候，我覺得茱莉比蘿拉或裘琳還搞不清楚現實，結果就是把自己弄得一團亂。她轉過身來，對巴克萊露出燦爛的笑容，她有求於人的時候就會露出這種表情。「巴克萊，謝謝你當我們的派對救星。我想辦一場與眾不同的讀書會，而且是沒有人做過的風格。你認為呢？」

「我能不能先喝杯加了迷迭香的冰開水呢？萊佛士飯店（L'Ermitage）的早餐都有供應這種冰開水，它可以幫助我思考。」

幾分鐘後，巴克萊坐在沙發邊上細細啜飲那杯花草水，好像把它當成什麼神奇之水一樣，一邊努力地尋找靈感。他很快就瞭解到，替茱莉．博道夫設計一場讀書會的晚宴，對他的事業而言是很大的賭注：不成功，便成仁。他希望打造的感覺是有趣、時尚又兼具美感。

「我想我們不要再走『花團錦簇』的風格，它已經到了濫用的地步。茱莉，我想營造出一種海洋時尚風的感覺。開胃菜就選龍蝦卷，可是要縮得小小的！讓它變成全紐約最小、最可口的龍蝦卷。生蠔則用真的珍珠母貝餐盤來裝。」巴克萊邊說邊做筆記。「妳們讓我一個人靜一下，我保證幾分鐘之後，一切都會規畫好。」

說完，巴克萊飛也似地離開客廳。確定他聽不到我們說話之後，茱莉小聲地問我：「妳有聽到壞消息嗎？」

「什麼壞消息？」我問。

「是戴芬妮啦。她昨天在寶艾飯店打電話給我，說她被迫離家。她發現布萊德里跟室內設計師有一腿。戴芬妮雖然很滿意那位設計師為他們在比佛利山莊打造的別墅，但她只要一站在客廳的歐比松（Aubusson）地毯上，就覺得渾身不對勁。連自己家都待不住的感覺，妳知道有多悲慘嗎？我很替她難過。我問她說，需不需要過去陪陪她，她說有瑜珈老師在就夠了。我很擔心她，妳覺得我是不是該過去看看呢？」

太可怕了！戴芬妮一直都是布萊德里的賢內助。不論他什麼時候想要在好萊塢舉辦派對，她都會幫他弄得有聲有色。當姊妹明明有難，卻說自己沒事的時候，做朋友的都應該要立刻過去陪她，不管她怎麼說，也不管她身邊有多少個瑜珈大師在。

「也許我們兩個都去比較好。開完讀書會的隔天早上我們就出發。」

茱莉還沒來得及回答，巴克萊已經蹦蹦跳跳地回到客廳。他對茱莉說：「如果妳想大膽、瘋狂一點，我的建議是：書房維持規矩的樣子。大家閱讀的時候以海燈作為照明，閱讀結束之後，我們直接換到一張夢幻的餐桌上用晚餐。大家一走進餐廳，就進入嘩啦啦的海洋世界，有珊瑚，還有漂流木！桌巾的圖樣則是豐富的海底生物景觀。我在上東城大多都用亞麻布和百合花來裝飾派對。這次可是前所未有的大膽嘗試。另外，餐桌中央用日本鬥魚作為擺飾，妳覺得怎麼樣？」

「很好。不過也不要太創新，巴克萊，不然大家就會猜到這不是我的想法了。」

「沒有人會知道的。」他說，然後再度消失。

茱莉轉過來對我說：「布萊德里說想挽回戴芬妮，但是戴芬妮卻想訴諸婚前契約，準備給他好看。」

「不會吧。」我說。

「我還是覺得她應該再給他一次機會。布萊德里是真的愛她，只是他渾蛋偷吃，把事情搞砸了。」

巴克萊開始討論讀書會當晚的餐點時，情緒相當激動，看起來活像隻鬥魚。「正在節食的人在聚會時並不會想吃減肥餐，除非是午餐。」他果斷地說。

茱莉揚起整齊的眉毛，驚訝地望著他。除了減肥餐之外，其他東西對她來說都不是食物。

「現在大家都在追求一種安全、溫暖、受保護的感覺。妳們知道世界現在變成什麼樣子嗎？非常可怕。我覺得，這些女孩應該要來一點有飽足感的烤魚派。」

茱莉倒抽一口氣。她的姊妹淘中很少有人會碰像烤魚派這麼「實在」的食物，但她後來還是同意這麼做，想說給大家一點震撼也好。

我把巴克萊送回辦公室之後就回家，然後打電話給戴芬妮。要是布萊德理真的像茱莉說的，在外面偷吃，她一定會瘋掉的。

「別鬧了！」戴芬妮一聽到我的聲音就說：「好高興妳打來。妳好不好？」

「我很好。妳呢？」

「我也很好！」

戴芬妮的語氣一派輕鬆，聽起來並不像個婚姻即將破裂的人。這樣反倒更令人擔心。也許住在寶艾飯店會讓她暫時遠離現實世界。我自己每次看到飯店裡的美麗池塘、荷葉和悠游其中的天鵝，都有一種脫離現實的感覺。

「我聽說妳跟布萊德里的事了。妳確定沒事嗎？」

「妳知道嗎，我撞見他和那位設計師在做那檔事的時候，他們就躺在我請她打造的那張床上耶，我當場抓狂。可是，自從我搬到這裡之後，布萊德里就不停地獻殷勤。他一直送花、送珠寶，還有皮草大衣過來，送皮草是有點過頭了，因為他早該知道我是個反皮草的人。但至少他有展現出想要重修舊好的誠意。我想跟他復合，可是當然不會這麼快就告訴他，想先讓他緊張一陣子。我覺得，該你的就是你的，這是強求不來的。」

戴芬妮吃錯了什麼藥嗎？不要說她先生，以前光是一個游泳池的小弟要離開，她就崩潰了。

「我們過去看看妳好嗎？我真的很擔心妳。」我說。

「我很好。妳想想看，能住在寶艾飯店的蜜月套房裡，會不好嗎？妳們真的不用過來。」

「有人照顧妳、看著妳嗎？」

「開什麼玩笑！當然有，一天二十四小時都有人照顧，我從來不知道自己朋友這麼多。妳知道誰對我最好、最貼心嗎？他其實沒有義務要這麼做。」

「是安妮嗎？」

安妮是戴芬妮在好萊塢最要好的朋友，不過戴芬妮常說，在電影圈裡根本沒有所謂真正的朋友。

「才不是！我那個『好姊妹』安妮啊，現在只關心布萊德里，因為她先生多明尼克是國際創業管理（ＩＣＭ）的經紀人，但是他想跳槽到創意藝人經紀公司（ＣＡＡ）旗下。安妮知道布萊德里只要說一聲，就可以把人弄進去。」她氣呼呼地說。

接著，我聽到擤鼻涕和衛生紙的聲音。

「請問那位大好人是誰呢？」我說。

「兩天前，我坐在飯店外看著那些悠遊自在的天鵝，差點要瘋掉的時候，查理走了過來。他帶我到日落大道的咖啡豆子去喝無脂的豆漿香草冰沙。那可是我在這裡最愛的飲料，妳改天一定要試試。他說布萊德里是個笨蛋，而我是個很特別的女人，沒有我的話，布萊德里絕對沒有辦法有今天的地位。他還跟我說，該來的事情就是會來。我相信電影圈裡面不會有人主動去安慰製片的太太，因為站在太太那一方帶來的損失大多了。他人真的很好，讓我變得很樂觀。我說不上來為什麼，可是，我現在真的……很開心。」戴芬妮輕笑著。

戴芬妮才不是真的開心，她是被洗腦了。她必須離開洛杉磯才行。

「不如，妳到紐約來怎麼樣？」我說。

「妳不覺得他人這麼好，真的很難得嗎?他真的很貼心耶。」戴芬妮說。

「茱莉幾天後要開個讀書會，妳來的話，她會很高興的。」

「讀書會妳個頭啦！」戴芬妮狂笑不已。「那種活動跟《鬥陣俱樂部》沒什麼兩樣。我要留在這裡好好思考我跟布萊德里的事。我保證，有什麼事的話，一定會打電話給妳們。不過，查理人真的很好，妳說對不對？」

「大概吧。」我不情願地承認。

「妳還好嗎？」戴芬妮問。

「很好啊。」

「我聽說妳跟那位薩克斯頓先生一起去坎城。他的床上功夫真的有傳說中那麼棒嗎？」

「戴芬妮！我連跟他接吻都沒有，他只是我的男伴而已。」

「別開玩笑了！妳知道他在洛杉磯的封號是什麼嗎？」

「什麼？」

「性愛大師派翠克。讚吧！」

「他不是我的菜。」

「別鬧了！只是玩玩的話，那他肯定是妳的菜。不過妳要小心他老婆，她是個瘋子。她要是認定妳是她老公真正看上的對象，那可就更慘了。好了，我會跟妳們保持聯絡的，拜！」戴芬妮說完，便掛了電話。

這群艾塞克斯的船員還必須面對口水停止分泌的痛苦。據麥基形容，他的舌頭漸漸變硬，到最後形成一塊「毫無知覺的東西，掃過依然柔軟的牙根，像塊異物似地拍打著牙齒」。到此地步，不論受苦的人再怎麼想哀嚎與吼叫，都已無法言語。接下來是「流血汗」的階段。原本具有生命的身體，會漸漸變得像木乃伊一樣乾癟。舌頭因為太過腫脹而擠出口腔。眼皮開始乾裂，然後從眼球流出血來。喉嚨腫得令人呼吸困難，造成一種極度不協調又令人畏懼的溺斃感。最後，陽光無情地榨乾身體最後一滴水份。人就是這樣「活活死掉」。

《海洋之心》的內容跟我想像的落差很大，裡頭根本就沒有類似凱特．溫斯蕾和李奧納多．迪卡皮歐之間發生的情節。我一直拖到讀書會的前一晚才拿起書來看，大概讀了半本之後，就再也睡不著了。故事內容主要在描述一艘捕鯨船在美國麻州南塔克島的沉船事件，還有船員為了生存而做出駭人的行為，像是吸食罹難同袍的骨髓等等。這比伊森．霍克主演的那部飛機失事電影還恐怖，電影中那些受難者同樣也靠吃人肉維生。關德琳．班恩斯和辛西亞．柯克肯定看不懂這本書。晚上六點，茱莉打電話來，聽起來相當歇斯底里。

「我要瘋了啦！我剛剛才把書看完。妳說，我們一邊喝著海風調酒，一邊讀著六個男人喝海龜血存活的故事，誰還討論得下去啊？」茱莉扯著嗓子。「還有，座位的安排也快要把我搞瘋了。我實在不知道要把潔思・康納席擺在哪裡，她跟所有人的男朋友或老公都有一腿。蜜蜜不跟孕婦以外的人交談，而瑪德蓮則是不願意跟瘦子坐在一起，不然她會抓狂。辛西亞・柯克和關德琳・班恩斯現在正在冷戰。她們倆要共同主持美國芭蕾舞劇團的慈善晚會，但就為了邀請卡上，誰的名字應該擺前面而爭執不休。誰都不想坐在誰的隔壁。還有，我現在每天都睡不飽，今天早上醒來覺得自己很像克莉斯汀娜・蕾琪（Christina Ricci）[3]！唉唉咿呀……」

我沒辦法專心聽茱莉說話，因為我滿腦子都在想派翠克・薩克斯頓的事。跟戴芬妮通過電話之後，才讓我看清事實。派翠克比愛德華多或查克還要糟糕，他根本是個職業花花公子，一點都不適合做我這種女生的未婚夫。我突然覺得自己如同身處在一艘快要沉沒的船上，被一群貪婪、花心的壞男人包圍，但我立刻甩開腦中的想法。現在需要冷靜的人是茱莉。我跟她說，我正準備出門，三十分鐘內會到她家。

當晚，我一眼掃過茱莉邀請的賓客時心想：「讀本書是需要多少顆鑽石啊？」算一算，書房裡十二位來參加讀書會的名媛，身上的鑽石加起來至少有六十克拉，而且還只是算卡地亞的單鑽耳環而已，實際上的克拉數可能更多。雪莉手上戴了一顆至少十克拉的藍鑽，可以說是戒指中的海洋之王。全場只有茱莉打扮得不像要去參加雞尾酒會。她穿著Rogan牛仔褲，配上水手罩衫，比

3美國年輕女演員，曾主演《阿達一族》以及《冰血暴》等片。

較像是要去鱈魚岬度假的裝扮。她光著腳丫，腳趾塗上海藻綠的指甲油。

「我真的很擔心這些姊妹的腦袋瓜不靈光。我不覺得有誰可以讀超過一頁。」我走進書房時，茱莉壓低聲音對我說，「我完全拿她們沒辦法。我很喜歡這些姊妹，可是她們依然珠光寶氣的，真的很……令人沮喪。算了，我們坐著吧。」

茱莉以前只有在新款珠寶不夠多的時候才會覺得沮喪。這次她一改平常的瘋狂作風，希望只是她暫時「失常」而已。

巴克萊將書房改裝成華麗的船艙，周圍飾有一盞盞閃爍的海燈，營造出海風吹拂的感覺。桌上鋪著斑駁褪色的地圖和老舊的航海日誌。服務生端來藍色馬丁尼和邁泰（Mai Tai），並且附上熨燙整齊、摺角尖得可以割斷水手喉嚨的雞尾酒巾。所有名媛圍成一個橢圓形，圓形的一端擺了張大型扶手椅給亨利坐。他一邊手忙腳亂地讓腿上一大疊書和筆記本保持平衡，一邊不安地啜著雞尾酒。說真的，我覺得他坐電椅搞不好還比較舒服。

茱莉跟我一起在沙發上坐了下來。能夠暫時拋開一切，專注地討論捕鯨船經歷的慘劇，對我而言是件好事，可是這故事真的很悲傷。大家漸漸安靜下來，亨利便開口說話。

「呃……我們開始吧！歡、歡迎大家。這本小說……唔……很棒。我……抱歉，我希望妳們事先都有讀過一點。」他害羞地說。

我很專心地聽亨利講課，不過書房裡百分之九十九點九的女生都只注意他那帥氣的外貌。茱莉根本被他迷倒了。耳邊開始傳來竊竊私語的聲音。

「妳覺得他是不是哈奈特家的公子啊？」裘琳小聲地問。

「噢，天啊，妳是說那個鋼鐵王國的哈奈特嗎？」蘿拉低聲回答。

「沒錯！他們就像鋼鐵業中的甘迺迪家族一樣。妳應該要嫁給他，或是我們其中一人應該要嫁給他。」裘琳壓低聲音。

裘琳根本不記得她已經訂婚非常、非常久了。亨利正在做結尾。他轉過身來面對裘琳，「那，呃……裘琳？我看妳好像有意見要發表對不對？要不要跟大家說一說呢？」

「好啊！」裘琳熱情地答應。「請問你是來自鋼鐵世家嗎？」

亨利慌亂地整理手上的紙張，清了清喉嚨，露出尷尬的神情。

「是同一個家族沒錯，不過我們今天晚上要討論的重點不是這個。針對這本書，妳有什麼看法？」

「就人物分析這方面來看，」裘琳很認真地回答：「反正就是那些理論之類的東西，我只想知道，就是啊，這本書拍成電影的時候，你覺得波拉德船長應該找喬治．克隆尼還是布萊德．彼特來演比較好呢？」

「我不太……呃……確、確定。還有誰有意見？」亨利支支吾吾的。

潔思．康納席舉起手來揮了揮。

「嗨，我是潔思。」她帶著挑逗的口吻。「我有一個關於書的問題。你知道《怪才的荒誕與憂傷》（*A Heartbreaking Work of Staggering Genius*）這本書嗎？那你知不知道作者戴夫．艾格斯（Dave Eggers）現在是否還單身呢？」

「還有別的意見嗎？」亨利一副坐立難安的樣子。

「我能不能問有關主題的問題？」瑪德蓮一臉嚴肅。「你覺得寫作可以減肥嗎？因為，像瓊・蒂蒂安、莎娣・史密斯（Zadie Smith）和唐娜・塔特（Donna Tartt）這些女性作家，個個都比一根香菸還瘦。」

亨利焦慮地抹了抹前額，大家陷入一陣靜默。

「亨利，你要不要選一段內容出來朗讀，這樣比較容易找到討論的方向。」茱莉提議。

「好主意，請大家翻到第一百六十五頁。」

他開始朗讀：

船上的木匠在第三週死亡。其中一位船員提議把他的屍體拿來當作食物……

「亨利，要不要來點蝦泡芙？」裘琳把一盤精緻的點心遞過去給他。

「不用，不用，謝謝。我可以繼續嗎？」

「噢，當然可以。抱歉抱歉。故事很好聽。」裘琳小聲地說。

亨利繼續往下朗讀：

狄恩船長一開始覺得這個提議「十分令人悲痛又震驚」。接著，他們圍繞在木匠的屍體旁，有了以下的討論。狄恩船長寫道：「經過一番深思熟慮，考量到這種行為不僅不合法，亦罪孽深重，但卻有其必要時，最後決定，一切的理性判斷與良心譴責等，皆無法抵擋食欲的強烈渴望……」

「亨利，下星期的美國芭蕾舞劇團慈善晚會，你來坐我們這一桌好嗎？」關德琳開口。

「抱歉，亨利的座位已經安排好了。他坐在我這桌，也就是最重要的主桌。」辛西亞搶在亨利開口之前回答。

「我們繼續往下讀好嗎？」亨利說完便繼續唸道：

大部份的船員都不得不吃人肉維生，狄恩也不例外。他開始支解屍體，把最明顯的人類特徵逐一去除，頭、手、腳、皮膚……

桌子另一頭傳來「砰」的一聲。雪莉昏倒了。這倒不令人意外，因為她總是會想盡各種辦法吸引大家注意。

「我的天啊！」蘿拉尖叫。「快！叫救護車啊！」

亨利立刻跑到雪莉旁邊，輕輕拍打她的臉，這時她才慢慢甦醒過來。

「我好想吐，」關德琳說，一邊拚命搧風，「可以開窗讓空氣流通嗎？」

「我們大家是不是都去醫院比較好？我聽說醫院裡有很多帥哥醫生。」潔思提議。

突然間，所有人的身體都有毛病了，不是焦慮發作，就是胃不舒服，茱莉的讀書會陷入一陣混亂，房裡亂哄哄一片，連我手機響都差點聽不到。

我接起手機。「喂？」

「我是米莉安．卡芬頓，葛瑞辰．薩克斯頓的助理。薩克斯頓太太在線上，我把妳接過去。」

我還沒來得及回答，薩克斯頓太太已經接起電話，語氣果斷而嚴厲。

「嗨，我是葛瑞辰．莎洛普—薩克斯頓。妳在跟我先生交往。」

「我們之間沒什麼。」我說。

「是嗎？這我可以想像。我聽說派翠克很迷戀妳，至少這星期是如此。告訴妳，他每天晚上都跟不同的女演員、名媛或模特兒約會。對他來說，這沒什麼特別的意義。我聽說妳在物色老公是吧？希望妳聽清楚了，派翠克不會成為別人的丈夫，他娶的人是我。」

接著是一陣短暫的沉默，薩克斯頓太太似乎是在利用空檔補充彈藥，準備重新出擊。她開口繼續說：「妳老闆是我的好朋友，她常常會來拜訪我們位於米爾布魯克的家，我們也會談到一些人事變動的問題，妳現在的工作，應該很不容易找到吧，是不是？」

薩克斯頓太太這招非常厲害，因為我的編輯最討厭那些明明知道對方是已婚男人，還跟人家交往的女人，她絕對不會允許這種人在辦公室裡生存。薩克斯頓太太等於是埋下了一顆地雷。

「薩克斯頓太太，很抱歉讓妳誤會。派翠克跟我只是點頭之交，僅此而已。是真的。請妳不要跟我的老闆說什麼。」

「請妳遠離我先生。」她冷冷地說，然後掛掉電話。

薩克斯頓太太把我嚇死了。為派翠克．薩克斯頓犧牲我的工作一點都不值得。我得離開茱莉的公寓，然後趕緊打給他。這件事非同小可，我不想再跟他有任何瓜葛。我走到茱莉身旁，她正以南丁格爾之姿，俯身照料雪莉。亨利在旁觀察，露出擔憂的神情，但似乎也很佩服茱莉這麼會照顧人。

「茱莉，我得先走了。」

「發生什麼事了？妳看起來很糟。」

「是薩克斯頓太太。她打來恐嚇我，我得找派翠克談一談才行。」

「妳不能丟下我跟這群……瘋婆子在一起。」茱莉望著陷入混亂的賓客，壓低了聲音。「妳需要有人陪，我跟妳一起走。不如我們先到奇普斯來杯貝里尼怎麼樣？喝一杯妳就會好多了。」

「茱莉，這件事我可以自己處理。妳好好照顧客人，我們明天再說吧。」

我離開讀書會後直接回家。有些事情是連奇普利安尼的貝里尼都無法解決的。

10

曼哈頓的社交名媛對「職業」這兩個字很感冒。一提到工作，就像聽到炭疽病一樣令她們渾身不對勁。不過，她們倒是非常熱中於某種職業，如果那也算是一種職業的話。因為這份工作基本上沒什麼事要做，不需要整理訂書針，或是成天坐在電腦前處理打字等無聊的瑣事。大家最夢寐以求的工作，就是當服裝設計師的「繆思」。繆思的主要「任務」就是坐在家裡，等待送貨員把衣服送來，然後每天晚上穿得美美的，到各大時尚派對去供人拍照。這其實就是名媛平常的生活，但她們依然可以說這份工作很辛苦，而且沒有人能反駁。這些繆思在派對上最喜歡說的話就是「好耶！」，跟人交談的時候，最好也只說這兩個字，以便維持臉上的美麗笑容，這可是幫助她們在雜誌裡看起來上相的關鍵。專業的繆思一發現有攝影師靠近，甚至會停止說話，好讓臉部的肌肉放鬆。有時候，她們也會被設計師綁架，搬到巴黎去住上一陣子。最近就有位可憐的名媛被Ungaro先生抓去。可是，這一切都是值得的。她後來被卡爾．拉格斐〈Karl Lagerfeld〉相中，成為他的專屬繆思。有傳言說，拉格斐在莫斯科到馬德里等各個大城市，都有一位繆思。

幾天之後，潔思打電話告訴我，范倫鐵諾邀請她去當繆思。我一點也不意外，因為范倫鐵諾大概每五分鐘就會請一位繆思，不過我還是很替她開心。潔思把范倫鐵諾的禮服看得比生命還重要，這下又能免費獲得許多漂亮衣服（即便潔思也跟派翠克糾纏不清，但她依然穩穩地拿下了新工作，因為葛瑞辰・莎洛普—薩克斯頓絕對不會去騷擾康納席木業的女接班人。這讓我有些嫉妒，我可是真的被她恐嚇了。不管怎樣，潔思根本不太需要工作，所以就算薩克斯頓太太真的威脅她，她頂多是當成消遣，讓她除了每天當范倫鐵諾的繆思之外，生活還有些調劑）。

「今晚十點我會到雅典娜飯店（Plaza Athénée）的酒吧去。要不要來跟我一起慶祝？蘿拉和裘琳也會來。」潔思問我。她小時候在棕櫚灘度假時就認識了她們倆個。「我也邀了茱莉，可是她說不能來。她今晚要待在康乃迪克州，明天一早才開車回來。」

「我不確定耶。」我無精打采地回答。

過去幾天我很不好受，沒有什麼慶祝的心情。薩克斯頓太太跟我通過電話之後，想盡辦法要擾亂我的社交生活，不僅試圖把我從惠特尼美術館的派對後慈善委員會中除名，還開始散播一些有關我跟派翠克一起去坎城的不實謠言。茱莉的讀書會後，我終於聯繫上派翠克，他對他太太的行為一笑置之，說他太太老是對他的「朋友」大驚小怪，而這也不代表什麼。他說希望再跟我見面，我當然是拒絕了。對我來說，派翠克不過是想利用這些「女的朋友」作為棋子，來跟太太玩權力遊戲。

「請不要再打電話給我了，派翠克。你人很好，但這對我來說太複雜了。」

「妳今年秋天要不要跟我一起去參加威尼斯影展呢？」派翠克講話的語氣輕浮。

「派翠克！你已經邀請潔思跟你一起去了。」

「我可以打發她，她會瞭解的。」

「派翠克！我哪兒都不會跟你去。我沒辦法這麼做。」

「今天晚上一起吃晚餐好嗎？到卡萊爾飯店（Carlyle）去怎麼樣？」

「你不要來煩我好嗎？」

「那跟我到科羅拉多州去過聖誕呢？」

「派翠克，我要掛電話了。」說完，我掛下電話。

我覺得派翠克似乎對我剛剛的抗議充耳不聞，這一點十分令人憂心。接下來幾天，我滿腦子都在擔心葛瑞辰・莎洛普－薩克斯頓接下來不知道會出什麼招，還有派翠克到底有沒有跟她講清楚，讓她知道我們已經結束了。我成天心神不寧，情緒緊繃，還有那麼一點憂鬱。我只希望派翠克、葛瑞辰和我之間的三角糾葛能夠徹底告一段落。

「拜託啦，晚上一起來嘛。」潔思試著說服我，「出來玩心情才會變好。我跟妳說，派翠克是個很糟的男人沒錯，但妳也不要太認真看待這件事，妳應該要好好繼續生活才對。」

也許潔思說的對。跟姊姊淘聚一聚或許有幫助。這個星期日晚上，我本來並不是很想出門，但我更不想待在家裡。我決定要想辦法讓自己開心起來，所以在電話裡跟潔思說等會兒見。我套上一件查克・波森（Zac Posen）的黑色雪紡縐褶洋裝，再披上蕾絲披肩，隨即出門。

雅典娜飯店酒吧裡有非常舒適的皮椅、鍍金雕框的鏡子和昏黃的燈光，讓人彷彿置身一間三○年代的女性閨房之中。我每次來到此地，總覺得會看到珍・哈露（Jean Harlow）[1]站在某根柱子

1 美國三○年代紅極一時的性感女星。

旁，抽著紫色的沙邦尼香菸。裘琳、蘿拉和潔思都穿著她們暱稱的「Val裝」，也就是范倫鐵諾的衣服，坐在角落的座位上，儼然成為全場最為時尚的三人組合。潔思穿了一件樣式簡單的黑色蕾絲直筒洋裝，非常貴氣。洋裝的胸線中央有絲緞的蝴蝶結，下襬兩邊都有開叉。蘿拉和裘琳的洋裝也很漂亮，但都不及潔思出眾。時尚界有個不成文的規定，那就是繆思一定要穿最好的衣服，而身邊友人的打扮則會稍稍遜色，就像女性貴族身旁的女官一樣。她們三個都在一口一口吃著酒吧的本日招牌——自製迷你球冰淇淋（六個星期前，紐約的女生還認為冰淇淋絕對碰不得，但現在由於人人都在力行邁阿密海濱俱樂部節食法（Shore Club Diet），所以冰淇淋突然成了減肥食物）。

「嘿！來杯香檳雞尾酒吧？妳美呆了！喜不喜歡我的新手鐲啊？」潔思搖了搖手上的金手鐲。「是卡地亞下一季的新貨，美吧？」

「美。」我回答，走到她旁邊坐下。「我現在就想來點香檳。」

要逃避現實很簡單，只要一杯香檳雞尾酒，並且繼續深入討論卡地亞手鐲的話題，包準你可以暫時拋開現實。不消幾分鐘，葛瑞辰．莎洛普—薩克斯頓、即將失業和社交生活一團亂的問題全都被我拋諸腦後了。

「妳有沒有從范倫鐵諾那裡得到很多免費好康啊？」裘琳問。

「嗯，官方說法是沒有，因為我不希望大家認為我是為了免費的衣服才接下這份工作。不過偷偷跟妳們說，我確實拿了一些好貨。我很喜歡這份工作，可是它真的一點都不輕鬆。看到那些上東城的女生成天只會忙著血拚、到聖巴特島度假，我真替她們感到悲哀。事實上，看到她們這樣，我也很心酸，因為我以前就是這麼過日子的，我很能瞭解那種孤獨的感覺。我只是想幫范倫鐵諾先生的忙而已。他真的很帥，你們有看到他的新髮型嗎？」

沒想到聽潔思這種無所事事的女生大肆發表對於工作的高見，竟然會這麼累人。到了午夜，我決定要向她們三個道別，隨即叫了部計程車回家。她們打算去夜店跳舞，但我精疲力盡，又心煩意亂，實在沒辦法繼續跟她們一起狂歡。我很喜歡范倫鐵諾設計的服裝，但現在我再也不想聽任何人提起這個名字了。

回到我家的大樓時，我頓時覺得自在許多。我現在只想立刻進門，換上運動褲，然後窩在床上。走到家門前，我手伸進皮包裡找鑰匙，鑰匙插進去之後，總覺得好像有什麼不對勁。門把是鬆脫的，而且幾乎快要從凹槽裡掉出來。我大吃一驚，在昏暗的燈光之下仔細一看，才發現鎖已經被撬開了。門上有好幾道刮痕，還有幾處凹陷。有人闖入我家。

我緊張地探頭進去，看見整個家被翻得亂七八糟，又立刻往後退到走廊上。搞不好闖入我家的人還躲在裡面，貿然進去太危險了。我小心翼翼地拉上門，然後迅速地跑下樓梯，一邊在銀色的小復古包裡翻找手機。我得先報警，如果之後可以找到潔思她們，或許可以在某個人家裡借住一晚。該死，手機居然不在裡面！我一定是留在酒吧裡了。我衝到街上，一面緊張地回頭張望，一面拚命跑到轉角的電話亭裡，拿起話筒，發現沒有撥號音。我就這麼呆站在黑暗的街上好一會兒，不知如何是好。我整個人慌了，急著想找個安全的地方待著。當你找不到人支援，又沒有地方可以去的時候，紐約的暗夜會變得十分恐怖。這時，一部亮著燈的計程車正好駛進街上，我趕緊招手，要司機載我到王子街和莫瑟街上的莫瑟飯店。我現在又驚又累，只想找張床睡上一覺，明天再報警也不遲。

我住進莫瑟飯店，並不是為了去享受四百織數的淺綠色床單、客房服務的迷你瑪格麗特披薩，還有帥到不行的餐廳服務生，也不是因為住進這裡的房客都會帶著「異樣的」眼神。這些奢華的服務都不重要，我是基於安全理由才住進來的。茱莉不在紐約，我沒辦法到她家借住。事實上，紐約下城就屬莫瑟飯店最安全。我之所以這麼肯定，是因為許多像吹牛老爹或是傑斯之類饒舌歌手特別需要人身安全的保障，而他們多半都會選擇在這裡下榻。一進到飯店大廳，他們就覺得安全了。

到達飯店時，應該已經超過半夜一點。我很喜歡莫瑟飯店的大廳，裝潢得像個寬敞、時尚的無隔間公寓，牆面全部漆成白色，再配上Christina Liaigre的沙發。你經常會看到蘇菲亞．柯波拉（Sofia Coppola）[2]或克洛依．塞維妮（Chloë Sevigny）[3]在這裡閒晃，好像這裡是她們自家客廳似的。今晚，大廳異常安靜，只有一位正在拍打沙發抱枕、富有青春氣息的女服務生——她搞不好是電影界的明日之星——以及櫃台後方的接待人員。

「小姐，晚安。我能為您服務嗎？」接待人員長得很像Tommy Hilfiger廣告中的男模，他非常

2美國演員、編劇兼導演，曾經執導《愛情不用翻譯》（Lost in Translation）等片。
3曾以《男孩別哭》一片入圍奧斯卡女主角提名的女演員。

友善地詢問，使得我的心情也立刻愉悅起來。

「我想要一間非常安靜的房間，希望能夠睡個好覺。」

「好的，沒問題。您要住幾個晚上呢？」

「就今晚。」我嘆了口氣。

我只能在這裡住一個晚上。為了讓自己冷靜下來而待在莫瑟飯店一整天，可是很奢侈的一件事。接待人員在電腦上輸入資料。

「您的房間是六〇七號房。六〇六和六〇七是本飯店最浪漫的套房。現在時間很晚了，所以可以給您一般雙人房的優惠價格。卡文．克萊本人曾在同一個房間住過兩天。這也是本飯店最安靜的房間。今晚對您來說，應該會是個很棒的夜晚吧？」他說。

「如果可以幫我送杯茶上來就更好了。」

「我們的客房服務全天候不休息。有任何行李嗎，小姐？」

「只有手提包。」我提起手上的銀色復古包，「我旅行的時候一向輕便。」

「好的。這是您的鑰匙。」他遞給我一張像信用卡的高科技塑膠卡片，然後說：「現在幫您叫杯茶好嗎？」

「太好了。」我說。

我搭電梯到六樓時，在電梯裡仔細檢視鏡中的自己。天啊，我得去做阿法貝塔煥膚了，我心想。即使是在昏暗的燈光底下，依然可以看到眼周旁邊有許多不知道什麼時候冒出來的疲累細紋。我看起來像超過三十八歲，頭髮又塌又亂。我把頭髮紮成馬尾，再照照鏡子。老實說，根本沒有改善。天啊，我現在的狀況比梅蘭妮・葛莉芬（Melanie Griffith）[4]被拍到素顏的樣子還要糟。

電梯門打開，我步向外頭的走廊，享受飯店特有的寧靜感。走廊上沒有一絲聲響，只有沉沉入睡的寂靜包圍著我。長廊上昏黃的燈光更添睡意。我躡手躡腳地走到長廊盡頭，經過六〇六號房。六〇七號房是最靠邊的一間。得救了！我馬上就可以進入夢鄉，還有小酒吧也近在咫尺。只要有這些，我就安心了。

我把塑膠卡片插進六〇七號房的卡槽，轉動門把。打不開。我再試了一次，還是打不開。哎呀，飯店的人可能弄錯了，搞不好卡文・克萊根本還沒退房。看來得回到大廳去。我轉過身，看到有人走過來。等他走近一點，是一位端著銀色盤子的男服務生。是我的茶！太好了！

「六〇七號房嗎？」服務生走到我面前時問。

「對，可是門打不開，你能幫我嗎？」

「沒問題。」

他拿出萬用卡片，插入卡槽，推了推門把，卻一樣打不開。他皺了皺眉，嘆口氣：「抱歉，我也進不去，我必須請保全過來看看。請稍等五分鐘。」

服務員把托盤放在門旁的邊桌上，然後轉身離開，消失在走廊的另一個盡頭。我低頭看了看手錶：半夜兩點。疲憊不堪的我癱坐在地上，決定先倒杯茶喝。我啜了一小口茶，唉！已經涼

4美國女演員，曾主演《上班女郎》（Working）、《一家之鼠2》等片。

了。獨自坐在一片死寂的飯店長廊喝著冷茶，真的令人感到莫名悲慘。那些保全人員到哪兒去了？我得下樓去找他們。

我把茶杯放回餐盤上，掙扎著起身。匡啷！盤子上的瓷器被撞翻到地板上，發出好幾聲巨響。這時，六〇六號房裡傳來一聲悶哼。天啊，希望我沒有打擾到別人的浪漫時光。

我彎下身準備撿起茶具，頓時覺得洋裝前襬一緊，隨即聽到響亮的撕裂聲——裙襬下方有片該死的縐褶正好卡在托盤的一角，這一彎身，洋裝的前面頓時破了好大一個洞，而被撕裂的縐褶只剩一條線孤零零地掛在接縫處（雪紡的衣服就是這麼麻煩。基本上，第一次穿的時候多少都會弄破，所以紐約女生多半並不期待它可以穿很久）。我把卡到的裙襬拉出來，這時才發現腰部有一灘濕濕的茶漬，右大腿上還有牛奶在滴。

「幹幹幹幹幹！」我大聲咒罵，氣得直跺腳，然後對著討人厭的托盤用力踹了一腳。我從來不隨便罵髒話，會罵出口，就表示情緒真的上來了。

嗯，這樣感覺好多了。我再用力踹了一腳，然後頹坐在地上，陷入極度憤怒的情緒風暴之中，很像寇特妮·洛芙發狂的時候。一滴淚落了下來，滴到嘴唇上頭。我討厭發脾氣，真的很討厭。剛開始發脾氣的時候很爽快，但發完之後只會更糟糕。

坦白說，以前我總覺得，只要住進一間有很棒的客房服務、有克里斯丁·里耶傢俱的五星級豪華飯店，一定可以開心起來。現在卻發現情況並非如此。說真的，悲慘就是悲慘，不管有沒有四百織數的床單可以睡都一樣。這就是為什麼我們常常可以看到，那些在遊艇後方，或走出豪華公寓大廳時被狗仔隊拍到的明星，都是一副像要去自殺的樣子。心情低落時，不論喝多少杯貝里尼，或是擁有多少件晚禮服，都是沒有用的。Chloé牛仔褲或阿法貝塔煥膚皆無法除去心中的鬱悶。憂鬱只會跟著你一輩子，就像麗莎．明妮莉（Liza Minnelli）[5]的遭遇一樣。更慘的是，我得獨自一人在莫瑟飯店最浪漫的套房度過漫漫長夜。天啊，也許真實的人生並不如電影《上流社會》那樣美好，而比較像《冰血暴》（不過，我還是希望現實並非如此。天天下大雪，還得穿那麼難看的衣服，你叫我怎麼受得了呢）。

正當我覺得自己再過沒幾分鐘就要大哭一場時，忽然聽到隔壁房傳來「喀啦」一聲。我驚恐萬分，眼睜睜望著房門開了一個縫。不會吧！現在是凌晨兩點，我八成打擾了人家的新婚之夜或激情約會。事情鬧大的話，我別想再進來這間飯店了。門微微敞開，沒有再移動半毫。房裡沒開燈，什麼都看不到。門後傳來帶有濃濃睡意的聲音，低聲地說：「妳能不能安靜一點？我在睡覺。」

「抱歉，」我也小聲回答。「剛剛發生了一點小意外，我現在正要離開。」

接著，怪事發生了。房裡傳來一陣笑聲。

「妳等等，我馬上出來。」那個聲音說。

我忽然有股不祥的預感，那聲音聽起來很熟，好像是查理．登朗。可是，怎麼會？不可能是他。我聽到窸窸窣窣的聲音，接著燈打開了，一顆頭探了出來。唉唉咿呀！果然是他，我怎麼這

5 美國老牌女演員與歌手，以《小酒館》（Cabaret）這齣歌舞劇電影榮獲奧斯卡最佳女主角獎。曾經結婚四次又離婚四次，與幾任前夫的婚姻官司有諸多爭議。

麼「好運」啊！

「妳在哭嗎？」他問。

他頂著剛睡起來的一頭亂髮，猛眨著眼適應燈光。他一臉睡意，但也帶著笑意，身上穿著白色浴袍，腳上套著飯店的絨布拖鞋。事實上，他這個樣子很可愛。可是，只要穿上飯店的浴袍，不管是誰都很可愛。雖然身穿浴袍的查理像個白騎士似地出現在我面前，讓我覺得有點丟臉，但知道是他，而不是某位饒舌歌手之後，我倒有鬆了一口氣的感覺。他既然有房間可以住，應該可以想辦法幫我把門打開吧。

「沒有！」我抽噎了一下，迅速擦乾眼淚、擤擤鼻子。

「發生什麼事了？」

「我在等保全來幫我開門。」

「為什麼？妳怎麼沒待在家裡？」

「那你怎麼也沒待在家裡呢？」我回嘴。

「我來這裡工作幾天。可是妳明明住在紐約，來飯店做什麼？」

「有人闖入我的公寓，我嚇得不敢留在家裡。現在連這該死的房間都進不了。」

「妳要不要進來坐一下？」查理低頭看著我。

沒弄錯的話，我敢發誓，他是用「異樣的」眼神盯著我。

我的血糖當場驟降，跟在尼斯機場看到查理的情況一樣。接著，奇怪的是，我不記得到底是怎麼搞的——通常在這種情況下都是如此——但我自己也出現了那種「異樣的」眼神！而且我覺得他也看到了！不知怎麼著，我突然對他很有感覺，有股衝動想問他有沒有保險套，好讓我們可以立刻共赴巴西（就算沒有保險套也沒關係，反正我就是這麼隨便。但這件事可千萬不要跟任何人說，不然他們會開始拿性病的事來煩我）。但就在同時，我心底又出現另一個聲音：「可是天啊，我怎麼能這麼做，他是我最好朋友的男友耶。」不過，正因為如此，我的欲望更加強烈。如果你從沒有感受過這兩種矛盾的感覺，我強烈推薦大家去體驗看看。事實上，每個女生都應該經歷一次明知會後悔、卻依然豁出去的夜晚。一夜情絕對是美好的，直到妳真的開始覺得後悔為止。

「妳到底要不要進來？」查理又問了一次。

「要。」我回答，感覺自己融化的速度比巧克力還快。

「我會打給櫃台，要他們解決門的事。」查理把手臂環繞在我的肩上。

如果一盒巧克力可以在十分鐘內融化兩次的話，那我現在就是這樣。

「好。」我小聲地回答。

進房間後，查理立刻打電話到櫃台。他們說保全人員「很快」就會上來。查理的房間超酷，通風良好的臥室與大而深的起居室相連，還有巨大的拱型窗戶可以直接眺望王子街。

「我可以先洗把臉嗎？」我問查理。

「當然可以。」

我往浴室走去。浴室裡只點了一根蠟燭，非常寬敞，還有一個巨大的方形浴缸，顯然是用來做會讓人「後悔莫及」的事。不是的話，誰會需要小游泳池一般大的浴缸呢？噢，我在想什麼啊！我得冷靜下來。今晚絕對不可以衝動，不然的話，茱莉可能會用香奈兒包的鍊子勒死我，這樣我就真的後悔莫及了。我把浴室的燈打開。洗手台的邊上有個白色盒子，上面寫著：過夜用品。我打開來看，裡面有一包薄荷口含錠，和一小盒LifeStyle超薄型保險套。我立刻關上盒子。天啊，難怪住進這間飯店的每位房客都有那種「異樣的」眼神。

我在臉上抹了點面皂，用冷水沖乾淨之後，望著鏡中的自己，覺得看起來並沒有想像中糟。事實上，撕裂的查克・波森禮服看起來倒有那麼點撩人。我拿毛巾把臉拍乾時，下定決心要以成熟的方式處理眼前的狀況。查理就像個嚴厲的哥哥，老是挑我毛病，況且，他現在還在跟我最好的朋友交往，再怎麼樣都不值得我冒風險跟他做出不該做的事。

我走回房間。查理正躺在床上看電視，樣子真是迷死人了。這個時候靠近他是很危險的，所以我走到沙發那邊坐了下來。

「來這裡坐吧，妳看起來累壞了。我們一起看DVD，一邊等他們把隔壁的房門打開。我有《紅磨坊》。」

這下我安全了，因為查理是個同性戀，我認識的異性戀男人沒有一個會看《紅磨坊》。喔對，這也是我最喜歡的電影之一。幸好現在危機解除，我不必擔心將來會悔不當初，即便心裡確實有那麼點期待。

「好吧，我好喜歡這部電影。」我窩到床上去。

「我實在不太能忍受這部片，不過我想妳會喜歡。」

這樣看來，我好像又不是那麼安全了。查理按下「播放」鍵。

「嘿，過來我這邊，窩著比較舒服。」他說。

我轉身面對他，他伸手過來環抱著我。後來，我想我們根本沒有在看《紅磨坊》。

莫瑟飯店提供房客那一小盒「過夜用品」的服務真的非常貼心。唯一的問題是，有了它，不該發生的事只會加速發生（一切都是保全的錯，他們根本沒出現）。星期一早晨，我在莫瑟飯店的淡紫色燈光中醒來，開始感到極度羞愧。昨晚，我在明知故犯的情況下，打破了兩條所有女生都必須遵守的愛情戒律：

一、不可以在第一天晚上就上床（太早上床會破壞關係）。

二、不可與好友的男友共同違反第一項戒律（一次破壞三個關係）。

現在的狀況尷尬得難以啟齒。我幾乎一絲不掛地跟一個不該在一起的人躺在床上。我得立刻離開，就像英格麗·褒曼在《北非諜影》中的最後那一幕。可是……噢！睡夢中的查理好可愛喔，他的睫毛好長好長，一頭亂髮的樣子也超可愛，而且還比平常好看多了。等他醒來，我要提醒他不用梳頭髮了。他微微張開眼睛。

「嗨。」他望著我，臉上依然帶著一貫的笑意。

我實在不知道，做出如此不道德的行為之後，為什麼男人還可以一派輕鬆。查理顯然也得面對一些棘手的問題。

「查理……」

話沒說完，我的嘴被他又深又長的一吻堵住。跟查理接吻的當下，我的體溫立刻上升到攝氏四十度，完全到達忘我的境界。他的吻功就是這麼好。昨晚第一次跟他接吻時（老實說，我們是從《紅磨坊》的片尾開始的），我就覺得自己的體溫再也無法回到三十七度了。如果你想知道細節的話，查理最厲害的地方，就是每個吻都持續至少一百二十五秒。各位可以想像，隔天早上我被榨得有多乾了。這還只是接吻而已，真正令人「悔不當初」的那一部份，又是另一回事。

過了大約四百五十秒後——這真的有點太長了，我們需要氧氣才能呼吸好嗎——查理終於肯放了我。他往後一倒，躺在枕頭上。

「妳剛要說什麼？」他問。

「我說啊……」

當你發現自己最好的朋友的男友背叛她，他出軌的對象還是你自己時，能說什麼？

「查理！你是茱莉的男朋友耶！」我大吼著，從床上跳了下來。「你跟別人上床，我要去跟她告狀。這是最糟糕的行為！」

「什麼東西？」查理一頭霧水。

「你背著她偷吃，你這個過份的花心男。我跟茱莉有約定，一旦發現對方的男友有別的女人，就會立刻通報對方。」

好朋友之間的協定就像聯合國公約一樣，很難面面俱到。我們當初並沒有講好，萬一那個「別的女人」就是我們倆其中之一的時候該怎麼辦。就算叫聯合國祕書長安南出馬，這件事也無法解決。

「茱莉跟我在巴黎分手了，這妳也知道啊。別鬧了。」查理似乎有些惱怒。

「你們在那裡分手？她在巴黎的時候寫email告訴我，說她跟你一起出遊超開心什麼的。之後我在尼斯機場見到你，那時你也說還跟她在一起。」

「我沒記錯的話，我當時是說，我們把問題解決了。我以為妳知道，我跟她從巴黎之後再也沒見過面。」

我無話可說。這下我該怎麼辦？就算查理不再跟茱莉交往了，情況仍然非常尷尬。愛情戒律第二條第一款規定是：不准碰好友的前男友，除非得到好友允許。

「那我要怎麼跟茱莉說？」我激動地問。

「什麼都不要說。」查理回答。

這就是一夜衝動之後最大的好處：雙方都後悔不已，所以絕對也會守口如瓶。

「好吧。」我說。

「上床來，我們點早餐吃吧。」

嚐過兩塊牛角麵包、兩杯拿鐵、兩百個吻，和至少兩次令人後悔莫及的高潮之後，我們癱在六〇六號房的床上。我還沉浸在暈陶陶的喜悅之中。高潮真的可以解決人生所有的問題。我相信，要是每個人都能經常享受高潮的話，世界上根本不會有以巴衝突的問題。說真的，大家都忙著上床，誰還有時間起衝突呢？

到了十點鐘，我開始擔心，要是再不起床，後悔的一夜會變成後悔的早晨，最後演變成後悔的一天，那時，我就真的後悔莫及了。當天早上我有很多事情要處理：我得先報警、整理凌亂不堪的房子、換門鎖，還有幾百年前就跟茱莉約好要吃中飯。除此之外，幾天以後是我爸的生日派對，這星期五晚上，我就得準備打包離開。

我開始穿上衣服，卻花了好久時間，因為一直被那長達四百五十秒的親吻給打斷。我的衣服穿到一半時，查理的手機響了，他正好在浴室刮鬍子。

「要幫你接嗎？」我喊道。

「好。」他回答。

我接起電話。「喂？」

「嘿，奇怪了，是妳嗎？」是茱莉的聲音。

我當場傻住。他們不是分手了，茱莉怎麼還會打電話給他呢？

「茱莉嗎？」我說。

「對啊，為什麼是妳接查理的手機？」

「呃……這不是查理的手機。妳打錯，打到我這邊了。」

「喔，這樣。等一下在蘇富比見囉？」

「當然。」說完，我立刻掛上電話。剛掛上，電話又響了。來電顯示是一通國際電話，認不出是誰。我接起電話。

「喂？」

「妳是誰？」電話那頭傳來低沉而沙啞的女聲。

「我是查理的朋友。」

「我要跟他說話。」

「麻煩告訴我大名好嗎？」

「我是卡洛琳。」

「妳等等，我去叫他。」

我走進浴室，看到查理滿臉都是刮鬍泡。我手按在話筒上，小聲地說：「是一位叫卡洛琳的女人。」

「喔……妳請她留話好嗎？」他含糊不清地說。

「麻煩妳留個話好嗎，他會回電給妳。」說完，我直接把電話掛了。我知道不干我的事，但卡洛琳是誰？這就是跟大帥哥在床上一起享用可頌麵包的麻煩之處：只要聽到有別的女人存在，你會當場想死。

幾星期以前，茱莉半強迫地要我接受蘇富比公司的邀請，參加一場「午餐會」，目的是慶祝即將舉行的溫莎公爵夫人珠寶拍賣會。蘇富比公司總是有辦法收集到溫莎公爵夫人的私人物品，並且每隔三個月舉行一次拍賣會，內容包羅萬象，有皮草、傢俱、水彩畫、髮夾等，甚至連繡上她名字的埃及棉手帕都可以拿來拍賣。蘇富比吸引全紐約最富有的名媛投入拍賣的方式，就是邀請她們來參加貴賓專屬的鑑賞會，並且提供龍蝦午餐。茱莉不知道被貴賓客戶服務部的哪位職員徹底洗了腦，認為自己非得要擁有一件公爵夫人的卡地亞首飾不可，否則一定會後悔莫及。

我從莫瑟飯店回到家中，找到遺失的手機，打電話報警，然後把凌亂的家整理好之後，已經是接近中午的時間。清點過後，我發現唯一被偷走的東西是栗鼠毛皮大衣。這下可慘了，那件毛衣大衣根本不是我的。范倫鐵諾以後絕對不會願意再把衣服借給我。我在《紐約》雜誌上曾經讀到一篇文章，提到現在有專門鎖定高級訂製服下手的竊賊，而且他們都是受人之託犯案。素以時尚打扮著稱的戴安・索耶（Diane Sawyer）[6]曾是受害者。事件過後，那些獲選為「最佳衣著人士」的明星人人自危，深怕自家的衣櫃會成為歹徒的下個目標。我只剩幾分鐘的時間可以換裝打扮。我連忙套上一件收腰剪裁的亞麻夾克，搭配復古蕾絲裙。十二點四十五分時，我人已經在計程車上，火速趕往位於約克大道上的蘇富比公司。

不出我所料，當計程車轉進第六大道與二十三街的轉角時，我開始感到極度焦慮。糟糕，一夜衝動後的罪惡感來了，而且就快令我招架不住。絕對、絕對不能讓茱莉知道我跟查理發生一夜情。她對前男友有很強的佔有欲。她的報復行為搞不好比葛瑞辰・莎洛普－薩克斯頓還要狠毒。茱莉八年級時曾經和一個男生交往三天。後來，她發現K. K.亞當斯嫁給那位男生之後，從此便不准K. K.再踏進博道夫的美容沙龍一步。這等於是判了她死刑。K. K.永遠沒有機會弄個像樣的髮型，這對她來說真的是極大的羞辱。要是茱莉知道我跟查理的事，她絕對不會再跟我說一句話，也不會把我借她的衣服還給我。唯一令人安慰的是，我知道昨晚的錯誤不會重蹈覆轍。一夜情顧名思義，就是過了一夜就結束，而這也是這類感情遊戲最大的好處。結束之後，一切就像從未發

6 美國ＡＢＣ電視台當家女主播。

生過。我以前有過幾次一夜情的經驗，現在一次也記不得。

蘇富比的午餐會如同被香奈兒粉彩系列珠寶大軍壓境。差不多有二十五位名媛圍坐在餐廳內那一張張大圓桌旁。每張圓桌上都擺滿了以粉鑽、黑珍珠與暗紅寶石裝飾而成的花卉擺設。這類午餐會向來都運用大量珠寶佈置場地，把整間餐廳妝點得如同伊莉莎白．泰勒的閨房。我側身坐到茱莉旁邊的座位上。她穿著夾腳拖鞋，配上鮮紅色的Juicy Couture運動褲，上半身則是一件Taavo設計的粉紅色T恤，上面繡了「我就是紐約」這幾個又紅又閃的大字。

「好無聊喔。」她不出聲地對我說。

我們這桌並非主桌。同桌的其他四位名媛有金柏莉．蓋斯特、阿曼達．菲爾查德、莎莉．溫沃斯和拉拉．盧卡西尼（我記得她是從西班牙來的葡裔美籍公主）。她們正專心討論的話題是，夏天從長島快速道路去南漢普頓度假的時候遇上大塞車，有「多麼痛苦」。有時候，我真替這些名媛感到悲哀。她們都很親切，人也很好，可是常常忘了自己不是媽媽那一輩的人。

茱莉轉過來對我比了個割喉的手勢。她實在無法理解長島快速道路有什麼好煩的，像她一樣坐直升機不就得了。她壓低聲音說：「我真希望現在有人做點蠢事，像是打個架之類的。」

我哈哈大笑。她接著又說：「對了，我今天下午要跟查理見面。他真的好可愛！」

「什麼？」我不可置信地說。

「他在紐約。我們之前通過電話。」

「可是茱莉，我以為妳和查理分手了。」

「什麼？」她大吃一驚，露出狐疑的神情。

「他跟我說你們在巴黎分手。」

「我真不敢相信！他什麼時候跟你說的？」

我想都沒想，就脫口說：「昨晚。」

茱莉的臉霎時漲紅。

「接他手機的人是妳，對不對？妳今天早上跟他在一起。我真不敢相信！」

「妳說什麼？」我說，隨即陷入沉默。

「妳沒有跟他那個……」茱莉一字一句緩慢地說。

「沒有！」我回答，臉紅到不行。

「妳有！我看得出來，妳一副精疲力盡的樣子，但臉上散發著『完事』之後的光采。」

什麼，從我臉上就可以看出我當天早上跟異性接吻四百五十秒嗎？茱莉的第六感還真準。不過，要是像她一樣砸了那麼多錢在靈媒身上，我的第六感肯定也很準。在茱莉面前什麼都藏不住，特別是關於戀情的祕密。

「有什麼啊？」阿曼達客氣地問。

「沒什麼啦。」我說。

「有跟我男友上床啊！」茱莉拉高嗓門。

莎莉和金柏莉正準備把一口美味的龍蝦送到嘴裡。聽到這句話，到了嘴邊的叉子瞬間停了下來。兩個人的嘴巴張得大大的，像兩個小黑洞一樣。

「茱莉……」我開口說。

「妳怎麼可以這麼做！」茱莉憤怒地打斷我。「我再也不要跟妳說話了，也不會把鑽石借給妳。」

茱莉站起身，使勁地把餐巾往桌上一丟，長嘆了一聲，對大家說：「莎莉、阿曼達、拉拉、金柏莉，我要走了。」

茱莉轉身往門口走，同桌的四位名媛全跟了上去。整間餐廳突然靜了下來，所有人的目光都在茱莉身上。她走到門口時，轉身過來瞪著我說：「對了，把我借妳的凡賽斯褲裝還給我。」

奇怪了，那套褲裝明明就是我的，只是她很喜歡，所以一天到晚跟我借。我才剛剛從她那兒拿回來而已。查理怎麼這麼不老實？我怎麼會這麼笨呢？不過，從我最近的情史來看，會落得這種下場，實在不令人意外。

「我要……呃，去一下洗手間。」我起身離開時，對著空氣喃喃地說。

我一踏上外頭的長廊，就聽見房裡七嘴八舌議論紛紛的聲音愈來愈大。茱莉說的對。有人起了紛爭之後，整個午餐會頓時變得有趣多了。

我走出大樓後，立刻打電話到莫瑟飯店給查理。

聽到他的聲音，我憤怒地大吼：「查理！你為什麼騙我？為什麼明明沒跟茱莉分手，卻跟我說分了?你怎麼可以這樣!」

「嘿,冷靜下來。我確實已經跟茱莉分手了啊。」他笑著說。

為什麼他老覺得每件事都很好笑?這樣很變態。

「你在講什麼?茱莉說你們根本沒有分手。」我扯著嗓子,心裡很氣查理,更氣自己。

「妳想知道這一切是怎麼回事嗎?」

「想。」

「在巴黎的時候,我跟茱莉說,我覺得我們不太適合,陶德比較對她的口味,所以我們當朋友就好了。她說不要,而且根本無法接受。我記得她是說,她不准我跟她分手之類的蠢話。然後我就說,隨便妳,我還是要分。只是她堅持不要,我還以為她不是認真的。這簡直是瘋子的行為。」

我不得不承認,查理說的情況確實很有可能發生。別人說分手都沒有用,只有茱莉自己說了才算數。我印象中,以前先說要離開她的人,沒有一個能堅持到最後的,因為這只會讓情況更加惡化而已。茱莉一認真起來,絕對可以使出「致命吸引力」的本領。就算查理已經跟她分手了,她也絕對不會承認,更不會對任何人說。就算查理不再把她當女友看待,茱莉心裡依然認定查理是她的男友。她總是這樣恣意妄為:無法如願以償的時候,只要假裝事情就是如此,到最後就會成真。雖然我覺得查理說的話比較可信,但他們兩個到底有沒有正式分手,已經不是重點了。茱莉現在認定我違反了第二條愛情戒律,完全不可原諒。

「茱莉說她不會再跟我說話了。」

「她總有一天會釋懷的。我不知道妳幹嘛要告訴她，她之前有打給我，我什麼都沒說。」

「她猜到的，她說我一副精疲力盡的樣子。」

「要不要一起吃晚飯？我們應該好好認識一下彼此。我每次見到妳，都是在……呃，『很特殊』的情況下。」

我瞭解他的意思。這個提議很吸引人。我一方面覺得安心，一方面又很興奮，以前從來沒有這種感覺。

「沒辦法耶。」我立刻回答。

像查理這麼迷人的男人邀你吃飯，如果要拒絕的話，就得趁自己還未失去理智之前趕快拒絕。還有，難道查理不知道一夜情顧名思義就是隔天必須結束嗎？不論雙方有沒有產生感情，都應該要裝作什麼事也沒發生，繼續各過各的生活才對，不是嗎？一夜情隔天不應該有晚餐約會的。唉，真可惜。

「唔，希望妳改變心意。我整個晚上都要待在飯店工作，我會在這裡等妳。」

接近傍晚時，我從家裡打電話到茱莉家。我整個下午都很難過，很想要挽回我最好的朋友，我一定得打去道個歉。管家接起電話。

「我可以跟茱莉說話嗎？」我問。

「抱歉，小姐。」

「是急事，她在嗎？」

「是的，小姐。可是她跟我說，如果妳打來的話，要請妳把Hogan的麂皮包包還給她。」

「喔，我知道了。」說完，我不由得難過起來，因為那個包包我愈用愈喜歡，突然覺得好捨不得。「麻煩妳告訴她，我有打來好嗎？」

我頹喪地癱在床上。我做了這麼多蠢事，現在必須付出代價。我好想找人聊聊，但實在沒有臉面對蘿拉或裘琳。她們兩個大概也不會跟我講話了。發現我幹了什麼好事之後，沒有人會願意再跟我說話。我看現在這件事已經人盡皆知了。要在上東城傳八卦的話，去一趟蘇富比午餐會，比寄大量的電子郵件還有效。我覺得自己前途一片黯淡，以後大概只能跟瑪德蓮・克洛夫特做朋友，如果她願意的話。我不是一個傾向自我毀滅的人，可是現在真的覺得自己很像《百憂解女孩》裡面的女主角伊莉莎白・渥茲（Elizabeth Wurtzel）。

躺在床上時，我不禁開始思考，連續後悔兩個晚上，真的會比一個晚上還糟嗎？反正我已經違反了第二條戒律，無論如何都回不了頭。我失去最好的朋友，還在蘇富比餐會的賓客面前鬧了笑話。現在不管我做什麼，都不會比這個情況更糟了。我決定今晚要去莫瑟飯店，給查理一個驚喜。說老實話，我會這麼做，主要是因為我昨晚歷經了有史以來最美好的一場性愛。雖然凡斯勒醫生認為這是不好的預兆，但是要我拒絕跟最棒的性愛對象一起享用晚餐，真的非常、非常困難。事實上，愈危險的事，愈讓人難以抗拒。不論如何，今晚過後，我不可能再跟他發生關係了，我發誓！我真的只是想讓自己開心起來而已。

我低頭看錶：晚上八點，於是趕緊爬下床去搜尋衣櫃。我挑了一件非常適合第二個「後悔之夜」的服裝：Cynthia Rowley紅色小洋裝。這件洋裝非常適合穿去和最棒的性愛對象吃晚飯，因為只要不到三秒鐘就可以脫下來。我套上一雙夾腳拖鞋，把頭髮紮成馬尾，刷了牙，然後出門。

到了莫瑟飯店後，我跟櫃台人員說：「麻煩你跟查理．登朗先生說我到了。他住六〇六號房。」

「六〇六嗎？」櫃台人員問，一邊輸入電腦，「啊……登朗先生已經退房了。」

退房了？查理怎麼能這樣對我？他難道不知道，約女生吃晚餐，女生說「不要」的時候，其實是「也許會去」，也就是「好」的意思嗎？這時，我突然想到，早上有一位叫卡洛琳的女生打給他。我的胃一陣翻攪，好像電梯突然從三十六樓墜落一般。我再也無法承受被人拒絕的感覺。

「你確定嗎？」我問：「他說今晚會待在房裡工作，要我在這裡跟他碰面。」

「我親自幫他退房的。他今天下午就離開，前往歐洲了。」

「有留下任何紙條嗎？」

「很抱歉，沒有。」

11

我從沒想到自己會在莫瑟飯店有這麼深的領悟，因為後來，我猛然發現自己莫名其妙拒絕了一趟私人飛機的邀請。幾天後，就在準備前往倫敦參加我爸的慶生派對前一天，派翠克・薩克斯頓打來。我連招呼都還沒打，他又準備搬出私人飛機那一套來引誘我。

「明天我要去倫敦度週末，妳要不要一起來呢？沒有附帶條件啦。」

我的判定原則是，當你聽到「沒有附帶條件」這幾個字，代表「大條的在後面」。雖然我之前曾說自己不可能拒絕私人飛機的邀請，但這次卻毅然決然地拒絕了。經歷過去幾天的事件之後，搭一趟私人飛機並不會有什麼安慰作用。

「你知道我不能跟你去的，不過還是謝謝你邀請我。」我帶著輕鬆的語氣說。莫瑟飯店那一晚徹底改變了我。

「妳不想去倫敦嗎？倫敦很棒的。」派翠克說。

「我明天晚上就要去，要參加我爸五十歲的慶生會。」

「這樣吧，妳就先去參加派對，然後到克拉瑞芝飯店（Claridges）找我。接著，我會到聖托培去看一艘船。我想買艘馬格奈50（Magnum 50）快艇，聽說可以吸引那些有小麥肌和美腿的超級名模。可以搭快艇在蔚藍海岸上兜風不是很棒嗎？然後，也許我們可以順道往南，入住卡布里島的史卡利那特拉飯店（Scalinatella），那是我最愛的飯店。跟我一起去吧。」

「沒辦法，我要搭別人的飛機。」

「誰的？」派翠克問。

「美國航空。」我驕傲地回答。

原來，拒絕派翠克的邀請一點都不難，連我自己都嚇一跳。我好像完全變了個人似的。

「妳寧可搭商用客機也不搭我的私人飛機嗎？」派翠克非常驚訝。

「我照自己的方式來做比較好。」我這麼告訴他。我心想，我是個獨立的女生，不需要依賴派翠克薩克斯頓這種花花公子。我又補上一句話：「嘿，坐商用飛機去倫敦又不是世界末日。」

不過老實說，在我的內心世界裡，過去幾天宛如世界末日。一夜激情過後，最悲慘的事莫過於悔恨猶在，而激情早已褪去，更可能從此之後再也無法享受到畢生最美好的「巴西」之旅。奇怪的是，我的心情非常低落，這是以往跟其他帥哥發生一夜情後，從來沒有過的感覺。這麼說好了，查理不僅能夠給我最美妙的「巴西」經驗，跟他在一起也像和老朋友相處一樣自在。他的音訊全無，讓我覺得有些痛心。我一直認為查理是個很有禮貌的人。不過，如果他覺得沒必要打電話給我的話，那我也沒必要打給他。

同時，茱莉也不回我的留言。裘琳要我別想太多，她說茱莉正陷入瘋狂熱戀，還跟神祕男友一起出遊去了，而且沒有人知道她的新男友是誰。不管是誰打電話給她，她都不回，甚至連皮膚科醫師也不例外。茱莉還是頭一遭這麼做。不過，我不太相信裘琳的話。事實上，我對茱莉很壞，所以現在受到懲罰是應該的。

我跟派翠克通過電話的那天晚上，我媽打來。當時很晚了，我人也很累。那時候應該是英國時間的凌晨三點，媽聽起來一點睡意都沒有。雖然我很期待回家的日子，但這通電話還是讓我非常不安。

「乖女兒！」我接起電話後，她興奮地叫道。「我希望妳沒忘記妳爸的慶生會。我留了三通留言給茱莉．博道夫，邀請她一起來參加。妳知道妳爸很喜歡她的。不過她到現在都沒回我電話。她會來嗎？」

「媽，我不知道。」我回答。

「妳是怎麼了？打算在家裡待多久呢？」

「我星期六到，星期一就要走了。下星期有篇報導要交。」

「才回來三天！妳再繼續這麼努力工作的話，就要變成貝里．狄勒（Barry Diller）[1]了，事業不是人生的全部，反正，我在客房裡替妳準備了世界上最棒的床單。愛爾蘭的寢具把普翠仕（Pratesi）[2]整個比下去了。美國人在寢具這方面，就是沒有我們英國人在行……」

---

1 美國媒體大亨，曾任派拉蒙與福斯電視台的執行長，現為互動網路集團（IAC）的董事長兼執行長。

2 被譽為最昂貴的義大利寢具，也是許多皇室貴族的最愛。

「媽，妳是美國人。」我提醒她。

「我骨子有著英國貴婦的靈魂，只是被困在美國女人的身體裡，就像變性人一樣。這是瑜伽老師告訴我的。重點是，我聽說他們一家人回來了，回來得正是時候，妳說對不對？」

「誰一家人？」

「史威爾啊，女兒。我想，妳可以找機會見見小伯爵。大家都說他很迷人，比威廉和哈利王子兩個人加起來還要帥。」

有時候我真的很想「休了」自己的母親。我們跟鄰居之間有太多「無法彌補的分歧」，這我絕對可以如數家珍。茱兒·巴莉摩就成功地休了自己的父母[3]。

「媽，妳還記得我們跟史威爾一家人感情不大好吧？」

「女兒，我不希望妳再次錯過認識他的機會。」

「除了找男人之外，人生還有很多事情要思考。」我激動地說（可是，我坦白說，我和絕大多數的紐約女生一樣，百分之九十五的時間都在想著找男人的事。我們不會公開承認這一點，所以都對外聲稱自己把心力放在工作上，聽起來比較得體。不過，我也發現，愈是工作狂的女生，想男人也想得愈凶）。

「我打算在花園裡架帳篷。當年賈桂琳·甘迺迪也是在白宮的草坪上辦派對。福諾拉伯爵夫婦答應我們這麼做，我高興極了。氣象預報說會下雨，不過他們從來沒準過。」

3這裡指的是茱兒·巴莉摩還是童星時演的一部電影，叫《*Irreconcilable Differences*》（直譯為「無法彌補的差異」，中譯名稱為「舞台」）。茱兒飾演一對夫婦的女兒，因為受不了父母長年失和，最後決定「休了」父母。

我媽最會自欺欺人。我爸每年生日都下雨。沒有一個英國人生日當天不下雨的，就連英國女王也不例外。

「好了，媽，我們星期六見。我會在希斯洛機場租車，然後直接開車下去，大概下午到吧。」

「太好了。對了，記得化點妝來參加派對，用我在蘭蔻買給妳的那組好用粉底，就是伊莎貝兒．羅塞里妮（Isabella Rossellini）[4]代言的那款。妳要是沒化妝，妳爸會很失望的。」

「我盡量。」我撒了謊。媽不知道，除了她以外，現在這種時代，白天還在擦粉底的人大概只有瓊安．柯林斯（Joan Collins）[5]。

隔天早上，我開始整理行李準備回英國時，發現自己必須想辦法振作起來。不論目前的情況多麼糟，我都不能哭喪著臉回去參加爸的慶生會，不然就太自私了。我知道黑珍珠娜歐蜜．坎貝兒經常幹這種事，可是沒人能奈她何，她可是擁有一副二號的好身材。我因為極度絕望、缺乏安全感，又很久沒有享受高潮，所以才會在莫瑟飯店做出衝動的行為。現在我得為此付出代價。在這之前，我笨到先後跟一位粗魯的渾蛋、一位天生的說謊高手，和一位有個「致命吸引力」太太的職業花花公子交往。不僅如此，我還跟最好朋友的前男友上床，完事之後，他立刻消失得無影無蹤。看來，我這輩子註定要過著孤獨的生活……呃，至少下星期是如此。我只能試著往好的

---

4 義大利女演員與模特兒，也是知名演員英格麗．褒曼與著名導演羅伯特．羅塞里尼的女兒。
5 英國知名女演員與作家，曾主演《朝代》影集。

方面想，希望能盡快跟茱莉和好，我相信，她遲早有一天會來跟我借那套凡賽斯的褲裝。星期五晚上，在前往甘迺迪機場搭飛機的途中，我下定決心要因為擁有而滿足，不因匱乏而哀怨。比方說，我現在能夠擁有這麼多馬克・賈柏斯的服裝，不知道是多少女孩的夢想。

世界上最令人沮喪的事，莫過於晚上十點被困在甘迺迪機場安檢區的人龍中，前面還有一位先生，不知道為什麼非得背著四台手提電腦，得一台一台從袋子裡拿出來，放在塑膠盒子裡，經過掃描檢查，再一一放回原來的手提袋中。遇到這種狀況，只會讓人覺得，要是當初自己沒有改變，那該多好。你如果決心要改變自己，也要看情況，有些壞習慣最好還是不要改。譬如說，拒絕一趟私人飛機的邀請，真的是件很蠢的事。聽我的話，千萬別這麼做。

隔天早上十一點，我抵達希斯洛機場。去赫茲租車的櫃台領車之前，我先到洗手間去換裝。心裡痛苦歸痛苦，我可沒打算帶著頹喪的樣子回家。一夜情過後，把自己的外表打理好，會有很大的鼓勵作用。你們看伊莉莎白・赫莉就好，她每次分手之後，眉毛就修得更漂亮。她總是盛裝出席一些在英國鄉間舉辦的大型活動，像是馬球賽或是打著休・葛蘭名號的板球賽。我決定仿傚她，所以就在廁所裡換上一件非常精緻的喀什米爾羊毛橘色上衣（DKNY），下半身搭的是米白色的窄管褲（Joie）。另外搭配的配件有一條褐色皮帶、金色垂墜耳環、淡綠色配金色細緻低跟的Jimmy Choo涼鞋，和一只斑馬紋的帆布肩背包。我覺得這身打扮隨性又不失伊莉莎白・赫莉式的時尚。這樣一來，沒有人會知道我在紐約過了整整三天非人的生活。

這身裝扮不是太適合英國的鄉間，但我並沒有打算要到鄉下走走逛逛。我唯一需要走路的時間，就是停好車，走到家裡的這段距離，只有這個時候有可能傷了鞋子，但機率非常低。我媽幾年前就已經請人把我家前面的車道鋪上柏油。她知道雖然碎石子路極具英國風味，也比柏油路高尚，但卻很容易損壞她最愛的那雙黃白相間的香奈兒高跟鞋。

英國的溫暖夏日是最宜人的，即使是海角飯店的濱海游泳池也比不上。不過，如果是拿慕斯提克島上的馬卡羅尼海灘來比，那可能就另當別論了。

兩個小時後，我開著租來的雷諾Clio小車下了高速公路，開進一段狹窄而崎嶇的巷道，往史提布里村莊駛去。路旁的峨參與荊棘叢生，輕撫過車子的後照鏡。英國人對修剪這回事實在不太在行，不論是自家的樹籬或是手上的指甲都是如此。我穿越頹圮的農場圍牆，開進一個滿是茅草屋的村莊，沿路看到的花草壇一家比一家豔麗。英國人十分沉迷於花壇造景，英國的週日報紙甚至有一整欄都是花壇園藝的報導。整條路上唯一刺眼的東西，是偶爾會看到一塊牌子上寫著「公廁」，底下有個箭頭指向骯髒的臨時廁所。

到了下午兩點，我離家大約還有二十五公里，看到路旁的牌子寫著「歡迎來到高原上的史提布里教區」。英國的鄉間美麗依舊，唯一破壞美景的是一棟相當眼熟的殘破建築，在維多利亞時期，那曾是一間醫院。大門上掛了一塊板子，上頭寫著：聖安格尼斯婦女庇護所。這些年來，這裡主要收容了受虐婦女與單親媽媽。我小時候曾經看到一些年輕女子在村裡漫無目的地閒晃。史提布里只要一有傳染病，她們立刻成為眾矢之的，背負莫虛有的罪名，連教堂尖塔上的風向儀掉下來，都會怪到她們頭上。

繼續往前開了幾十公里後，我把車速放慢，駛進一個急轉彎。這時，我的Clio顫抖了幾下之後，突然停止不動了。我拉上手煞車，打到空檔，再發動車子。引擎轉了好幾轉，但就是發動不了。我再試了一次，還是一樣。我想我大概試了有十分鐘之久，依舊徒勞無功。

我頹喪地讓車子滑行到路邊的草叢旁停下來，然後下了車，癱坐在引擎蓋上，以搖滾歌手凱莉·奧斯朋（Kelly Osbourne）之姿大生悶氣。這下可好了，我要怎麼回家呢？手機不通（我煩悶地心想：唉，早就該換成三頻了），方圓百里之內沒有一間房子，也沒有一點人影。唯一的聲音，是微風輕拂過大麥田的沙沙聲。這時，我真的很後悔沒有跟超級名模一起擠在派翠克·薩克斯頓的快艇後面，就算這兩位名模老是在談自己有多「胖」這種討人厭的話題，我也無所謂。不過，我還是提醒自己說，我已經不再是以前那個我了。現在看來也只能走路了。

我戴上太陽眼睛，從前座抓了包包，把車門鎖上，然後順著坡路往下走。我一面走，一面心想：我敢保證，伊莉莎白·赫莉的車絕對沒有在英國鄉間拋錨過。她要是像我一樣蠢到相信赫茲租車公司沒問題的話，根本不可能保持一張雅詩蘭黛廣告中那樣完美的臉龐[6]。她八成是搭直昇機，不到幾秒鐘就可以直達英國鄉間。走沒幾十公尺，我忽然聽到耳後傳來引擎聲，是一台老舊的拖拉機，後方載著滿滿的牲畜。駕駛是一位年輕的小男生，也許可以求他載我回家。拖拉機漸

---

6 伊莉莎白·赫莉為雅詩蘭黛化妝品牌的代言人。

漸接近時，我向他招了招手。車子在我身旁戛然停止。我注意到，拖拉機斑駁的藍色油漆上覆蓋著一層灰和些許乾草。

「妳還好嗎？」小男生問。

哇，他好可愛。他有一頭深色的捲髮，穿著紅色T恤、沾滿泥土的牛仔褲和破舊的登山靴。簡直就是走奧蘭多．布魯的風格嘛。看到他的當下，我的凱莉．奧斯朋脾氣全消了。

「我很好。」我對著他微笑，不知道還能說什麼好。

「拋錨了嗎？」

「對啊。」我回答，一邊用手指撥弄髮尾。我知道這位農場小工人大概不超過十九歲，但我就是忍不住想小小逗他一下（這跟認真的挑逗不一樣。當你真的使出挑逗的本領時，心裡早已預期有下一步進展，所以會先做好巴西式除毛之類的準備工作）。

「要幫忙嗎？」他問。噢，我好愛英國男生說話只說四個字，讓我想起《咆哮山莊》的主角希斯克里夫（Heathcliff）這類人物。

「你能不能載我回家？」

「要去哪兒？」

「故居，在史提布里。」

「有點遠。載了一堆小母牛，」他指了指後方的拖車，「不過我可以把妳載到農場，他們會借電話給妳。」

「好吧。」我說。爸應該可以來接我吧。

這位奧蘭多——其實他的真名叫戴夫，可是我喜歡這樣叫他——伸出手拉了我一把，讓我坐到他旁邊的位置。他點了捲煙草，發動引擎，我們就嘎嘎地上路了。我只能說，一切都要感謝赫茲這間爛租車公司。我好高興能坐在戴夫的旁邊，開心到連他拉我上車時，我的米白色褲子不小心沾到一大片油污都沒注意到，也沒發現我美麗的鞋子正踩在一捆乾草上，蒙了一層灰。

又開了幾公里路左右，戴夫把拖拉機停在一道柵欄前，一條小徑蜿蜒而上，通往一個小山丘。放眼所及，並沒有農場的蹤跡，唯一有跡可尋的，是一群放牧在草地上的綿羊。

「農場就在那兒。」他朝著山丘的方向點了點頭，「大概再五百公尺左右吧。」

「唉唉咿呀！」我驚呼一聲。戴夫顯然一點都不瞭解Jimmy Choo的鞋子。穿它們家的鞋子走五公尺還行，五百公尺就別說了。

「妳可以嗎？」

「當然。」我不情願地從拖拉機上下來，「謝謝。」

戴夫離開以後，我手腳並用地爬上圍欄，跨到另一邊，落地的時候聽到啪吱一聲。低頭一看，我心愛的鞋子外圍沾了一圈黏呼呼的污泥。美國人永遠搞不懂英國的地方就在這裡——就算天氣炎熱，地上仍隨處都有一灘泥淖。表面上看起來很美的地方，卻可能處處是地雷。事實上，英國的情景比較像《咆哮山莊》，而不像《艾瑪》。我氣喘吁吁地爬上山坡時，心想：老天，之前說什麼英國的鄉間比海角飯店還好的鬼話，我全部收回。一點都不好，我打死都不要再來了。

爬上山坡頂後，眼前有扇木門，還有一條通往小徑的叉路。山腳下有條蜿蜒的小河，不時綴以矮樹叢叢或綿羊群群。往右望去，穀倉與農場的建築依稀可見。往左望去，一棟巨大的房舍座落在一望無際的綠地中。我心想，那應該就是史威爾城堡吧。鄰近的農場大概都是他們的資產。我必須承認，它確實頗有電影《謎霧莊園》的味道，比我小時候印象中氣派多了。當然，它現在看起來一點都不像城堡，倒像棟普通的別墅。不過，英國就是如此。沒有人會稱自己的房子為房，而非要叫苑、莊園、宮殿或城堡不可。我覺得，他們會這麼做，純粹是為了混淆外國人。

史威爾城堡真的美極了，讓我幾乎要忘卻對鄉下別墅的恐懼。整棟房屋以淡褐色的石材砌成，是少數幾間保有英國十八世紀帕拉底奧風格（Palladian）的美麗建築，也就是看起來像一間完美的洋娃娃屋，只是兩旁多了巨大的側廳。從這裡瞧進去，我可以看見遠處有個小湖和井然有序的花園。我就站在原地癡癡望著城堡好一會兒。當下，我似乎可以體會那些棕色招牌迷的心情（紐約和巴黎還是有一堆這種人，只是他們大都偽裝成LV的設計師，這的確是很好的掩飾）。

爸媽現在一定在想我到底去哪兒了。我又回頭望了農場建築一眼。農場似乎比城堡近些，可是，對我這樣的女生來說，滿是泥濘的農場跟城堡，我當然選城堡。雖然老媽過去二十年來，天天都在我耳邊叨唸有關這座城堡的事，我依然對它有那麼點好奇。我可以跟他們借電話，然後趁著等老爸來接我的時候偷偷瞄一下裡面長什麼樣子。沒有人會知道我是誰，我的意思是，我不需要跟他們說，我就是幾百年前賣齊本德爾假貨給他們的那位鄰居的女兒。

我轉頭沿著一條通往城堡的泥徑往下走。待會兒說不定還會碰見小伯爵，不過遇不遇得見他也不是那麼重要，搞不好他頭髮漸禿，還穿著刺眼的粉紅色燈芯絨褲和圓點襪子。貴公子都好愛這麼打扮。走沒多久，小徑的盡頭即連結到碎石子鋪成的車道。我舉步維艱地往上踩著，小心翼翼地通過一塊阻擋牲畜的溝柵（穿著Jimmy Choo當然是寸步難行，不過還是勉強過得了）。城堡前的綠地美不勝收。我真的好崇拜布朗大師打造的英式花園，你們也是吧？

來到城堡大門前時，我發現上頭漆有金色與藍色相間的徽章。這就是英國貴族的毛病，他們怕城堡威嚇不了人，就再加上這些徽章讓你心生恐懼，難怪英國老百姓普遍沒什麼自尊。我拉起石像鬼形狀的門環，緊張地敲了敲。

我呆站在門前好幾分鐘，跟門上的石像鬼對望。沒有人應門，大概沒人在家吧。車道上半台車也沒有，不過這也很難說，英國人有個怪癖，就是很愛把車子藏在石牆後或穀倉裡，連奧迪這樣的好車也不例外。原因有二：一是不想遮住美景，二是不想讓人覺得愛現。我再用力敲了一下門，這次更大聲，但還是沒有人來。

我實在沒有力氣再往農場走了。腳上的Jimmy Choo一如以往，把我的腳勒得緊緊的，幾乎快要失去知覺。我抓住門把一轉，不出所料，門沒鎖。英國貴族通常都不會鎖上前門，以為自己是住在鱈魚岬那種地方。

我走進又深又長的大廳，天花板上有層層疊疊的飛簷裝飾，讓我宛如置身在多層次的結婚蛋糕之中。老天，光是清理這個地方，就會讓瑪莎．史都華煩惱到死了。

「你好，」我大喊，「有人在嗎？」

我等人回應時順便脫了鞋子，冰涼的石地板正好可以舒緩我腫脹的雙腳。四周一片寂靜，只有壁爐上方那座金色時鐘發出清晰的滴答聲。沒有半個人現身。我想這間房子一定大到有許多出入口，所以即使有人在家，也不見得知道誰進誰出，很像住在敘利亞的邊境，只是少了恐怖份子的威脅。

我應該可以自行找到電話，然後偷偷參觀一下。我打開大廳左側一扇雕刻精美的大門，走進一間餐廳。牆上掛了一整排史威爾家族的畫像，每個人都是一臉慘白，看起來像鬼魂一樣恐怖。他們真的需要做一點仿曬才行。有時候，我真的很難想像十八世紀的女生到底是怎麼過的。你想想看，沒有芭比布朗的古銅色蜜粉，也沒有蘭蔻的十二色果凍亮唇蜜，那怎麼能活呢？唯一能讓我確定自己並非置身於一七六〇年的一樣東西，就是房間盡頭的投影機和螢幕，這裡一定是「會議中心」。

我看著看著分了心，但想到得先找到電話才行，所以又回到大廳裡。樓梯的入口處掛了條紅絨繩，上面有塊牌子，寫著「非請勿入」。我想這是寫給那些來開會的人看的。你也知道我，我是那種看到紅絨繩擋住就非要闖進去不可的人。我從繩子下方鑽過去，然後迅速地爬上樓。在樓上也許可以找到一間擺了電話的書房。

來到第二層樓之後，眼前是一條直通到底的長廊，兩旁有許多房間。我打開第一扇門，瞥見裡頭有張四腳床，床架上方掛著綴有流蘇的中國絲床幔。我躡手躡腳地走了進去。床幔後方藏了一幅小畫像，上面是一位穿著花朵圖案衣服的少女。看起來跟弗立克美術館裡收藏的福納哥拉德（Fragonards）系列作品很像。我想這幅應該是真畫。這些富有的英國貴族都很喜歡睡在「老大師」（Old Master）[7]名畫的下方。

打開長廊盡頭的最後一扇門，是一間氣派的書房。我偷偷溜了進去，想說裡面一定會有電

7 指的是十七世紀以前歐洲的著名畫家，如達文西、拉斐爾、杜勒、魯本斯、哥雅等。

話。我現在真的好想回家。書房的後牆有一整面的書櫃，上頭擺滿一排排皮革裝訂的藏書，另一邊則有大理石砌成的巨大壁爐。壁爐上方掛了一幅義大利風景畫。畫的下方有一個金色小標籤，上面寫著：卡納萊托（Canaletto）8。我真的搞不懂這些英國人，他們老是批評美國人多麼奢侈浪費，但私底下卻把自己的家弄得跟拉斯維加斯的百樂宮一樣豪華。

書房另一頭有張三腳鋼琴，上面擺滿了老舊的家族黑白照。旁邊還有張胡桃木書桌。桌上堆了一疊疊的紙張，凌亂不堪，不過從縫隙中依稀可以看到下方有台老式的黑色電話。

我走到書桌前拿起電話，撥電話回家的時候，注意到邊桌上有個橢圓形的金色藥盒。盒蓋的材質是琺瑯瓷，繪有英國戰役的圖樣，畫工極為精細。我拾起盒子，仔細地觀察那鑲有珠寶的扣環。邊桌上至少還有十幾個小小的珠寶壺或裝飾品。英國人最會收藏這些小玩意，眼光好得沒話說。我家電話已經響了好幾聲，為什麼沒有人接呢？

「妳有什麼事嗎？」身後傳來帶有英國口音的聲音。

我嚇得跳了起來，手一鬆，話筒掉落到地上。一位駝背的老人走到我面前，滿臉皺紋，看起來比房裡的古董還老。老人身穿一件破舊的黑色夾克和細直條紋長褲。真高興知道還是有人不穿J. Crew。我不想讓他看見我手裡拿著藥盒，所以趕緊把它塞進口袋裡，打算等一下再放回原處。

「喔，嗨。」我有些上氣不接下氣，「你是誰？」

「我是史威爾的管家。妳在這兒做什麼？」他從頭到腳地仔細打量我，一臉嫌惡地瞪著我骯

8 十八世紀義大利威尼斯的著名畫家，擅長風景畫。

髒、光溜溜的雙腳。

「老天，呃，我的車在小路上拋錨了。我想找電話。」我緊張地撿起地上的話筒。「我爸媽住在故居。」

「我得通知史威爾伯爵，請等等。」說完，他迅速離開房間。

管家關上門時，我聽到鎖門的聲音。天啊，他一定以為我是小偷。我拿起電話，再次撥回家。這次才響了一聲就有人接起。

「媽？」

「嘿！小妞，妳怎麼樣啊？」

「茱莉？」

「英國的鄉下實在很不錯，可是我在倫敦遇到的英國人都很可怕，他們居然不知道芭芭拉・華特斯（Barbara Walters）[9]是誰。妳想不到我會在你們家吧？」

那我們之前翻臉的事還算數嗎？還有茱莉的祕密戀情呢？

「妳來參加我爸的慶生會嗎？」我不可置信地問。

「喔，我不只是來參加慶生會。妳一定不相信，我是來試婚紗的！而且是Alexander McQueen本人幫我試穿喔。然後呢，妳媽就打電話來，要我來參加妳爸這個什麼鬼派對。」

「妳要結婚了？跟誰啊？」

9美國知名女主播與脫口秀主持人。

「亨利・哈奈特。妳一定想不到吧！開完讀書會後，他帶我去喝貝里尼。從那時候開始，我們就在一起了。其他那些男友我都分了，可憐的陶德也是。亨利真的好帥又有錢，超正的。他是哈奈特鋼鐵家族的人，可是非常低調。他覺得我是世界上最好笑的人。妳都不知道，我跟他真的有好多共通點。妳人到底在哪裡啊？大家都在等妳耶。對了，我又願意跟妳說話了，以前那些事都算了，我原諒妳。」

茱莉就是這樣的人。像她這麼得寵又任性的人，竟然願意原諒朋友犯的錯，可以說是非常寬宏大量。這就是她最好的地方。她有嚴重的注意力集中缺乏症，所以不管有什麼怨恨都維持不了幾天。

「恭喜妳！妳跟我爸說，我人在城堡這裡，他得來接我。」

「妳在隔壁的城堡？喔天啊，真羨慕妳。裡面的裝潢是不是美翻了？還是像白金漢宮一樣遜呢？我聽說皇室成員的品味糟到不能再糟。」

「茱莉！妳叫我爸過來就對了。我的車拋錨，只好闖進這裡打電話。他們以為我是來偷東西的。」

「他們是不是到處都擺了荷蘭的代夫特（Delft）瓷器，還有一堆男僕呢？」

「茱莉！」

「好啦，隨便。我會跟他說啦。對了，我的婚禮預計在明年夏天舉行，訂在六月十四號。妳要來當我的伴娘。」

我把電話放下。茱莉訂婚了？結婚日期也訂好了？這些訂了婚的人難道不知道，對我們這種沒有未婚夫的人來說，用不著他們閃電宣佈婚訊，我們就已經夠痛苦了嗎？一切來得這麼突然，我只能希望她的選擇是對的。我走到鎖住的門前，不死心地轉了轉門把，最後還是放棄，然後在門邊一塊織錦小凳上坐了下來。我繃緊神經，把耳朵貼到鑰匙孔上，注意聽著外面的動靜。我隱隱約約聽到管家說：「……說她車子拋錨……看起來像個吉普賽人……衣服很骯髒，搞不好是從那間庇護所裡跑出來的受虐單親媽媽……腳上還沒穿鞋呢……」

我低頭看了看身上污點斑斑的衣服和髒兮兮的光腳丫。真的很悲哀，虧我之前還打扮得這麼光鮮亮麗。我相信，伊莉莎白．赫莉來到鄉下的時候，絕對不會把自己搞成這副德性。

「……她一定是闖進來的……我已經報警了。很抱歉。」

報警？我開始使勁地敲門。

「嘿！讓我出去！」我大吼。

幾分鐘後，傳來用鑰匙開鎖的聲音。我敢保證，你絕對不會相信接下來發生了什麼事，這一切就像麥可．傑克森公開否認自己沒有動過整形手術一樣可笑。管家開門走了進來，跟在他身後的是——我發誓我絕對沒說謊——查理．登朗！一夜情的麻煩又來了：你明明很想再見到當晚的那個人，但真的見到面時，又必定尷尬到不行；尤其是當你們最後一次見面時，他的頭是擺在查德以前最愛的部位上。最討人厭的是，查理看起來還是好帥。他穿著仿舊質感的燈芯絨褲配上T恤，一身洛杉磯的標準裝扮。一見到他，我的血糖立刻降了好幾公里，差點快要暈倒了。查理見到我的時候同樣驚訝萬分。

「妳的衣服怎麼弄成這個樣子？」他說。

我有好一會兒說不出話來。每次看到查理，我都一身狼狽。倒是他，跑到史威爾家做什麼？我這輩子沒覺得自己這麼蠢過。不過，這次我火了。

「你在乎嗎？」我嗆了回去。「你就這樣消失不見，連句再見也沒說，一點禮貌都沒有。」

「您認識這位小姐？」管家問。

「是的。」查理回答，直直地盯著我看。

我把目光移走，不敢看著他，繼續跟他四目相交，我不是整個人癱軟，就是會哭出來。還有，更慘的是，我已經在想，不知道英國有沒有「過夜用品」這種東西。這時，大家陷入靜默，氣氛相當緊繃。管家終於打破沉默：「我幫您的朋友倒杯雪莉酒好嗎？」

「我比較想喝貝里尼。」我開心地要求。

「她喝茶就好。」查理說。

我沒有要分析別人的意思，可是有些人就是死性不改。查理從以前到現在都對貝里尼很有意見。

「沒問題。」管家回答，隨即快步走出書房。

「我們好像每次都在很奇怪的地方巧遇。妳是不是可以告訴我，妳跑到這裡做什麼？」查理靠在卡納萊托名畫前方的壁爐台上對我說話。

天啊，他真的帥翻了。可是，有卡納萊托的畫作為背景，誰不迷人呢？我還是很生氣。為什麼每次查理在的時候，我都覺得自己像個被人責罵的學生呢？

「我爸媽就住在這條路再過去一點的地方。我回來參加爸爸的五十歲慶生會，結果租來的爛車在半路拋錨了，我只是想找電話打回家。那你在史威爾家做什麼？你認識伯爵嗎？」

查理頓了一下，「我就是伯爵。」

「你說什麼？」

「這故事很長。星期一我這麼匆忙離開紐約，就是因為我父親去世了。我母親卡洛琳一聽到消息就打電話給我，妳不記得她有打給我嗎？我搭最早的一班飛機回來，繼承了父親的頭銜。」

我花了好一會兒工夫才搞懂整個狀況。那位神祕女子卡洛琳，居然是查理很少見面的母親。原來他沒有另外一個女人，我頓時鬆了一口氣。

「天啊，我很抱歉。」我說。

我覺得很難為情。我為了一夜情的事跟查理嘔氣，對他不客氣，又闖進他們家，結果原來他父親去世了。過去這幾天，他一定很不好受。

「查理，你還好嗎？」

「還可以。我老爸是個怪老頭，脾氣很古怪。我們沒有那麼親，不過我還是很難過。」

「為什麼你從來沒提過這些事呢？」

「我們都住在美國。我父親從來沒跟人講過他是伯爵，他只用了登朗這個姓而已。在洛杉磯，沒有人會到處宣傳自己是英國來的什麼貴族。還有，我也不知道父親還保留著這裡的產業，他從來沒提過。他去世之後，我才知道自己繼承了這裡的資產。我作夢都沒想過，對這個地方也沒有什麼感情，六歲以後就再也沒回來過了。我自己也很震驚。」

為什麼一夜情到最後都會演變成比想像中複雜一百倍的狀況呢？我要是沒聽錯的話，眼前這位一夜情先生，就是我媽老是掛在嘴邊的小伯爵，也就是那位「鄰家男孩」。我以為查理只是個普通的好男人，沒想到他居然是含著金湯匙出身的貴公子。他這樣把我唬得一愣一愣的，還敢說我任性！我比較喜歡他以前的身份，只是個從洛杉磯來的，沒什麼名氣的電影導演。

這時，門口傳來一陣高跟鞋的喀喀聲，一位有點年紀，但依然魅力十足的婦女走進書房。她下半身穿著一件緊身的深藍色馬褲，腳上是一雙沾了泥土的高統靴，而上半身則是搭配男用的白色襯衫。棕色的頭髮用髮網紮成一個髻，貼在頸背上。她這身勁裝打扮，活像Ralph Lauren廣告中的造型，而且更加出色。

「我是卡洛琳，是查理的母親。妳是從庇護所裡出來的小姐吧？」她看著我說。

這時，我突然想起我媽跟查理的母親，也就是史威爾伯爵夫人，先前結下的樑子。我心想，完蛋了，這下子肯定會很尷尬。

「媽！」查理解釋，「她是我在美國的朋友，她父母住在故居。」

我頓時僵住，伯爵夫人臉色一緊。我跟她都心知肚明，她知道我就是賣假貨那一家人的女兒。

「有什麼問題嗎？」查理問。

「唉，誰說住在鄉下很清靜的啊？我這輩子沒這麼操過這雙腿呢。」伯爵夫人立即轉了個話題。她在我正對面一張路易王朝風格的椅子上坐了下來，一臉不悅。「在這個家，不管要走到哪個地方，都得花上半個小時。」

敞開的門上傳來敲門聲，管家捧著裝滿茶具的銀色托盤走進來。

「小姐，您母親來了，她來接您回家。」管家說，同時把托盤放在卡洛琳面前。

「乖女兒！我堅持要過來接妳呢。」我媽扯著嗓子，大搖大擺地走進房間，後頭跟著茱莉。

「妳爸得去城裡拿明天派對要用的酒，不然他也會一起來。」

媽穿著她最愛的那件粉紅色洋裝。嚇人的是，她的頸部還別了蛋白石的胸針。我媽通常只有在特殊場合才會別那只胸針，譬如說參加安妮公主的生日派對之類的。她走到我面前，用力地擁抱我，差點讓我喘不過氣來。雖然我很高興見到她，但我也擔心現在並不是她這個大麻煩出現的好時機。

「喔，我的老天，看看妳！妳看起來像那個瘋人院裡的受虐婦女。我拜託妳，明天記得穿鞋參加妳爸的慶生會。啊，小伯爵！」她轉過身去面對查理，「很抱歉聽到你爸爸的事，太令人傷心了，村裡每個人都替你難過。我是你的鄰居。」她對查理伸出一隻手，然後屈膝行禮（我發誓她真的這麼做。天啊，我好想死喔）。

「謝謝。」查理一臉茫然。

「哎呀，伯爵夫人，好久不見了，很高興再次見到妳。」我媽轉頭對卡洛琳打招呼，但她卻連理都不想理我媽。「這位是茱莉．博道夫……」

「嘿，親愛的！」茱莉打斷我媽的話，快步走過來，給我個擁抱。她先秀出一身在南漢普頓曬得發亮的健康膚色，再給我看手上那只閃亮的公主方切割（她是公主嘛）訂婚鑽戒，還有我從未見過的淡紫色亮面洋裝。「Prada在一九九四年出的古董洋裝。怎麼樣，很美吧？」

茱莉變了。這些公園大道公主都有個共識，那就是穿二手店裡的衣服會得傳染病。我還記得，有一次我們到百老滙大道上，一間名為「愛麗絲地底探險」（Alice's Underground）的二手店去。我試穿了一條七〇年代的Levi's男生牛仔褲，之後茱莉有好幾天都不敢碰我，深怕褲子的主人有B型肝炎。

「美！」我回答，一邊親吻茱莉的臉頰，同時跟她耳語：「他說他就是伯爵，還有這個地方是他的。好奇怪喔。」

「不會吧！」她低聲回答。接著，她一個箭步跑到查理面前大喊：「噢，我親愛的！」她牢牢地吻在查理的嘴上，大約持續五秒過後才放開他，眼睛直盯著他身後的名畫。

「查理，你都沒說過你有私下收藏卡納萊特！」她驚呼。「哇，這房子要是位於南漢普頓的黃金地段琴酒巷（Gin Lane），肯定價值好幾億美金。你有沒有想過賣掉這裡，然後買下西班牙的伊比薩（Ibiza）小島之類的？」

「嗨，茱莉！」茱莉放開他時，他說。

「你們認識嗎？」我媽驚訝地問。

「很熟喔。」茱莉語帶暗示。

「你見過我可愛的女兒了嗎？」媽把我拉到查理面前，「她平常不是這個樣子的。她要是上點粉底、撲點粉的話，是很漂亮的喔。」

「媽！」我大叫。

「我們其實是老朋友。」查理有點不好意思。

「朋友！你們倆嗎？哎呀，我真是太開心了！」

「妳不知道，這兩個人可熟了。」茱莉對我媽眨了眨眼，「熟到妳無法想像。」

「噢，我的老天！他們真的是天生一對。乖女兒，我不是常跟妳說要找個鄰家男孩嗎？」媽興奮得兩頰泛紅。她先是看了看查理，再把目光轉到我身上，然後又看了看查理。「噢！真是個大帥哥。告訴我，你是不是繼承了所有財產啊？」

「媽！不要這樣。」

老媽真的應該去看一下凡斯勒醫生，除了做做阿法貝塔煥膚之外，還可以順便徹底改造她的個性。我朝查理望去。他這麼樂天派的人也變了樣。他面無表情，驚訝得目光呆滯，好像在說：這個可怕的女人是誰？我得趕快把我媽帶走，免得她惹出更大的麻煩。

「查理，大家都說你擁有半個蘇格蘭，是真的嗎？我覺得超酷的耶。你是個真男人。」茱莉說。

「媽，我們該走了。」我的語氣堅定。

「小伯爵，很希望你明天能來參加我先生彼得的五十歲慶生會。你肯賞光的話，我榮幸之至。」媽繼續說，完全不理會我。

「查理明天很忙。」卡洛琳斬釘截鐵地拒絕。「他整天都要陪我，我星期一就要回瑞士的家了。」

「妳也一起來啊，伯爵夫人。我們兩家人能有機會聚聚，是多開心的事啊。」

「我們跟你們沒什麼好聚的。」卡洛琳冷冷地說，說完便轉頭去為自己斟茶。

空氣頓時降至冰點。卡洛琳跟我媽兩個人像冰山一樣，僵住不動。

「有什麼問題嗎？」查理問。

「沒什麼大不了的，都過去了。」媽的神色有些慌張。

「到底是什麼事？告訴我。」查理堅持著。

「查理，他們是全村最沒水準的一家，很不可靠又不老實。我不希望你跟他們來往。」伯爵夫人說話時不帶任何情緒。

「伯爵夫人！」媽驚呼。

「我覺得現在好像在看《福塞特世家》（The Forsyte Saga）[10]喔！」茱莉一副準備看好戲的樣子。

我得立刻插手，免得情況愈變愈糟。「查理，大概兩百年前吧，我爸賣給你爸一些假的齊本德爾椅子。我爸後來認錯道歉，但我們兩家人也結下樑子，從此不再往來。」我把原委說了出來。現在回頭看，竟然是這麼的可笑。

「就這樣嗎？」查理問，依然一臉困惑，但也稍稍鬆了口氣。

「是的。我們能不能忘了椅子的事？那只是一場荒謬的誤會。」媽插嘴，看了伯爵夫人一眼，向她示意，然後繼續說：「你媽把這件事弄成了地方上的醜聞。對我來說，那真是一段恐怖的歲月啊。」

10原為英國作家高爾斯華綏（John Galsworthy）的諾貝爾得獎作品，描寫英國上流社會家族的愛恨情愁。之後由英國國家廣播電視台（ＢＢＣ）拍成一系列的迷你影集。

「這不完全是事實。不過，反正我們沒什麼好講的，所以無所謂。」伯爵夫人冷酷地撂下一句。

大家再度陷入尷尬的沉默。查理不安地望著我們兩人的母親。我不知道他相信誰。他或許有所領悟，又或者正在回憶很久以前家裡發生的事。沒有人說話，也沒有人敢動。隨著時間一點一滴流逝，房裡的靜默變得愈來愈令人難以忍受。最後，我媽終於忍不住開了她的「金口」：「好，反正現在真相大白了，你們兩個明天一起來參加派對好嗎？我在威特羅斯〈Waitrose〉[11]買了很好吃的迷你口袋麵包。」她頓了頓，腦筋顯然是卡住了。「哎，這個地方真適合辦婚禮，妳說是不是啊，乖女兒？我們可以請薇拉王來設計婚紗。」

這是壓死駱駝的最後一根稻草。

「媽，夠了！」我對著她大吼。「根本不會有什麼婚禮。除了妳以外，沒有人想要我嫁給查理。他媽媽根本受不了妳，伯爵夫人覺得我們配不上他們家。她說的話都是對的。查理跟我沒有話好說，什麼都沒有。妳知道嗎？我根本不喜歡查理，他有時候人真的很壞，又很霸道。史威爾一家人明天也不會想去參加妳的派對，還有他們一點也不想吃什麼迷你口袋麵包。」接著，我轉頭對著查理說：「查理，你父親的事我很難過，不過對我來說，這一切就像一場惡夢。你連你是伯爵這件事都不告訴我，要我怎麼信任你呢？我要走了，你們自己看著辦。」

我拎著鞋子跑出書房，羞愧得滿臉通紅，眼淚幾乎奪眶而出。我衝下樓梯，跑到車道上，直

---

11 英國的高級連鎖超市。

接撞上一位身穿警察制服的男子。

「庇護所的小姐嗎？」警察問。

「我是，」我大口喘著氣，覺得什麼都不在乎了。「請你帶我回家好嗎？」

12

「故居」最有特色的地方就是它一點都不老。不論我媽再怎麼不情願，它的建造日期就是一九六五年，而不是一六六五年。這是一棟以紅磚砌成、仿維多莉亞風的屋子，有四間房間，非常舒適。即便如此，我媽依然不死心地在前門和窗戶周圍種滿了爬藤性玫瑰、紫藤和長春藤，想為我們家增添些許美感與古意。

我回到家時，家裡沒有半個人。在城堡外撞見的警察萊爾很好心地幫我把租來的車一起拖回家。我拉著行李繞到後門，從廚房進屋，順著後方的樓梯爬上去，心想，天啊，我剛剛在城堡裡幹了什麼好事？連我自己都沒想到，我會突然覺得極度後悔。此刻的我，整個人非常暴躁，情緒很差，卻不知道原因何在，也許是時差的關係吧。折騰了一下午，我覺得好疲倦，現在只想找張床睡個一小時。

以一個長年深受偏頭痛所苦的女人而言，我媽對壁紙的品味糟到匪夷所思的地步。整間客房，包括天花板，都貼滿了黃色蔓藤玫瑰花樣的壁紙，還配上相同花色的被罩與燈罩。毛巾和晨衣也都是黃色的。說真的，我一見到這副景象，只覺得我一定會頭痛到死。房裡剩下的空間則是堆滿了茱莉的物品，看起來很像是她把三大箱行李（可能真的有三大箱）裡東西全倒出來，珠寶袋、盥洗用具包、一堆化妝品、兩支手機、一台iPod，還有一堆新衣服和新鞋子四處散落在床上和地板上，她甚至還帶了Diptyque的蠟燭和跟她父親的合照，幾個相框就丟在一堆堆物品的上方。茱莉每次旅行都像搬家一樣，因為她在《巴黎競賽週刊》上讀到，年輕貌美的瑪姬麗塔·米索尼（Margherita Missoni）[1]每次出遊時，必定會在飯店房間裡擺滿個人物品，讓自己覺得像在家一樣放鬆。

我把行李和斑馬紋包包丟在地板上，然後找了張床倒下去，躺在茱莉的一堆衣服上。拿起放在邊桌上的電話，撥通裘琳的號碼，我現在只想暫時忘記最近的遭遇。

「嘿！」她接起電話。「妳聽說茱莉和亨利的事了嗎？我之前就說，我們當中一定會有人釣到他。可是，我有個問題，是關於茱莉婚禮的事，不知道妳能不能讓她改變心意？」

「什麼事？」

「茱莉請查克·波森設計婚紗，薇拉王知道以後非常傷心，還威脅要從此退出婚紗業。妳能不能說服茱莉放棄查克，改請薇拉王呢？要是薇拉王在我結婚之前退休，我一定會死掉的。到時候我要穿什麼啊？」

「她說她請的是Alexander McQueen耶。」

「天啊，不要告訴我她也請了他！」

一旦牽涉婚禮，這群公園大道公主就會展現出她們最糟糕的那一面。聽到朋友開始籌辦婚

1義大利品牌Missoni創始人的孫女，亦為該品牌的代言人。

禮之後，她們滿腦子只想著一件事，那就是自己的婚禮。不過，裘琳說的也沒錯。要是薇拉王退休，所有還沒結婚的公園大道公主都會受到嚴重打擊。這時我聽到手機響，一定是茱莉的三頻手機。

「我會盡量說服她。」我說：「掛了，茱莉的手機在響，我得先接。」

「好。不要忘了薇拉王的事，還有我的婚紗啊！」

我接起茱莉的手機。是潔思打來的，她的聲音聽起來比裘琳還無力。

「茱莉在哪裡？」她嗚咽著。

「她現在不在。」

「噢，不會吧！我一定要跟她談談范倫鐵諾先生的事，他很希望能夠幫她設計婚紗，妳有辦法把她從查克·波森那裡拉回來嗎？不是要給妳壓力，但如果我沒辦法爭取到博道夫新娘和隨行人員的婚紗禮服，我的工作可能會不保。」

「潔思，我不敢跟妳保證。」我一點都不想參與這場時尚混戰。

「拜託啦，范倫鐵諾不會虧待妳的。我現在搭著他的船在愛琴海，不如妳也一起來吧？這裡真的很美。老天，我吃晚飯的時候該怎麼跟他說呢？」

潔思前一秒鐘還是個天真的伐木業接班人，下一秒鐘就成了范倫鐵諾時尚王國的死忠追隨者。看到好朋友不惜運用賄賂手段，我真的難以置信。不論范倫鐵諾的美麗服裝多麼誘人，我都不想蹚渾水。

「潔思，我要掛電話了。」我說。

「妳還好嗎？」她問。

「我很好。我們再聯絡，好嗎？」

潔思現在面臨的工作危機，對我來說根本就無關緊要，她必須自己想辦法解決。後來，我因為擔心明天慶生會要穿的衣服會皺掉，只好勉強從床上爬下來，開始整理行李。我拿出Balenciaga的短洋裝（超性感、超流行，但在史提布里可能不被欣賞），掛在衣櫃前面，再把鞋子、毛衣和內衣都攤在地上。咦？我那對超華麗的密釘鑲鑽石耳環跑哪兒去了？嚴格來說，這對耳環其實是茱莉的。她根本都忘了。我發誓，好久以前（差不多九個月前吧）我就打算要還給她，而且有好幾次都差點還成。

我找遍整個行李箱，把盥洗用具包裡的物品都拿出來，翻遍衣服堆，再把包包裡的東西全都倒在床上。什麼東西都拿出來了，就是沒有那對耳環的蹤影。我絕望地將兩手伸進口袋裡摸來翻去，結果在右邊口袋裡摸到一個硬硬的物體。我的心一沉，這才想到那個琺瑯瓷的金色藥盒。糟糕！管家發現我之後，我完全忘記要把盒子放回原處。我掏出盒子，盤腿坐在地上，然後打開扣環。盒子內部平整地鑲了一圈黃金，盒蓋內頂上刻著幾個字：謹獻給史威爾伯爵，紀念滑鐵盧一役的英勇事蹟，一八一五年。

天啊。這盒子不僅是美麗的珠寶，還是史威爾家的重要歷史文物，搞不好價值好幾千塊美金。我得想辦法偷偷把盒子還回去，不能讓查理發現是我拿走的。查理已經很看不起我了，這件事只會雪上加霜。我不是很在乎啦，反正之後我們不會再有機會見面，就算他再邀我共度一夜，我也不為所動，我已經受夠他了。明天一結束，我就可以直接飛回紐約，找個正常的一夜情對象，完事之後不會再見到彼此，而且那個人也不會剛好就是隔壁世仇的兒子。

樓下傳來關門和說話的聲音，大家都回來了。我趕緊把小金盒藏在斑馬紋的袋子裡。接著，樓梯上傳來急促的腳步聲，突然間，爸、媽和茱莉全都擠在房門前。

「妳還好嗎，親愛的？」媽問：「妳為什麼躺在茱莉的衣服上？」

「我只是有時差，很累。」我回答，依然沒有坐起身。「媽，今天很抱歉。慶生會的事，我不是那個意思。」

「我相信大家都寧願塞在車陣裡，也不願意來參加妳媽的派對。」爸說：「唉唷喂啊！」媽漂亮地賞了爸後腦勺一個巴掌。

「彼得，這可是為你辦的耶。」

「呃，那妳應該多請一些我的朋友來才對。」

「媽，我相信大家都會喜歡妳辦的慶生會啦。」

「妳離開之後，我們跟卡洛琳好好談了一下。查理那孩子很明理，說服了他媽媽，讓她知道椅子的事根本是小題大作。經過這麼多年，我們終於和好了！伯爵夫人會跟查理一起來參加慶生會。這不是個大好的消息嗎？」

我心想：一點都不好。也許我可以打電話給派翠克．薩克斯頓，讓他派台直昇機來接我。不知道我家花園有沒有地方可以停直昇機呢？

「我明天想穿卡洛琳．查爾斯（Caroline Charles）那套米白色套裝。妳覺得如何？」我媽問。

「誰是卡洛琳．查爾斯？」茱莉問。

「她是安妮公主最愛的設計師。」

要是媽能夠認清自己是美國人的事實，然後跟所有人的媽媽一樣穿Bill Blass的衣服，絕對會好看多了。

「妳知道查理他爸爸在美國是怎麼隱藏自己的身份的嗎？」媽問。

「查理說他們從來沒提過自己的頭銜。」我回答。

「乖女兒，是『很多』頭銜。登朗是他們的姓，史威爾伯爵和維斯康．史崔森都是頭銜。如果你有好幾個名字，又搬到別的國家定居，我想應該不會有人知道你的真實身份。我真搞不懂這些英國人，幹嘛把這麼好的頭銜隱藏起來呢？實在太過份了。對了，費諾拉伯爵一家會帶他們的女兒愛葛莎來。她是女同性戀，不過我們要裝作不知道喔。」

當晚，我輾轉難眠。躺在床上無法入睡時，我心想，也許茱莉穿范倫鐵諾會比穿查克．波森好看。我得轉移注意力，只要能夠暫時忘記白天發生的事都行。好，查克．波森確實是現在最紅的設計師，但是當新娘的人真的想打扮得跟克洛依．塞維妮一樣另類嗎？我發誓，這和能不能得到免費的范倫鐵諾服裝一點關係都沒有，但我忽然覺得，再怎麼樣也不能讓茱莉在結婚當天包得像個印度女演員一樣。

「茱莉，妳睡了嗎？」我低聲詢問。

「差不多了，幹嘛？」

「妳覺得穿范倫鐵諾的婚紗怎麼樣？黛伯拉．梅辛（Debra Messing）2穿他設計的禮服出席金球獎頒獎典禮之後，一夜之間就從沒什麼名氣的電視女演員變成一位時尚明星。查克的衣服可能會太前衛。」

「我請很多設計師幫我做婚紗，就是想讓大家皆大歡喜。結婚當天我才會做最後的決定。每次出去玩，要選衣服的時候，我總是三心兩意、變來變去的，所以我想結婚當天一定要有幾套婚紗讓我挑才行。」

「妳不能這麼做。」

「我當然可以。噢，妳相信查理竟然擁有那麼棒的房子嗎？裡面有好多古董喔。我對他這麼壞，在巴黎還跟陶德約會什麼的，妳覺得他會不會不想邀請我去他家住啊？唉唉咿呀！我之前居然同時跟兩個男人約會。」

看來，亨利真的改變了茱莉。她從來不會介意同時跟兩個男人約會，更不要說為此自責了。

「茱莉，問妳一件事好嗎？」

「好啊。」

「在巴黎的時候，查理有跟妳提分手嗎？」

「唉唉咿呀！好啦，應該算有吧。」

「那妳為什麼說你們還在一起呢？」

---

2 美國喜劇影集《威爾與葛瑞斯》（Will and Grace）的女主角。

「拜託！因為以前從來沒有人可以跟我茱莉·博道夫分手。我真不懂，妳怎麼能讓這麼多男人甩了妳。妳覺得查理會不會願意賣他家的畫呢？我真的很愛書房那幅卡納萊托的作品耶。拿來掛在我皮耶爾的臥房裡，應該會好看許多。」

「我覺得應該沒有人會把傳家之寶賣掉吧？」我說。

「那太可惜了。大家都覺得你們兩個正在熱戀。他又擁有那棟房子和那麼多資產！你們兩個真的很配呢。」

天啊，茱莉變成我媽了。

「茱莉，別鬧了！」

「跟他約會還不賴啊。至少他現在請得起司機了。他真的是個很不錯的對象。對了，妳下午發了那頓脾氣，又對查理超沒禮貌之後呢……」

「噢，天啊，我真的很沒禮貌喔？」我現在才發覺自己有多麼失禮，很不可原諒。

「妳哪裡有禮貌了？」

這句話從沒禮貌女王的口中說出來實在有點令人不是滋味。不過，茱莉說的是事實。我擅自闖進查理的家，偷走一個漂亮的小藥盒（但他不知道這件事，所以這不算數），在他面前失魂落魄，羞辱他、他母親和我媽，而且還是在他父親剛去世沒多久的此刻做出這些行為。回想起來，我才發現自己對於查理隱瞞他是小伯爵這件事感到多不舒服、多憤怒，我總覺得他騙了我。躺在黑暗中的我，只覺得自己像個傻瓜一樣。或許是我反應過度了，也許查理確實是個正直的好人，即便在莫瑟飯店時，他趁人之危，佔了我的便宜。但事實上，幾次我心情特別低落的時候，他都對我很好。查理也不是故意隱瞞自己的伯爵身份，只是他本來就不是個愛現的人，不像我以前交往的男人，譬如愛德華多、派翠克等等。英國貴族有一套莫名的行為規範，就是在言談中絕不能帶有一點炫耀之意。事實上，我不得不懊悔地承認，查理的行為舉止十分得體，而我今天卻表現得差強人意。

「茱莉，天啊，我覺得自己好差勁喔。如果我明天在慶生會上跟他道歉的話，妳覺得他會原諒我嗎？」

我心想，我也可以順便把那個藥盒還給他。這和跟他道歉一樣困難，因為那藥盒實在太美，我現在完全迷上它了。把我的止痛藥裝在那個美麗的盒子裡，比裝在紙盒包裝裡好太多了。

「嗯，妳應該要跟他道歉。這樣大家都可以盡情地參加慶生會，然後也許妳可以跟他上床。」

「茱莉，別鬧了！妳有安必恩嗎？」我問。沒有藥物的幫助，我是睡不著覺的。

「當然有。」茱莉伸手在地上東摸摸西摸摸，找到一個小塑膠罐，打開它，然後拿了一顆淡橘色的小藥丸給我。

我把藥塞進嘴巴，喝了一口水吞下去，再躺回枕頭上，心想：得救了！枕頭套是我媽挑選的愛爾蘭亞麻布，樣式很清爽。明天早上起床要是能再吞一顆安必恩就好了。

隔天早上，茱莉遞給我一件有蕾絲邊的淡粉紅色絲質洋裝，命令說：「穿這件。」洋裝有一邊開高叉，相當性感，可是穿它去參加英國的庭園派對一點都不得體。

「我要穿那件Balenciaga的洋裝啦。」我抗議。

「不行！那件洋裝有夠過時。凱特．哈德森就穿它去參加了金球獎。莎莉．賽隆在坎城時也被拍到穿著同一件洋裝。接下來，妳還會看到羅貝卡．羅咪史戴摩（Rebecca Romijn-Stamos）[3]穿著它出席MTV電影頒獎典禮。到那時，這件洋裝就完全過氣了。」茱莉嘆了口氣。「我覺得啊，穿這麼保守的白色洋裝沒辦法釣到擁有一座城堡的男人。」

我沒有打算要勾引那座城堡的主人，所以其實無所謂。可是我也在想，如果我打扮得美一點、露一點腿，那麼，當我把金色藥盒還給查理時，或許他不會那麼生氣。我的看法是，如果在服裝上玩點花樣，就可以把男人迷得忘了正事，那就這麼做吧。我穿上那件絲質洋裝。時間已經接近下午一點，我們得趕緊去參加慶生會。

「妳迷死人了。」茱莉說。她穿著一件淡綠色的Narciso直筒洋裝，戴著一堆珍珠，同樣超有魅力的。

「謝謝妳，茱莉。」我偷偷從斑馬紋包包裡抓了小藥盒，塞到手拿包裡。「我們下樓吧，不然我媽要抓狂了。」

---

3 美國女演員，曾飾演《X戰警》一片中的魔形女。

「乖女兒！唷呼！來這裡！」

我媽站在庭園盡頭的帳篷底下向我們招手。爸的慶生會正熱鬧，眼前盡是一片英國鄉村生活的景象。賓客三五成群地站在屋後的草地上，啜著皮姆茲調酒（Pimm's）。我不得不承認，媽的派對辦得很出色，走的是湯瑪斯．哈代（Thomas Hardy）[4]作品中的田園風格，再增添些許華麗裝飾（這是她最喜歡的主題之一）。庭園四處擺放著供賓客安坐的小型木頭長凳，而桌上的玻璃罐裡插著各式各樣的鄉村庭園花朵，有魯冰花、香豌豆花和矢車菊。爸穿著他最愛的直條紋泡泡布西裝，旁邊圍了一大群吱吱喳喳的長腿少女，全都是他好友的千金。媽之前的天氣預測真準，今天豔陽高照，令人感覺彷彿置身南方的海灘。要不是我處於情緒緊繃的狀態，應該可以好好享受這個派對。

茱莉和我從托盤裡各拿了一杯皮姆茲調酒，然後走到我媽身邊。她穿著之前提過的米白色套裝，還配了頂帽子（我媽是能戴帽子就一定戴的人）。她的打扮有點太過正式，我跟茱莉也是，因為大部份的賓客都穿著老氣的下午茶洋裝配上舊舊的草帽，這是英國上流社會參加庭園派對的標準裝扮。

「我的媽啊，這些人不知道什麼叫時尚嗎？」穿越草坪時，茱莉評論。

「茱莉，英國人覺得時尚是很俗氣的事。」我解釋。

「這樣真的很悲哀。」她一臉同情樣。

---

4 英國小說家、詩人與劇作家，著有《遠離塵囂》、《黛絲姑娘》等經典名著。

「乖女兒，妳有沒有擦粉底啊？」媽問。

「沒有，天氣太熱了。」

「茱莉，妳看起來美極了。這麼漂亮的洋裝是誰設計的啊？」我媽問。茱莉還沒來得及回答，媽的目光突然移到我身後，高聲說：「啊，伯爵夫人！」我的神經立刻繃緊。我心想，這會兒要丟臉了。「好開心看到妳來。來杯皮姆茲好嗎？」

茱莉和我一同轉身望著卡洛琳走進來。她一身勁裝，非常入時，完全沒有英國人的味道。她穿著男用的長褲，肩上優雅地披了條透明印度披肩。

「請叫我卡洛琳就好。」

「卡洛琳，喝皮姆茲嗎？」媽咧開嘴笑著問。

「嗨，兩位小姐。」卡洛琳對著我們說：「衣服真好看。」

「謝謝。妳看起來也超辣的。」茱莉說。

「茱莉，跟我們說說妳婚禮的事吧，誰要幫妳設計婚紗呢？」媽問。

我沒辦法專心跟大家閒聊。查理到哪兒去了？

「喔，每天都在變耶，現在是Oscar de la Renta、范倫鐵諾、McQueen和查克．波森。我想，要結婚當天才會決定。」茱莉回答。

「這樣不會得罪人嗎？」卡洛琳說。

茱莉帶著甜甜的笑容回答：「也許會吧。可是啊，我很任性、很有錢又超漂亮，所以我想怎樣就怎樣。」看見卡洛琳臉上驚訝的神情，茱莉又說：「沒關係，不用替我難過，我喜歡這樣的自己。」

「對了，我們的壽星呢？」卡洛琳問。

「彼得跟一群少女抽菸去了。」媽回答。「妳家公子呢？希望他是在來的路上。」

「他要我跟你們打聲招呼，還有說很抱歉今天不能來。他早上就趕回洛杉磯了。」

「葬禮才剛剛結束，這麼快就回去了啊？」我媽難掩失望之情。

「他剛導完一部電影，好像有人想跟他談下一部片的事情，所以今天一定得走。妳也知道美國人一談起生意就是這樣，衝勁十足，不是嗎？」卡洛琳意有所指地說。查理不來嗎？這下慘了，我根本沒有機會道歉。我突然焦躁不安起來。

「茱莉，我們進去喝一點Bucks Fizz雞尾酒好嗎？」我做了個「快點閃人」的暗示表情。

「要幹嘛啊？」

「媽，我們馬上回來。」我匆匆丟下一句，然後拉著茱莉的手走出帳篷。

我跟茱莉溜進廚房。廚房非常悶熱，因為媽堅持要用Aga的暖爐。這是英國有錢人必備的一台暖爐，就像美國人家家都有一台Sub-Zero冰箱一樣。Aga最大的問題是，它一年四季都開著，夏天也不例外。整間廚房就像火爐一樣熱，不過至少這裡沒有其他人在。

「天啊，茱莉，我該怎麼辦？」我激動地說。

「妳在說什麼？幹嘛一直喘氣？」茱莉一臉擔心。

「他沒有來啊！」

「誰？」

「查理。」

「所以呢？」

「這樣我怎麼跟他道歉？說我很抱歉對他這麼沒禮貌什麼的。」

經過昨天的事情之後，我雖然很怕見到他，可是現在真的很介意他沒有出現。

「寄email給他。」茱莉提議。

「這樣很沒誠意。要親自道歉才算數。」

「妳滿腦子都在想他。」

「我沒有！我該怎麼辦啦？」我嗚咽著，不停地來回踱步。

「妳為什麼這麼堅持一定要親自道歉？妳是愛上他了還怎樣？」

「噢，茱莉，不是這樣的。我只是覺得自己昨天的行為像個白癡，感覺很不好。我只是想讓他知道，我也可以有很責任感、很成熟，還是個好人等等。」

「妳還想騙誰？妳根本就瘋狂愛上他了。」

「茱莉！事情比妳想的還糟。我昨晚在書房裡偷走一樣東西。」

「不會吧！妳該不會拿走他們的傳家珠寶吧？」

「沒有，我拿的是藥盒。」

「唉唉咿呀，」茱莉看來有些失望。「那有什麼好大驚小怪的。」

我伸手到手拿包裡翻找，然後掏出琺瑯瓷藥盒放在廚房的桌子上。我打開盒蓋，讓茱莉看裡面的雕工。

「哇，好美喔！我覺得妳可以留著當紀念品。」

「我不能。」

「好吧，那我們就溜出去，把盒子放回原處，這樣就不會有人發現它被拿走過。走吧，親愛的，我們開車出發吧。」

茱莉每次到歐洲都會租一輛時髦的BMW，好讓她能夠任意馳騁。通往城堡的小路上有許多看不見的死角與陡峭的斜坡，但茱莉完全沒有把車速放慢的意思，簡直就像是在參加摩洛哥賽車錦標賽一樣。

「茱莉，開慢一點！」車子全速通過彎道時，我大喊。

「喔，天啊，對不起。」她連忙急踩煞車。「我只是覺得慢慢開很遜嘛。」

她慢慢把車速降到我可以忍受的範圍。我們經過開滿野生罌粟花的玉米田時，茱莉開口：「真不敢相信我還沒跟妳討論過這件事。妳覺得我的訂婚戒指怎麼樣？」她在陽光下展示手上耀眼的鑽戒。那顆鑽石大得可以自己形成一個太陽系了。

「美呆了。」我說。

「妳也知道，大家都說：鑽石愈大，關係愈長久。」

說真的，我有點擔心茱莉的婚姻觀念。她訂婚之後，並不如我所想的那樣成熟。

「整個康乃迪克州差不多有一半都是他的。妳知道我很喜歡那裡。」

看來，茱莉真的墜入愛河了。她一直很討厭康乃迪克州。茱莉以前老是說，看到一群已婚婦女總是千篇一律地穿著Loro Piana的米白色超厚重喀什米爾套頭毛衣，開著Range Rover跑來跑去，她會覺得很想死。

十五分鐘後，茱莉把車停在城堡門前，問：「要我跟妳一起進去嗎？」

「不用。妳就在這裡等，不用熄火。我五分鐘之後就回來。」我把小藥盒放回手拿包中，下了車。

「好啦。別被抓到喔！」

我溜進大廳時心裡忍不住嘀咕：要是再遇見那位管家，那可就尷尬了。我躡手躡腳地爬上樓，沿著長廊走到書房。一想到自己昨天在這裡鬧脾氣的樣子，我就覺得渾身不自在。我只想把小藥盒放回原處，然後立刻閃人，就算從此再也沒有機會親自向查理道歉，至少把盒子還回去，還能挽救我的名聲。其實也沒有挽救名聲的問題，因為根本沒有人知道我拿走了小盒子。

我快走到書房時，突然聽到左方傳來開門的聲音。我當場僵住不敢動。萬一又是那位管家怎麼辦？在二十四小時之內被連續逮到兩次不是開玩笑的。我四處張望了一下，不敢往前走，也不敢後退，只好退到黑暗的牆壁凹處呆站著，頭頂正上方還掛著一隻填充鹿頭。我全身緊繃地看著那扇門打開，有個人走了出來。我倒抽一口氣，是查理！他怎麼會在這裡？不是去洛杉磯了嗎？

他直直望著我，臉上的表情比我還驚訝。噢，天啊！這下我得親口向他道歉，承認是我偷了藥盒，然後表現出成熟、坦然的樣子。現在好不容易有機會，我卻一點都不想把握。查理有好一會兒說不出話來。不僅如此，我發現他臉上有一絲不好意思的神情。不會吧，查理居然臉紅了？

我們兩個陷入一陣尷尬的沉默之中。

「我以為你去洛杉磯了。你怎麼會在這裡？」我開口問。

「呃……」查理從來沒有這麼不自在過。

「怎麼樣？」我說。

「事實上，經過昨天之後，我沒有臉再去參加派對。」

「這樣啊。」經過這一切，他這麼做真沒禮貌。

「我只是不想再惹妳不高興。我明天晚上才要回洛杉磯。天啊，我真的把事情搞砸了，對不對？」他怯生生地說。

情勢竟然整個反轉了。查理第一次開口跟我道歉。偷偷說老實話，我好喜歡他這麼做喔。

「對啊，砸得很徹底。」我實在忍不住嘴邊的笑意。他也回以微笑，似乎稍稍鬆了口氣。

「對不起，我不是故意要惹妳生氣的。妳的洋裝真好看。」他說。

看吧，這身打扮是有用的。茱莉建議我穿的洋裝果然讓他徹底分心，完全忘了我偷東西這回事。

「謝謝。」

他走近一步，帶著詢問的眼神望著我，「妳現在是習慣有事沒事就闖進這個地方嗎？」

「當然不是！」討厭，看來情勢沒有完全逆轉。

「那妳跑到這裡做什麼？」

「呃，那個……」

天啊，就算沒有卡納萊托的畫當背景，他還是一樣那麼迷人。他穿了深藍色襯衫和長褲，整個人帥到不行。哎，被他抓到真討厭。要是他發現我是個小偷，那我再也沒有機會跟他「做壞事」了。

「那個什麼？」他走過來，靠在我身旁的牆上。

我得先冷靜下來。我來的目的可不是要跟他再來次一夜情。

「呃，唉，昨天的事我真的很不好意思。」我終於鼓起勇氣開口，現在換我臉紅了。「查理，我之前說那些話，真的很抱歉。我並不認為你母親是個勢利眼，也沒有指責你騙我的意思，我真的滿喜歡你的……」

「我想，我們以後不會再見面了。」查理說。

「真的嗎？」

「我想很難。」查理說，「因為妳很差勁。」

「對不起。」我哀怨地回答，然後抬起頭來看他。沒看錯的話，他的眼神裡竟然有笑意。

「吼，你騙我的對不對！」我大笑開來。「你願意原諒我這個差勁的人嗎？」

「當然原諒妳，妳穿成這樣，怎麼可能不被原諒呢？」

查理就是這點好，不論我犯了什麼錯，他總是可以馬上原諒我。我真的很欣賞他這一點。我認識的人，包括我自己在內，都不肯輕易原諒別人。即使是像茱莉偷穿了我最愛的Cosabella丁字褲這種小事，我也會計較很久。唉唉咿呀，現在我得向他坦承藥盒的事了啦。

「不要一臉擔憂的樣子嘛！」他看見我臉上的不安神情，「怎麼啦？」

「唔，事實上，還有另外一件事。」我沮喪地心想，我們好不容易和好，這個金色盒子八成又會把事情搞砸。

「說吧，我承受得住。」他直直盯著我。

我回望了他一秒鐘。我發誓，接下來的形容一點都不誇張。就在那瞬間，我在他的眼神裡看到了整個世界，看到了一切，過去、未來、太陽、天空、每一雙馬克．賈柏斯設計的鞋子、每一杯貝里尼、每一件晚禮服和每一次的「巴西之旅」。天啊，我怎麼會捨得讓查理從我身邊溜走呢？他才是真命天子啊。他善良、可愛，又帥得不得了，這還不包括他床上工夫多麼棒，又擁有一座美麗的城堡等等（當然，這些都不是重點啦）。我真的是個大笨蛋！過去這幾個月以來，沒有人比查理更關心我。沒錯，他在巴黎救了我一命，我當時是很不諒解他，可是仔細想想，他這種英雄救美的行為實在很有魅力。他在尼斯機場幫我買機票回紐約時，我恨不得殺了他，但事後我心裡偷偷覺得他這麼做真的好貼心。

「妳要跟我說什麼？」查理握著我的手。

我要說什麼？當下，我一句話都說不出來。查理碰觸我時，我的血糖立刻驟降好幾公里。事實上，我現在才發現自己根本沒有什麼血糖過低的問題。說得更明白一點，如果妳只有在見到某人時才會覺得自己血糖過低，那很可能就是愛上他了，才不是得了什麼病。

「事情是這樣的，查理，我得向你坦承一件事。」我把包包打開。

老天，有時候我真想殺了茱莉，她的嘴真是超靈的，我真的很愛、很愛查理，超愛他，又好迷戀他，可是他明天就要回洛杉磯了！也許我應該把握機會，把心裡真正的感覺告訴他，然後該來的就會來。我得這麼做才行。如果我先承認藥盒的事，再跟他共度一個浪漫、激情的下午作為補償，這樣他應該就不會那麼生氣了吧？就像茱莉亞．羅伯茲在《麻雀變鳳凰》裡說的，我想要的是童話故事般的愛情。她把對理察．吉爾的真感情告訴他，最後得到了好結果。除了她的笑容我比不上之外，我的條件也不輸她啊。她在電影裡是個妓女，理察．吉爾還不是一點都不介意。

「承認什麼事？」查理說。

他轉過來面對著我，手指輕輕劃過我的鼻和唇。天啊，或許我真的是來跟他做壞事的，不要這麼早承認藥盒的事比較好。美好的浪漫時刻就在眼前，破壞它不是很可惜嗎？查理依然期待地望著我，我得說什麼才好。

「查理，我得承認……我覺得，你在尼斯機場幫了我大忙，真的很貼心。很抱歉我當時一點都不感激你。」

「我怎麼能不幫呢？」查理嘆了口氣。「妳真的很令人生氣。」

「喔。」我失望地說。也許我根本不是茱莉亞．羅伯茲，我只是我。

「不要露出這麼傷心的表情嘛！雖然妳快把我逼瘋了，妳還是很可愛。」

「逼瘋？」

「對啊。可是，妳跟那些紐約的女生很不一樣。妳很好笑，而且不知道自己很好笑。這一點很可愛。有時候，我覺得妳是天上特別給我的禮物。」查理低頭吻住我的唇。

這一吻真令人銷魂，我發誓我一點也不誇張。說真的，查理的吻使所有人相形失色。我永遠都不想再跟別人接吻了。你當然可以喝遍全世界的貝里尼，擁有全世界的晚禮服，接到私人飛機的邀請，得到Harry Winston的鑽石和Fred Leighton的珍珠，或者在家樓下就有六間馬克·賈柏斯的專賣店，每晚都受邀出席電影首映會或慶祝晚會，可是當你擁有這一吻，有沒有馬克·賈柏斯的店似乎一點都不重要了，甚至，妳會覺得從此不想再購物了，這可是天大的轉變呢。

「嘿！噢，我的天啊！你們這兩個閃光彈，我要打電話叫救命了啦！」

我從畢生最美好的一吻中抽離，抬頭看見茱莉站在樓梯口。我完全忘了她還在外頭等我。

「茱莉，對不起！」我笑著。

「你們倆真速配，看起來好像永恆香水廣告的男女主角喔！我怎麼可以這麼神準呢？我不是說你們倆正在熱戀嗎？跟妳說，我得回去參加慶生派對了。」

「我一定要跟妳一起回去嗎？」我哀怨地說。

我當然很愛我爸，可是我現在正準備要做一件會令人超級後悔的壞事。你也知道我的，如果只有一杯皮姆茲酒和一趟「巴西之旅」，讓我選擇，我當然會選巴西。

「不用，」茱莉說：「妳留在這兒。我就跟妳媽說，妳整個下午都在跟『小伯爵』親熱，她絕對不會因為妳沒參加妳老爸的慶生會而怪妳的。」

「茱莉，妳不能這樣說啦！我得回去了。」我轉過頭去看著查理。

「不行，」他把我的手抓得更緊，「妳要留下來陪我。」

「好啦，我會把媽媽們都支開。明天見囉！」茱莉走到樓梯口時又轉身說：「對了，查理，我知道你是擁有半個蘇格蘭和一堆卡納萊托名畫的黃金單身漢，可是她才是你要把握的好女人喔。」

茱莉一離開，我們立刻溜進那間擺有一張四腳床、鋪著中國絲床罩的美麗房間。說真的，這張床絕對不輸大家趨之若鶩的四季飯店。我記得，接下來查理說了一些超浪漫的話，比方說，他一見到我的當下血糖立刻降低，還有只要我在身邊，他也常常會開心到覺得頭暈之類的話。很抱歉，我沒辦法完全記得查理用了那些漂亮字眼，因為當時的重點並不在這些字句上面。不過，有一件事我很確定，那就是他這次吻我的時間超過九百七十六秒，而且是在六個不同的部位上。

總之，他的吻是如此美好，令我完全忘了呼吸。吻功高超的人就會讓你有這種感覺。那又深又長的吻讓人腦部暫時缺氧，周遭的事物開始變得朦朧不清，這些親密細節也就記不太清楚了。因此，我不太確定我們接完吻之後發生了什麼事，但肯定是會讓人非常後悔的事。拍成電影的話，八成會在美國各地被禁播。說真的，這次的經驗遠遠超過以往我經歷過的「巴西之旅」，你懂我的意思吧？我以為自己很了「里約熱內盧」啦、「拉丁美洲」這檔事，現在我才知道我真的什麼都不懂。反正，經過這一趟「後悔之旅」後——可是我一點都不後悔——你可以想像我有多麼疲累。

「想吃點什麼嗎？」查理眉開眼笑地對我說，把我當聖誕節還什麼好事一樣地看。天啊，他頭頂後方的福拉哥納爾的畫，把他襯托得更帥氣。每個人一生中最少要有一次在法國名畫底下做愛的經驗，你說是不是呢？「妳要什麼都好。」

「要什麼都可以嗎？」我問。

「隨便妳說。」

「我想來杯貝里尼。」

尾聲（差不多了）

我想澄清幾件事：

一、我不是故意要批評四腳床的，真的。四腳床舒服得不得了（對了，那個金色小藥盒後來被我塞在枕頭底下）。

二、千萬不要徹底改變自己。發誓永遠不搭私人飛機是一件蠢到不能再蠢的事。

三、裘琳早就結婚了，只不過她經常忘了這回事。

四、警方後來在上西城的一間二手衣店找到我被偷的栗鼠皮大衣。我把它送還給范倫鐵諾時，他還非常困惑，顯然那些女演員或名媛借了好東西從來不還。

五、瑪菲依然聲稱自己三十八歲，而下星期要過三十七歲生日。

六、茱莉的訂婚日無限期延後。她實在太享受結婚前這種三心二意的感覺，捨不得讓它結束。

七、薇拉王沒有退休。那些依然單身的公園大道公主很罕見地聯合起來說服茱莉，她最後終於答應讓薇拉王幫她設計婚紗。

八、蘿拉對Van Cleef特賣會的事始終耿耿於懷，因為他們連續兩年沒有邀請她。

九、派翠克．薩克斯頓在潔思．康納席的六個電話號碼裡都留了言。她一通也沒回。

十、查理把城堡無限期借給單親媽媽中途之家。現在村裡的每個人都是他們的好朋友。媽一直想辦法要爸跟她離婚，這樣她才可以搬進去住。同時，我相中一間在蘇活區的漂亮公寓，很適合我跟查理兩個人住。

十一、現在我幾乎天天都有血糖過低的毛病，我想它會一輩子跟著我。我非常建議大家體驗看看。

故事完（真的結束了）

致謝

承蒙許多人的協助，《博道夫金髮公主》一書才得以順利付梓。首先我要感謝安娜・溫圖（Anna Wintour），在我從事美國版《Vogue》雜誌編輯工作，以及撰寫這本小說期間，她一直給我莫大的支持。還要謝謝兩位勞苦功高的編輯，分別是，麥拉麥克斯出版社（Miramax Books）的強納森・柏恩漢（Jonathan Burnham），與維京出版社（Viking Books）的茱莉葉・安南（Juliet Annan）。也要特別感謝經紀人伊麗莎白・珊克曼（Elizabeth Sheinkman）對我的照顧。

我何其有幸，能在紐約有一群好友和同事，隨時為我指點迷津，告訴我莫瑟飯店床單的紗織數，或是有關於坎城海角飯店所盛行的減肥餐等資訊。在此要誠摯地感謝史蒂芬・維克多醫師（Dr. Stenven Victor）、瑪莉娜・羅斯特（Marina Rust）、安德烈・巴拉斯（Andre Balaz）、安東尼・陶德（Anthony Todd）、比爾・坦斯（Bill Tansy）、莎曼珊・葛瑞格利（Samantha Gregory）、珊蒂・高林肯（Sandy Golinkin）、潘蜜拉・葛洛斯

（Pamela Gross）、荷莉・彼得森（Holly Peterson）、大衛・奈托（David Netto）、茱莉・丹尼爾—詹克羅（Julie Daniels-Janklow）亞歷山卓拉・柯圖爾（Alexandra Kotur）、蘿拉・史威夫特曼（Lara Shriftman）、伊莉莎白・薩爾茲曼（Elizabeth Saltzman）、史蒂芬妮・溫斯頓・沃克夫（Stephanie Winston）、凱迪・羅賓斯（Kadee Robbins）、米蘭達・布克斯（Miranda Brooks），與海米希・包爾（Hamish Bowles）。

最後，我要衷心感謝一路陪伴我走完本書創作歷程的親朋好友：凱蒂・柯林斯（Katie Collins）、米蘭達・洛克（Miranda Rock）、GKP、海倫・詹姆斯（Helen James）、卡拉・貝克（Kara Baker）、艾莉・埃斯瑞（Allie Esiri）、貝與黛西・葛奈特（Bay and Daisy Garnett）、尚・艾利斯（Sean Ellis）、瑞塔・柯尼格（Rita Konig）、李查・梅森（Richard Mason）、布萊恩・亞當斯（Bryan Adams）、亞蘭・華特森（Alan Watson）、馬修・威廉森（Matthew Williamson）、維琪・華德（Vicky Ward）、蘇珊・布拉克（Susan Block）、露西・賽克斯（Lucy Sykes）、愛麗斯・賽克斯、湯姆・賽克斯（Tom Sykes）、佛萊德・賽克斯（Fred Sykes）、賈許・賽克斯（Josh Sykes）、薇樂麗・賽克斯（Valerie Sykes）與陶比・羅蘭（Toby Rowland）。抱歉，之前老是讓你們聽我發牢騷和碎碎唸，現在終於可以講點別的事兒了。

國家圖書館出版預行編目資料

博道夫金髮公主/普蘭姆・賽克斯
--初版--
臺北市:趨勢文化出版,2008.11
面;公分.
譯自：Bergdorf blondes
ISBN 978-986-82606-7-2(平裝)

874.57 97020524

博道夫金髮公主(B.B.公主)
Bergdorf Blondes

作　　者— 普蘭姆・賽克斯（Plum Sykes）
譯　　者— 尤　妮
發 行 人— 馮淑婉
出版總監— selena
編　　輯— 黃曉明
出版協力— 阿　奇・小　何・T美人

封面設計— R-one
版型設計— 阿　奇
校　　稿— 小　何・陳　安
出版發行— 趨勢文化出版有限公司
板橋市漢生東路272之2號28樓
電話◎2962-1010
傳真◎2952-0011
初版一刷日期— 2008年12月9日
法律顧問— 永然聯合法律事務所

讀者服務電話◎2962-1010#68
ISBN 978-986-82606-7-2
Printed in Taiwan
本書訂價◎新台幣 260元

原著書名為： BERGDORF BLONDES

海豚男の海海人生！
海洋系宅男生活日誌

張淳淳
教你30萬
買屋當富豪
理財富媽媽
1年賺100,000,000
的獲利筆記本
沒有人敢這樣
公開、完整寫出自己所有的
獲利過程和買賣手法！
這本書能出版，真是得來不易，每個知道我要寫書的人，都笑我笨！大家都說，出版後我一定會是這本書的最大受害者！因為，我將我學到的、吃過虧的、獲過利的案子，全盤托出讓讀者明白，以後我要怎麼賺錢啊？但是，不管再多人阻止，我還是要寫出來，因為這對你很重要！我希望你能真正從貧窮中走出來，看到自己的改變將有多大！
張淳淳

亞洲廚皇到你家 01
牌總大將教你
鍵的
一味
愛上廚房的第一本聖經
者
Chang.c.c
超豪華附贈
★★★★★
外景示範DVD
全長3小時、180分鐘
共2集、14堂課
市價900元!!